ROBERTO
ARLT

LOS LANZALLAMAS

喷火器

[阿根廷] 罗伯特·阿尔特 —— 著
欧阳石晓 —— 译

四川文艺出版社

这部四千多行（事实上小说一共有 10300 行）的小说写成于 9 月底至 10 月 22 日之间。鉴于写作的匆忙，作者忘记指出，这部《七个疯子》的续集最初的标题为《怪物们》，后来在小说家卡洛斯·阿尔贝特·莱乌曼的建议下才改名为《喷火器》。莱乌曼在某晚与作者聊天中暗示说这个标题更具影射性，作者接受了他的提议。这部作品完成得非常匆忙，在印刷本书最初几页的同时，作者还在撰写最后几个章节。

西语原版书编者

目录

星期五的下午和晚上/001

  中立的男人/001

  埃尔多萨因的爱人们/022

  生命的宗教意义/040

  痛苦的帘幔/050

  哈夫纳倒下/063

  巴尔素特和"占星家"/072

  律师和"占星家"/085

  伊波丽塔独自一人/107

星期六的下午和晚上/113

  "忧郁的皮条客"的弥留/113

  黑暗的力量/125

  无政府主义者/163

艾乌斯塔奎奥·埃斯皮拉的计划/177

在水泥穹隆下/184

星期天/197

神秘的访客/197

不能提及的罪/212

魔鬼方程式/221

散步/229

证明"看见接生婆的男人"并非清白的地方/237

对计划进行研究/248

星期五/256

两个流氓/256

埃尔格塔在坦珀利/265

一个赤裸的灵魂/277

"好消息"/288

光气工厂/295

"毁灭邪恶之屋"/306

凶杀/311

一个半钟头后/321

尾声/325

作者的话/329

星期五的下午和晚上

中立的男人

"占星家"看着埃尔多萨因走远,待他转过街角后,一边走进庄园,一边喃喃道:

"是啊……但列宁可是知道自己前行的方向的啊。"

他不由自主地在开花的柠檬树的绿影前停下了脚步。三角形的白色云朵切过天空蓝色的垂线。一团黑色的小虫子在凉亭的藤蔓植物周围盘旋。

"占星家"若有所思地用破旧靴子的鞋尖在土地上蹭了蹭。他的双手依然揣在灰色的木工罩衣里,额头在皱起的眉毛上方鼓起,正在努力地思考着什么。

他面无表情地抬起头,看向云朵。再次喃喃道:

"魔鬼知道我们前行的方向。列宁确实知道……"

铃铛响了起来——挂在一根弹簧上的铃铛被用作门铃。"占星家"走向大门。透过门上的木条,他看见一个红头发女人的身影。女人裹着一件木屑色调的大衣。"占星家"想起埃尔多萨因几天前跟他讲述的关于"瘸女人"的事,面色阴沉地走近大门。

当他在门前站定时,伊波丽塔微笑着打量他。"然而,她的眼睛却并没有微笑。""占星家"心想。在他打开门锁的同时,她越过木条对他大声喊道:

"下午好,您就是'占星家'吧?"

"埃尔多萨因做事一点儿也不谨慎。""占星家"心想。接着,他微倾着脑袋听女人说话,女人不等他回答,继续说道:

"应当给这些该死的街道贴上门牌号。我一路走啊,问啊,真是累死了。"她的鞋子的确沾满了泥污,尽管黏在皮鞋上的泥土已经干掉了,"但您的庄园真美啊,在这里的生活应该很惬意吧。"

"占星家"没有显露出惊讶的表情,冷静地看着她。

他在心里自言自语道:

"她想要表现出一副愤世嫉俗且充满自信的样子,从而主导局面。"

伊波丽塔继续说:

"很好……很好……您没想到我会来吧?"

裹在罩衣里的"占星家"一句话也没说。

伊波丽塔毫不在意他的反应,瞅了眼矮矮的屋子、磨坊的风车、颠簸的叶片以及马厩的玻璃门。最后,她感叹道:

"太厉害了!是谁把风向标公鸡的尾巴掰弯的?不可能是

风。"她随即把音调降低,问道,"是埃尔多萨因?"

"我没弄错,""占星家"心想,"的确是'瘸女人'。"

"那么您一定是埃尔多萨因的朋友了?埃尔格塔的妻子?埃尔多萨因不在这里。他在十分钟前刚刚离开。你们俩没能在路上碰见,真是奇了怪了。"

"您住的街区也真够远的。这个庄园我很喜欢。我不可能不喜欢。您这里有女人吗?"

"占星家"的双手依然插在罩衣的口袋里。他昂着头,听伊波丽塔说话,挤眉弄眼地仔细观察她,眼睑半闭着,仿佛想要从她的眼睛里滤出她到访的意图。

"那么您一定是埃尔多萨因的朋友了?"

"您已经问了三遍了。是的,我的确是埃尔多萨因的朋友……但是,天呐!您是多么失礼怠慢啊!我已经站在这里说了三个小时了,而您却还没对我说:'请进,把这里当成您自己的家,请坐,请喝杯白兰地,请把帽子摘下来。'"

"占星家"闭上了一边眼睑。他长菱形的脸上只睁着一只嘲弄的眼睛。伊波丽塔奇怪的变化无常并没有激怒他。他明白,她是想要主导局面。况且,他相信女人大衣口袋那个圆柱形的类似鱼线轴的凸起一定是一把手枪的弹膛。他尖酸地回答道:

"我凭什么要邀您进入我家的大门?您是谁?而且,我的白兰地是为朋友准备的,而不是给陌生人的。"

伊波丽塔把手伸进大衣的口袋。"那儿有一把手枪。""占星家"心想,他接着说:

"假如您是我的朋友……或者是让我感兴趣的人……"

"比如说，像巴尔素特那样的人，是吗？"

"是的，假如您是像巴尔素特那样的熟人，我会邀您进来，不仅会请您喝白兰地，还有别的……况且，您一边跟我说话，一边摸着手枪的枪柄，这不可笑吗？这里没有拍电影的人，您和我谁也没在演戏……"

"知道吗，您很愤世嫉俗？"

"而您，则是个江湖骗子。请问您来这里的目的是？"

在绿色的帽檐下，伊波丽塔的面孔沐浴在明亮的阳光中，看起来比一张铜制的面具更精致，也更具活力。尽管她感到自己处于劣势，但她的双眼依旧讽刺地审度着"占星家"长菱形的脸庞。

跟她预计的一样，那男人是个"难啃的骨头"。他用坚定、嘲讽且一动不动的目光看着她的眼睛，仔细查看她的意图，但却表现出一副漠不关心的样子。"占星家"在花坛边坐下，说道：

"要是您想和我一起……"

伊波丽塔用一条干枯的树枝扫开叶子，坐了下来。"占星家"继续说道：

"我本来想说的是也许，那是个错误……您是来敲诈我的，不是吗？您是埃尔格塔的妻子。您需要钱，于是想到了我，正如您之前想到了埃尔多萨因，之后您还会想到魔鬼。很好。"

伊波丽塔被小小的羞愧吓了一跳。她的意图被看穿了。"占星家"摘下一朵野雏菊，缓缓地将花瓣一片片扯下，同时在嘴里念道：

"好,不好,好,不好,好,不好,好,不好,好,不好,好,不好……看到了吧,连雏菊都说不好……"他的目光没有离开黄色的花蕊,继续说道,"您之所以想到了我,是因为您需要钱。嘿,是不是?"他偷偷瞅了她一眼,又摘了一朵雏菊,继续说,"生活中的一切都是如此。"

伊波丽塔饶有兴致地看着那张呈黄绿色的长菱形的脸,心想:"毫无疑问,我的腿型不错。"事实上,她那被灰色丝袜塑形的腿肚与黑色的土地以及绿色的草地形成了有趣的对比。一阵突然产生的对那个灵魂、那个男人生活的怜悯向伊波丽塔靠近。她对自己说:"尽管他有那些想法,但他也不是个傻瓜。"她用指甲从树干剥下一小块发黑的鳞片,树皮看起来像是一张裂口的软木装甲板。

"实际上,""占星家"接着说,"我们算是同道中人。您没发现吗?之前是您一个人说话,现在换成了我。我们像古希腊悲剧里的合唱班一样,轮流发言;但就像我刚才说的……我们是同道中人。要是我没记错的话,您在结婚以前自愿从妓,而我则自愿成为一个反社会的人。这般的现实非常吸引我……以及与小偷、皮条客、杀人犯、疯子和妓女打交道。我并不觉得所有那些人都拥有生活的真正意义……不……他们距离真相很遥远,但我很喜欢那股将他们推向冒险的荒蛮的原动力。"

伊波丽塔弯起眉毛,一言不发地听他讲话。

庄园茂盛的植被是她所不习惯的,吸引了她的注意力。数不尽的矮枝像是被包裹在绿色的雨水中,阳光为它们朝西的那一侧覆盖上一层黄金。

宽阔的云朵让大理石般的海湾静止不动。一片弯曲的松树穿透蔚蓝色的平静海面，齿状的树梢仿若爪哇岛的匕首。在更远的地方，一些树干灰板岩的躯干忍受着由潜伏的枝条形成的黑暗星球。"占星家"继续说道：

"我们坐在这里，坐在草地间，与此同时，全世界所有的工厂都正在铸造大炮和铁甲，装备'无畏舰'，上百万辆机车在围绕地球的铁轨上调遣运行，没有任何一所监狱是空闲着的，几百万个女人此刻正在厨房里炖菜，几百万个男人正在某间医院的病床上喘息，几百万个孩子正在作业本上写功课。您不觉得这个现象很有意思吗？那些工作：铸造大炮，调遣列车，在监狱里赎罪，准备食物，在医院里呻吟，艰难地写字，他们进行所有这些工作的时候不抱任何希望和幻想，也没有任何崇高的目的。亲爱的伊波丽塔，您怎么看？您想，在我跟您说话的这一分钟，成百上千个男人正在铁链周围活动，正在忍受着炽热的大炮……他们是如此冷漠，仿佛那并不是大炮，而是一片地下堡垒的铁甲，"他又摘下一朵雏菊，一边扯下白色的花瓣一边接着说，"把那些举着榔头的男人、捧着砂锅的女人、握着工具的囚犯、躺在病床上的病人以及拿着作业本的孩子排成一列，把他们排成一列，那队伍可以绕地球好几圈，您想象自己巡视那个队伍，一一查看，来到队伍的末端，问自己：请问生活的意义是什么？"

"您为什么说起这个？这与我的来访有什么关系？"伊波丽塔的双眼居心叵测地闪烁着。

"占星家"从手撑着的土地里抓起一把草，递给伊波丽塔看，并对她说：

"我跟你讲的与这把草有相似的地方。它是灵魂的野草，生长在我们的心里……我们必须拔掉这些野草，喂给临近我们的野兽，从而毒死它们。人们以间接的方式寻找真相。为什么不给他们？伊波丽塔，跟我说说，您旅行过吗？"

"我在乡下住过一段时间……跟一个情人……"

"不……我指的是有没有去过欧洲。"

"没有……"

"我去过。我旅行过，而且很奢华。搭乘的车厢由钢板建成，涂着蓝色的瓷釉，搭乘的远洋渡轮像宫殿一般，"他飞快地侧目看了一眼女人，"未来还会建造更奢华的、更美妙的轮船、更高速的飞机。您瞧，只需用指头按下一个按钮，就可以同时听见不同地方的音乐，看见水下的和大地的世界，但人们却不会因此而比现在更幸福哪怕是一点点……您明白吗？"

深感不安的伊波丽塔表示赞同，他说的那一切当然是无可争辩的，然而，跟她讲述那些真相的目的是什么？她不太愉快地走进一片炙热的沙地。"占星家"耸了耸肩：

"哼！……我知道这些话让人不舒服，背脊发凉，是不是？……噢！我很多年来一直这样对自己说。我闭上眼睛，让灵魂从任何一个角度坠落，有时候像报纸一样。您看今天的日报，"他从口袋里拿出一页电报，念道，"'两艘船在泰晤士河沉没。两个政治帮派在美景市①发生枪击。大批沙夏·巴考的支持

---

① Bello Horizonte，巴西第四大城市，位于巴西东南部。——译者注

者被处决,囚犯们是被绑在喀布尔一座堡垒的炮口上处死的。比利时蒙斯附近的一处矿井发生沼气爆炸。一艘捕鲸船在智利莱布附近的海岸沉没。在肯塔基州的法兰克福,人们将起诉伤害牲畜的狗。在北达科他州,一座桥梁发生坍塌,造成三十人死亡。芝加哥的两个黑帮帮派——艾尔·卡彭①和疯子莫兰——结成了同盟。'您觉得怎么样?……每天都是这样的新闻,我们再也不会为任何事而激动。假如报纸上没有刊登耸人听闻的灾难,我们会耸耸肩,把它扔在墙角。您怎么看?我们生活在1929年哪。"

伊波丽塔闭上眼睛,心想:"事实上,我又能跟这个男人说些什么呢?他说得没错,可是,这难道是我的错吗?"况且,她感到双脚冰冷。

"您怎么不说话了?听明白我跟您说的了吗?"

"嗯,我听明白了,我认为,每个人都需要了解生活中的许多悲哀。很显然,任何两个悲哀都不一样,因为每一个悲哀都对应着一个我们无法获得的快乐。您跟我讲述当下的灾难,而我却记起了过去的苦难;我感到那些苦难用夹钳将我的灵魂拔了出来,把它放在铁砧上,狠狠捶打,直到将它彻底砸扁。"

"占星家"露出难以察觉的微笑,回答说:

"灵魂紧紧贴在地面,仿佛想要逃避一场看不见的轰炸似的。"

---

① Al Capone(1899—1947),绰号疤面,黑帮成员,芝加哥犯罪集团联合创始人和老大。——译者注

伊波丽塔紧紧闭上眼睑。不知道为什么,她想起了与情人在乡下同居的那段日子。那个村子只有一条笔直的街道,不需要费什么力气就能轻易区分出杂货店、旅店和饭馆的外墙;杂货店基本由树枝围成。土耳其人的商店、木匠铺,再过去一点,有一间修车厂,农场的栅栏,被砖墙挡住的田野的风景,巨大的棚屋,在奶牛场门口啄食着残余的酪糊的公鸡,一辆汽车停在水煤气厂的门前,一个用毛巾裹着脑袋的女人消失在一道栅栏后面。那就是乡下。在那里,女人的价值由她可继承的土地决定。从福特车走下来的男人们迈进旅店,他们谈论着小麦的收成,玩儿一局台球。饿着肚子的克里奥尔人①不会去旅店,他们把消瘦的马匹拴在饭馆门口倾斜的柱子上,仿若拴在海边似的。

"占星家"静静地审视着她,他明白伊波丽塔陷入了过去的回忆之中,被曾经的痛苦捆绑起来。伊波丽塔飞奔进一场新的幻觉:一座火车站在她的内心铺开,会让站②的保险杠架在一座绿色的山丘上;一排排锌板的棚屋在她的眼前复苏,她离开这个记忆,一个非常甜美的声音仿佛叙述她的回忆似的,在她耳畔喃喃道:"风吹动理发店的招牌,阳光反射在倾斜的屋顶,把门上的木条晒得疲惫不堪。每一扇紧闭着的红色大门都遮掩着一个漆成仿石色的门厅,镶嵌着三种颜色的瓷砖。在每一栋漆成墙纸模样的屋子,客厅里都放着一架钢琴以及精心用套子保

---

① 一般指欧洲白种人移民在殖民地的后裔。——译者注
② 会让站是供给列车交会之用的车站。——译者注

护起来的家具。"

"您还在回想吗?"

伊波丽塔习惯性地迅速看了他一眼,说道:

"我也不知道为什么,当您提起那些不同的城市,我却想起了曾经住过一段时间的村子,一个人孤独且悲哀地生活在那里。为什么人类无法避开某些回忆呢?所有的一切都像照片一样,在我的眼前重现……"

"您在那里的日子很苦吗?……"

"是啊……其他人的生活让我感到痛苦。"

"为什么?"

"那些人的生活像禽兽一般。您瞧……关于乡下,我记得黎明时分,午饭后的钟头以及黄昏。那是我们那里最恐怖的三个时刻,一条铁路穿过村子,着灯笼裤的男人们站在一个红砖砌成的杂货店门前,福特汽车在合作社的墙边排起长长的队伍。"

"占星家"点头表示赞同,红发女子如此精确地回忆起那片居住着贪婪无比的人们的平原让他露出微笑。

"我记得……无论在任何地方、任何家庭,人们都在谈论金钱。那个村子属于布宜诺斯艾利斯省,但是……那重要吗?!那里的男人和女人,意大利人、德国人、西班牙人、俄国人和土耳其人的子女,都在谈论金钱,他们仿佛从小就习惯了听人谈论金钱。通过他们热爱的事物即可看出,他们所有的情感都受到对金钱的欲望的支配。他们在提及热情的时候绝对会扯到金钱。在评判一门婚事或一段恋爱关系时,他们的衡量工具是那场联姻能合计多少亩地,能让小麦的收成翻多少番,而我,迷失在他们之中的我,感到自己的生命将会过早地终结,那比我过去在城市里居无定所的生活还要糟糕。噢!根本没有办法逃脱金钱的宿命。"

一只看不见的鸟儿在绿丛中发出"呜克——呜克——"的叫声,一只黑色的蚂蚁沿着伊波丽塔的鞋子往上爬。"占星家"并没有将目光从伊波丽塔的脸庞上移开,他微笑地思索着。

"对于生活在乡下的人而言,金钱和政治是唯一的真理。"

"但那真叫人难以置信。在饭桌上,在喝茶时,在晚餐中和吃完晚餐后,甚至在上床睡觉前,金钱这个词都会将灵魂分隔开来。人们时时刻刻谈论着金钱;金钱与日常生活中最不起眼的行为联系在一起;那些被子女诅咒早点死去从而可以继承其土地的母亲们一心想着金钱,女孩子在考虑是否接受求爱前一心想着金钱,男人在挑选妻子前调查她们的遗产,在这个令人毛骨悚然的村庄,在它长长的街道上,我像被催眠了似的带着痛苦生活。"

"继续说……很有意思……"

"那里的男男女女像看待外来者一样待我,他们十分同情我的未婚夫。他为什么不和一个有钱的女孩或某个公司代理商的女儿结婚,而却要与一个瘦弱无比、没有钱而只有贫穷的女人结婚?"

"占星家"点燃一支烟,火柴在他的手指间闪烁,他饶有兴致地观察着伊波丽塔。

"真有意思……这些话您从没跟其他人说过吗?"

"没有,为什么问这个?"

"我感觉您在我跟前将一个古老的痛苦渐渐掏空了。""占星家"站起身来,"您瞧,最好站起来,否则会着凉。"

"是啊……我的双脚都冻僵了。"

此刻,他们走在纷乱的花坛间,花坛在黄昏中渐渐变得暗淡。时不时地,一窝鸟儿在树枝间发出骚动。在东北方向,大片大片的铜色划过橄榄果的天空。

伊波丽塔把一只手挽在"占星家"的胳膊里,说道:

"您相信吗?我已经很久没看过黄昏时分的天空了。"

"占星家"淡然地看了一眼地平线,回答说:

"人们已经失去了看星星的习惯。甚至只需稍微探究一下,您就会发现他们的生活方式分为两类:一些人歪曲对真相的认知,另一些人则将真相压扁。第一类人由艺术家和知识分子组成,压扁真相的那一组则由商人、实业家、军人和政治家组成。您一定会问,什么是真相?'真相'是'人','人'和他的身体。藐视身体的知识分子曾说过:让我们寻找真相。而他们把关于抽象的思考称作真相,他们写了关于各种事物的书籍,甚至包括观看一只飞蚊的心理活动。您别笑,事实就是这样。"

伊波丽塔好奇地看着桉树点缀着豹纹斑点的树干,以及另一些树干,一条条像狮子毛一样呈灰褐色的树皮从树干上脱落。零星的小棕榈微微张开蹼足式的绿锥果,烟叶色的枝条在空中张开双臂,像立起来准备进攻的蟒蛇般敏捷自如。枝条的阴影交织在地面,她小心翼翼地踩过它们。

一阵风吹起,树叶倾斜地翻动,坠落。"占星家"继续说道:

"相反，商人、军人、实业家和政治家则压扁'真相'，也就是说，压扁'身体'。他们与工程师以及医生合谋，宣称：'人需要睡八个小时，为了能够呼吸需要××立方米的空气。为了不凋零腐烂，为了让我们不凋零腐烂（否则后果将极其严重），××平方米的阳光是必不可少的'，他们就是用那样的标准来建造城市的。与此同时，身体会受罪。我不知道您是否意识到了身体究竟是什么。您的嘴里有一颗牙齿，但那颗牙齿事实上并不是为您而存在的。您知道自己有一颗牙齿，但并不是通过观看来得知的，观看并非得悉存在的方式。您之所以知道自己有一颗牙齿，是因为那颗牙齿让您感到疼痛。于是，知识分子避免了这一身体神经的疼痛，是文明的成果。艺术家说：这个神经不是生活，生活是俊俏的面孔、美丽的黄昏、睿智的话语，但他们绝不会提及疼痛。

"与此同时，工程师和政治家说：为了不让神经疼痛，需要非常精确的××平方米的阳光、××克的诗意谎言、社会谎言、心理麻醉剂、虚构的谎言、一个世纪之后的希望……而'身体''人''真相'则饱受折磨……之所以受折磨，是因为它们在沉闷乏味中以为自己存在，正如微风拂过神经时我们敏感地以为那颗坏牙齿也存在一样。

"为了不受折磨，需要忘记身体，一个人会在他的精神紧张地生活的时候，在他的感知力努力地工作使他看见体内的低级真相也可以服务于高级真相的时候，忘记身体。

"看起来，这似乎与我之前说的相互矛盾，但事实却并非如此。

"我们的文明的与众不同之处在于它让身体成为目的，而非媒介，身体成为目的，于是人们感受到身体以及身体的痛苦，也就是沉闷乏味。

"知识分子提出的应对措施——'知识'——十分愚蠢。就算您掌握了机械、工程或化学方面的所有奥秘，也不会比现在幸福哪怕一点点。因为那些科学并非是我们身体的真相，我们的身体拥有别的真相。其本身即是一个真相。而真相，真相是流动的溪流，落下的石子……牛顿的假设……是谎言。就算是真的，就算牛顿的假设是真的。假设不是石头，正是物体与定义之间的那种差异导致真相或科学谎言对我们的生活毫无用处。您听明白我说的了吗？"

"是的……我完全听明白了，您的目的是走向革命。您间接在对我说：您想帮我搞革命吗？为了不直接切入正题，您把话题细分了一下……"

"占星家"笑了起来。

"您说得对，您真是个了不起的女人。"

伊波丽塔把一只手举到男人脸颊的位置，说道：

"我想成为您的女人。我突然对您产生了强烈的欲望。"

"占星家"往后退了一步。

"对我丈夫不忠，我该会是多么幸福啊。"

他用目光打量她，冷冷地微笑着，回答道：

"我的想法在您身上造成的效果真是不一般啊。"

"欲望是我在这一刻的真相，我完完全全听懂了您所说的每一句话，我对您的热情即是欲望。您说出了真相，我的身体是我的真相，为什么不把它馈赠给您呢？"

一道可怕的皱纹划过"占星家"的额头。有那么一瞬间，伊波丽塔感觉他会将自己勒死。随后，他摇了摇脑袋，看向远方，那个距离在他瞳孔凸起的光亮中仿佛没有尽头。他冷冷说道：

"是啊……您的身体在这一刻是您的真相，但我对您并没有欲望。况且，我也不能拥有任何女人，我被阉割了。"

于是，她那天晚上对埃尔多萨因说过的话再次在她的嘴里爆发：

"怎么，你也一样？真是太痛苦了……那么我们都一样……我也从来没有过任何感觉，在任何男人身边……你……唯一的男人。什么样的生活啊！"

她沉默不语，若有所思地注视着桉树高高的扇形。桉树坚硬的锥果被光斑点缀，挂在较矮的植被弯曲的树冠上，植被在阴影中逐渐变得昏暗，看起来比海边的洞穴还要悲哀。

"占星家"像一头对着栅栏准备发起进攻的公牛一样，把额头前倾。接着，他看着树木的高处，挠了挠脑袋，说道：

"事实上，我、他、你，我们每一个人，都位于生活的另一侧。小偷、疯子、杀人犯、妓女，我们都一样。我，埃尔多萨因，'淘金者'，'忧郁的皮条客'，巴尔素特，我们都一样，我们了解相同的真相。这是一条定律：受苦的人最终都会了解同样的真相。甚至他们几乎可以用相同的语言来描述真相，就像患有同样疾病的人——无论他们是否识字——在病情严重到一定程度时可以用同样的语言来描述它。"

"但您相信某个……您有某个上帝。"

"我不知道……刚才某一刻,我在心里感受到了基督的温柔。当您把自己献给我时,我想对您说:耶稣会来的。"他笑了起来。伊波丽塔感到有些害怕,但他把手放在她的肩上,安慰她,同时说道:"埃尔多萨因说得没错,假如耶稣不再次来到我们跟前,人们就会相互折磨,直到精疲力竭为止。"

"怎么?!……聪明如您,也会相信埃尔多萨因说的话?……"

"而且我还很尊重他,我相信埃尔多萨因的感知,我觉得埃尔多萨因同时为许多人而活着。您为什么不把精力用来爱他呢?"

伊波丽塔笑了起来。

"不……我感觉他是个任人揉捏的可怜东西……"

"占星家"摇了摇头。

"您彻头彻尾地搞错了,埃尔多萨因是个享受侮辱的倒霉蛋。我不确定他还能往下坠多久,但在他身上,什么都有可能……"

"您知道那个广场上的女孩的事……"她没再说下去,担心说出不该说的话。

他们差不多走到了庄园的尽头。在铁丝网另一侧的远处,可以看见被流动的铝一般的薄雾遮掩的洞穴。在一个孤零零的小坡上,有一棵树,水墨色的树冠点缀着忽隐忽现的绿色镰刀,"占星家"脚跟定住地转过身,用手挠着耳朵,喃喃道:

"我什么都知道。也许圣人犯下的罪比埃尔多萨因犯下的罪还要严重得多,当一个体内住着恶魔的人通过犯下恐怖的罪过来寻找上帝时,他的内疚就会更深重、更可怕……但让我们换个话题吧……您丈夫还在精神病院吗?"

"是的……"

"您是来敲诈我的,对不对?"

"是的……"

"现在您打算做什么?"

"不做什么,准备离开。"她说出这番话的时候带着悲哀。她的意志已经崩溃。突然间,光线暗下来了一点儿,其变化速度比受微弱气流影响而倾斜的飞机还要快。天空的蔚蓝淡化为玻璃的浅灰,红色的云朵让斜斜的小径上杨木简洁的侧影变得更加昏暗。一种水下的光亮泼洒在事物的表面。伊波丽塔双脚冰凉,尽管就站在"占星家"的身边,但他神秘的阉割却将两极那般遥远的距离置于他俩之间,仿佛他们在极点弯曲的地平面相遇,正朝着相反的方向前行,在那个让人不抱希望的高纬度地带,一个简单的手势就可以构成全部的问候。

"占星家"揣测着她在想什么,沉思般地说道:

"我踩在天窗上,把玻璃踩碎了,摔在了楼梯的扶手上……"

伊波丽塔惊恐地遮住耳朵。

"……两个睾丸像手榴弹一样爆炸……"

他紧张地挠了挠喉咙,吸了一口烟,说道:

"我亲爱的朋友,这一点儿也不吓人。在委内瑞拉,反对派被吊睾丸吊死。他们的睾丸被麻绳绑起,吊在天花板上,这种酷刑在那里被称作'钳子'。在我们这儿的监狱里,审讯有时候是建立在击打睾丸的基础上的。我曾经差点儿死去……我知道置身于死亡那一侧的岸边是什么感受,因此,您不必因为试图给予我幸福而感到羞愧。巴尔素特在得知我的不幸时,亲吻了我的双手,并且因内疚而流泪。不过,他这一辈子还得流许多泪,正因如此,他才保住了性命。您想要见他吗?"

"什么?!他没被杀死?"

"没有,您希望我把他叫来跟您认识吗?"

"不,我以为他……我向您发誓我以为他……"

"我知道,我也知道爱能够将人们拯救——但不会拯救我们这样的人。现在我们需要鼓吹憎恶和毁灭、堕落和暴力,宣扬爱和尊敬的人会在那之后到来。我们知道这个秘密,但我们在行事的过程中得假装不知道它。'他'会静观我们的行为,并说:'做出这些事的人都是野兽,鼓吹这些的人都是野兽……'但'他'并不知道,我们希望自己被指斥为野兽,目的是为了让'他'天使般的真相发生爆炸。"

"您真是让人钦佩!……告诉我……您相信占星学吗?"

"不相信,那都是谎言。哎!您瞧,在与您聊天的同时,我心里冒出了这么个计划:我将给您五千比索作为封口费,您需要在收条上签字,承认您,伊波丽塔,收到了这笔钱,作为不告发我的罪行的补偿;然后,我会介绍您认识巴尔素特,那份文件对我没什么害处,但对您却十分危险,因为我可以凭借它把您关进监狱,把您变成我的奴隶。然而您却让我觉得您是我的朋友……告诉我,您愿意帮助我吗?"

盯着草地前行的她抬起头来:"您会信任我吗?"

"我只会信任那些没什么可失去的人。"

他们来到了装饰着棕榈树的露台。

"占星家"说:"要进来吗?"

伊波丽塔走上台阶。当"占星家"在昏暗的房间打开灯时,她好奇地观察着旧柜子,在三K党的领土上插着旗帜的美国地图、裹着绿丝绒的扶手椅、摆满罗盘的书桌、挂在高高的吊顶上的蜘蛛网,木地板已经很久没有上过蜡了。"占星家"打开旧柜子,从一道隔板取出一瓶朗姆酒和两个杯子,他把酒满上,说道:

"喝吧……是朗姆酒……您不喜欢朗姆酒吗?……我经常喝,它让我想起一首我不记得作者的歌曲,这样唱道:

十三个人,想要那个死者的箱子。
十三个人,噢,朗姆万岁……
魔鬼和酒完成了剩下的事……
魔鬼,噢,噢,朗姆万岁……"

伊波丽塔有些怀疑地观察着他。"占星家"的面色变得凝重起来,他说:

"您一定觉得这首歌很不合时宜,对不对?"他问道,"我是跟一个男孩学的,他整天都在唱这首歌,他住在我房间正对面那栋屋子的阁楼。那个男孩每天下午都会唱歌,当时的我刚刚经历了那场恐怖的意外,处于恢复阶段……某天下午,男孩没有再唱歌……我从给我送饭的人那里得知,那个孩子因为考试成绩不佳而自杀了。他是德国人的儿子,父亲非常严厉。我从没见过那个孩子的面孔,但不知道为什么,我几乎每天都会想起那个可怜的灵魂。"

伊波丽塔忍不住大声说道:

"是的,生活不过是回忆罢了……"

"我希望它是未来,在绿色田野的未来,而不是在砖头城市的未来。希望每个人都能拥有一块长方形的绿色田野,都能欢心崇拜一个创造天地的上帝。"他闭上眼睛,伊波丽塔看见他的脸色逐渐变得苍白。接着,他站起身来,把手放在腰带上,用沙哑的声音说道:"您瞧。"

他突然脱下了裤子。伊波丽塔把脖子缩在两个肩膀之间,匆匆看了一眼男人的小腹:一道可怕的红色伤疤。他小心翼翼地把私处遮起来,说道:

"我曾想过自杀;许多猛兽日日夜夜地在我脑袋里运作;接着,黑暗过去了,我走上了那条没有终点的路。"

"真没人性。"伊波丽塔喃喃道。

"是的,我知道。您一定觉得自己走进了地狱……花一分钟的时间想想街道,您瞧,这里是乡间;想想城市,长达几公里的屋子的外墙;您不答应帮助我就离开这里所需要承担的风险。当一个男人或女人明白了自己应该将生命奉献给实现一个全新的真相时,他或她再怎么抵抗自己也是徒劳。只需要拥有牺牲自我的力量,还是说,您以为圣人都属于过去?不……不,今天,有许多隐秘的圣人,也许他们比过去可怕的圣人更伟大、更属灵。他们等待着神的馈赠……而这些人,却连上帝的天堂都不相信。"

"那您呢?"

"我只相信一个唯一的职责：为了消灭这个残酷的社会而斗争。资本主义政权勾结无神论者，把男人变成了持怀疑论的怪物，变成了为了一支烟、一顿饭或一杯酒而杀死他人的刽子手，懦弱、狡猾、吝啬、淫荡、多疑、贪婪、馋嘴。对当下的男人我们不应当抱有任何期望，应该把目标转向女人，创建具有革命精神的女性基层，在家庭、师范学院、中学、办公室、技术学校和作坊里进行宣传。只有女人可以促使这些懦夫们发起反抗。"

"您相信女人吗?"

"相信。"

"坚定不移地相信?"

"是的。"

"为什么?"

"因为女人是真相的开端和结尾。知识分子看不起女人，是因为女人对他们为了避开真相而编造的胡言毫无兴趣……这当然讲得通……真相是'身体'，而他们所谈论的与女人的腹部制造的身体毫无关联。"

"是呀，可是直到现在，她们除了生孩子，没做过别的任何事情。"

"您觉得这还不够吗? 明天她们将发动革命。让她们渐渐苏醒吧，开始成为独立的个体。"

伊波丽塔站了起来。

"您是我认识的男人里最有趣的一个，不知道还能不能再次见到您……"

"依我看,您一定会再次见到我的。到那个时候,您会对我说:'是的,我想要帮助您……'"

"也许吧……我不知道……我今晚会想一想……"

"您会回去埃尔多萨因的家里吗?"

"不,我想要一个人待着,好好思考一下。我需要思考。"

伊波丽塔突然哈哈大笑起来。

"您笑什么?"

"我笑是因为我突然摸到了兜里那把带来自卫的手枪。"

"那您笑得有道理。好了,您现在可以走了,可以去思考……哎!您不需要钱吗?"

"可以给我一百比索吗?"

"怎么不可以?!"

"好了,那我们走吧,陪我走到这座可怕庄园的门口吧。"

"好。"

走出门时,"占星家"把灯关了。伊波丽塔微微有些驼背,她喃喃道:

"我好累。"

埃尔多萨因的爱人们

埃尔多萨因惊愕地站在刚租来的公寓所在的新建筑跟前。他无法理解这是怎么回事,他为什么会放弃自己家而搬到巴尔素特之前住的膳宿公寓来?

他十分担忧地看了看四周,他曾经住在那里。他租下了巴尔素特住过的同一间公寓!为什么?这件事是什么时候发生的?他闭上眼睛,试图将构成那个荒谬决定的细节——拉到记忆的表面,但关于那段日子的记忆带被最近发生的混乱事件层层覆盖了起来。事实上,站在那里的他感到非常奇怪,犹如站在警察局的牢房里似的。犹如置身于其他任何地方。况且,他的钱是从哪儿来的?噢,对!"忧郁的皮条客"……他在什么时候收拾的行李?他用手摸了摸额头,想要抹去笼罩在心理带上的薄雾,他唯一清楚的是他住在那个深深侮辱过他的男人曾经住过的房间,那个被他绑架、勒索并杀死的男人。但伊波丽塔又是如何得知他的住址的?埃尔多萨因徒劳地思索着这些费解之谜,犹如一个梦游后在困惑中醒过来的人,不明白自己睡在什么地方。①

"噢!所有那一切!……所有那一切!……"

他大脑的储存是多么稀少啊,让他遗忘了这世界?!

他恶心地走在建筑的过道里,那是一条拱形的隧道,两侧开合着装了铁栅的矩形电梯,以及喷吐着废水和黏米粉的臭味的房门。

---

① 埃尔多萨因是在绑架了巴尔素特大约两天后搬去巴尔素特曾经居住的膳宿公寓的。警方后来的调查发现,埃尔多萨因从未打算过要隐瞒自己的新住址,他写信给之前住所的房东,请她将他的新地址转告给任何前来找他的人。——评论者注(小说以评论者的口吻写就,是评论者在事后与主人公交谈,根据后者的叙述写成。"评论者注"即评论者加入的注释和解读。)

在一个房间的门槛，一个皮肤黝黑的妓女，穿着一件红白条纹的睡袍，手臂裸露在外面，正在哄孩子入睡。另一个黑头发的，奇胖无比，穿着木拖鞋，在吸吮一个橙子。埃尔多萨因站在电梯门口，电梯像厨房一样肮脏，从里面走出来一个提着装满了水泥的大桶的泥瓦匠，以及一个驼背的男人，手中的篮子里塞满了空的虹吸瓶和玻璃瓶。

房间由薄薄的铁板隔开。对面厨房的小窗户开向内院，从那里可以看见被湿衣服压弯的晾衣绳。每一扇门前都堆着烟灰和香蕉皮。从房间里传来辱骂声、令人窒息的笑声、女人的歌声和男人的斥责声。

埃尔多萨因在敲门前犹豫了一阵。他究竟在想什么，怎么会搬去那么污秽的地方、搬去巴尔素特住过的同一个房间呢？

他站在楼梯口，看向深处的小天井，追问自己到底想要在那个可怕的、既没有阳光也没有空气、在黎明时陷入寂静但却彻夜回响女人的叫声的房间寻找什么。傍晚时分，男人们来到庭院的中央，带着满是灰尘的嘴脸和白色的胳膊，坐在矮凳子上喝马黛茶。

螺旋状的楼梯往下延伸，比垃圾堆还要邋遢。

于是，他打开公寓的栅栏门，走了进去。他刚走进内院就预感到伊波丽塔不在那里。他走向自己的房间，没有任何人走出来。无须他人指点，他已经明白"瘸女人"是再也不会回来了。他用手掌遮住脸庞，就这样待了几秒钟，然后倒在了床上。

他闭上双眼。泛白的黑暗在他眼睑跟前固定下来，他平躺着的身体所获得的休憩像一剂吗啡似的在他的血管中流动。他试图通过想他的妻子来接受痛苦。但却徒劳。一个褪了色的画面用三个凸点触及他松懈下来的感官：眼睛，鼻子和下巴。

那是他妻子身上唯一留存下来的东西。于是，他回忆起她的身体。他闭上眼睛，隐约看见镜子里一个灰色的幽灵，但他反感地摒弃了那个画面。已经太晚了。没有任何关于她的照片能够唤醒他疲惫不堪的神经。在埃尔多萨因记录他的失望和沮丧的日记（这则故事的叙述者常常用它作为人物内心生活的参照）里，他曾这样写道：

"仿佛在一个人的体内，其摹本被固定在类似于石膏的材料上，表面的浮雕随着摩擦渐渐消失。我反复查看过那个相爱的生活，想要让它在我的体内保持完整，但是她，那个最初把指甲和头发、四肢和乳房都深深印在我的灵魂里的她却逐渐肢解，消失不见。"

事实上，对于埃尔多萨因而言，艾尔莎就像那些随时间流逝而发黄的照片，在那些照片里一点儿也看不见原初的模样——即便它们是精确无比的复制品。

于是，埃尔多萨因试图想起巴尔素特，一个恼人的呵欠让他的颧骨张开。他对死人不感兴趣。然而，在一道铁轨上方闪烁的阳光之间，那个女孩苍白的面孔突然从他灵魂的表面脱落，椭圆形的小脸，绿眼睛，黑色的鬓发时不时被微风拂过脖子。他心想：

"我真是太孤独了。我这是达到了多么麻木不仁的程度啊，灵魂里完全没有内疚？"接着，他用非常低沉的声音说道，以至于房间里回荡着海螺沉闷的窃窃私语：

"什么对我都不重要了。上帝和魔鬼一样百无聊赖。"

这个想法让他感到愉悦：上帝和魔鬼一样百无聊赖。一个在天上，一个在地下，两者以同样的方式凄楚地打着呵欠。埃尔多萨因躺在床上，拉伸身体，双手交叉放在脖子下面，微微张开眼睛，依然保持着孩子般的微笑。他对自己的想法很满意。他盯着天花板的一个顶点，皱了皱眉头。接着，一道伤心的薄片，垂直于他的心脏，飞快地将愉悦切成了两半，斜切过他的肋骨，像推开海水的船头那样，将他后颈的小幸福驱除到体外，于是，他悲哀地注视着从门上的玻璃照进来的黄昏。

他毫无意识地重复着维克多·安蒂亚[①]在恩博格别墅门口中弹时所说的话，埃尔多萨因凶狠地喃喃道：

"我被搞垮了。我永远都不会幸福。那条母狗也走了。我怎么会去和一个妓女聊铜铸玫瑰花?!"

他在想起那个长着雀斑的面孔以及分成两股沿太阳穴垂到耳尖的红头发时，咬紧了牙齿。

他试图自欺欺人，说道：

"好了，我会给自己买七套西装的。"

他想要用那些话语来阻止自己灵魂的坍塌，但却无济于事。

"我还会给自己买五十条领带和十双皮鞋，尽管我应该那天晚上就把她杀死。是的，那晚应该把她杀死。"

装在兜里的那捆钱有些碍事，于是他把钞票拿出来清点。

[①] 1926年轰动一时的维森特—洛佩兹市政议员卡洛斯·雷谋杀案的嫌疑犯之一，他在同年12月中弹并被捕。——译者注

后来他才意识到自己竟那么疏忽，连门都没有关上。

从门口照进来一束黄昏的灰光，类似于鱼缸的光亮，笨拙且近视的鱼儿在那里游来游去。埃尔多萨因坐在床沿，手掌撑着脸颊。当他抬起眼睑时，目光停滞在一张日历卡上，卡片的色彩缤纷吸引了他的注意力。

一根巨大的钢铁"工"字横梁悬在天地间，挂着一条黑色的链条。在那后面，紫色的黄昏落在远处的工厂上，笼罩在烟囱的高塔与吊车的支杆之间。生命再一次在埃尔多萨因的体内呻吟。他时不时困乏地眯缝着双眼，感到如此敏感，仿佛身体彻底被展开，他坐直的身体正修剪着房间里的孤独，墙角逐渐暗淡下来，变成水一样的灰色调。

他想要回想案发那天早晨的情形，但却做不到。他回到家时，对伊波丽塔的消失有些惊讶。现在，伊波丽塔也远离他的意识而去。他的感知唯一的作用是让他明白，自己体内的能量已在身体被压扁时消失殆尽，他置身于房间丧葬般的孤独里，脸颊悲哀地被一只手支撑着。他甚至觉得自己已离开了身体，成为隐形的间谍了，审视着那个被击溃的男人的痛苦，男人的眼神迷失在一张猩红斑点的图表上，图表被一根悬在天地间的钢铁横梁斜插而过。

时不时地，一阵叹息让他的胸腔扩展开来。他同时过着两种生活：其中一种，像幽灵一般，停下来悲哀地注视着一个被不幸压扁的男人；而另一种，他自己的生活，他感到自己像地下勘探者，像潜水员一样，伸出双手，颤抖地摸索着坠入的可怕深渊。

时钟的嘀嗒声听起来有些不同，埃尔多萨因闭上眼睛。一层层垂直于寂静的外壳将他与世界隔绝开来，那些外壳一层接一层地落在他的体外，轻拂过他的叹息。寂静与孤独，他待在那里面，仿佛被石化了一般。他知道自己还没有死，因为胸部的骨骼依然在痛苦的压力下起伏。他想要思考，整理他的想法，重新找到他的"自我"，但他做不到。即便在瘫痪状态下挪动一只手臂也不会比在他此刻的灵魂里移动更艰难。他连心跳都感觉不到，更何况，在压在额头的那层黑暗的中心，他发现了一个小孔，孔的另一侧是一个非常遥远的港口的桅杆。那是一座遥远的黑暗城市里唯一一条洒满阳光的小径，矗立着钢筋混凝土制成的圆柱体粮仓，以及厚玻璃橱窗，尽管他想要停下来，但却做不到。他在一个可怕的超文明面前迅速地崩溃：在那些超级大城市里，繁星的尘埃落在露台上面，地下布满了三套地铁网络，把苍白的人性拽向无止境且毫无益处的机械进化。

埃尔多萨因发出一阵呻吟，搓了搓双手。组成地平圈的每一个弧度（如今他是世界的中心）都颁发给他一本证书，证明他的极度渺小：分子、原子、电子，而他则向组成地平圈的三百六十度发送痛苦的呼叫。什么样的灵魂会回答他？他摸了摸滚烫的额头，看向四周。随后，他闭上眼睛，在寂静中重复他的呼叫，等待回复，接着，他沮丧地把脸颊放在枕头上。在三十亿人之间，在一座城市的中心，他是彻彻底底的孤独。仿佛一道不断增长的斜坡突然加快了他的灵魂坠入深渊的速度，他心想，即便身处冰雪覆盖的极地，也不会比现在更加孤独。胆怯的声音犹如暴风雨中的鬼火一般，从他痛苦肉体的每一立方厘米用同样的话语重复着抱怨。他该怎么办？他该做什么？

他站了起来，从房门探头看向夜幕笼罩的内院，他抬起头往上看，目光爬过墙壁，发现肮脏的水泥墙上嵌着一个青瓷四边形。

"这就是人们的生活，"他对自己说，"到底应该做些什么，才能结束这地狱般的生活？"

每一个问题都同时在他的脑膜里发出共鸣，每一个想法都变成了一个生理的疼痛，仿佛他精神的敏感也被传染给了体内最深处的组织。

埃尔多萨因聆听着这些疼痛在他手指的骨头、在他胳膊的三角肌、在他肌肉的节点、在他肠道温和的角落里发出回响，在他腑脏的每一处黑暗都有一个鬼火形成的气泡发生爆炸，颤颤巍巍地提出那个幽灵般的问题：

"他该做什么？"

他按了按太阳穴，他用拳头紧紧按住太阳穴；他位于世界的黑暗中心；他是一个拥有三百六十度的疼痛的肉体轴，他心想：

"结束了会好些吗？"

他缓缓从桌子的抽屉里取出手枪，沾了油污的武器被他沉甸甸地握在掌心。他端详着枪筒，转动它，观察着黄铜色的底火与灰褐色的雷管。他把手枪立起来，看向枪管内部的黑暗真空。埃尔多萨因把枪管放在心脏的位置，皮肤感受到衣服布料圆形的压力。

大块大块的黑暗在他的眼前坍塌。他想起了艾尔莎，他看见她在那间可怕的贴着蓝色墙纸的房间里,她半合着的嘴从黑暗的表面脱落,迎接另一个男人的吻。埃尔多萨因想要绝望地号叫,想要用手掌遮住那张嘴,这样其他那些隐形的嘴唇就无法亲吻她了,他缓缓用指甲划过桌面,继续把手枪压在胸口。

他全身都在呻吟。他不想死,他需要受更多的苦,需要继续被摧残。他用枪托敲打了一下桌子,接着又敲了一下,一股残忍的力量让他的手臂弯曲,仿若一只试图抱紧树干的大猩猩的双臂。他在椅子上缓缓弯起身子,蜷缩起来,想要让自己收缩,他像那些大体积的猛兽一般,大步跃向空中,倒在了地毯上,醒来时蹲着身子,十分惊讶。

地上铺满了金钱,枪托与一捆捆钞票的撞击让钞票四处飞散。埃尔多萨因傻傻地看着那些钱,他的心依然沉默着。他咬着牙站了起来,从房间的一个角落走到另一个角落——他一点儿也不在意踩到钞票。他嘴唇扭曲,做了个怪相,缓缓从一面墙踱步到另一面墙,仿佛被关在大笼子里似的。他时不时地停下脚步,缓慢呼吸,奇怪地看着溢满房间的黑暗,又或是用双手紧紧按住心脏。有一股力量想要从他的体内逃脱,他一下子将前臂撑在墙壁上,并将额头靠在前臂上,肺部在体内呼吸着他的痛苦。他竖起耳朵,试图分辨来自远处的声音,但却什么也听不见,他独自一人位于球形地狱的表面,与之垂直。他再次开始踱步。铁皮表面的锈壳就是那样形成的,他灵魂表面的图像也是那样缓缓形成的。埃尔多萨因试着去理解那些想法、悲哀的愿望以及顿挫的哭泣所形成的模糊的浮雕,随后,他突然转过身,心想:

"我需要获救吗?我们每个人都需要获救吗?"

这个词犹如上帝的风暴一般,在他眼前投映出红铜色的贫困村落。从窗口可以看见一张张可怜的面孔,女人跪在摇篮边,拳头威胁着上帝的天堂……埃尔多萨因摇了摇头,仿若一个太阳穴被箭刺穿了的男人。被他看透的一切是多么可怕,他张开嘴,大大吸了一口气,接着再一次坐在桌边……他已经不在他的体内,也不再是他。他斜眼看了看四周,心里想着必须得发现真相,那是最紧迫的问题,否则他会发疯,当他再次想起罪行时,他犯的罪已不再是罪。他试着回忆起伊波丽塔的幽灵,然而,一种神秘的体验仿佛在告诉他,伊波丽塔从没来过这里,于是,他感到自己想要尖叫。

接着,他的思绪被打断,他感觉到有人在观察他,于是小心地缓缓抬起头,发现门槛处站着公寓的房东伊格纳西娅太太。

埃尔多萨因在后来谈到当时的场景时,对我说:

"当我看见那个女人站在那里,一动不动地窥视着我时,我感到一阵巨大的喜悦。我不知道她为什么会出现在那里,但直觉告诉我我们俩想要相互利用对方。"

伊格纳西娅太太沉默地走了进来。她身材高大且粗壮,圆脸,甲状腺肿大。黑色的鬈发,死鱼一般的眼睛,极度下垂的嘴角的顶点,让她的模样看起来有些残忍且邋遢。她的脖子上系着一根黑丝绒带子,破旧的鞋子在她黑白格子的睡袍下摆处消失,胸部高高鼓起。她避开地上的钞票,舌头贪婪地舔了舔充满光泽的嘴唇边缘,说道:

"埃尔多萨因先生……"

埃尔多萨因没想到要把钞票收起来,他转过身。

"啊!是您呀?!"

"昨晚在这里过夜的女士让我告诉您不必等她。"

"她是什么时候离开的?"

"今天下午,大概三个小时前。"

"好。"他转过头,继续数钞票。

伊格纳西娅太太被眼前的情形惊呆了,站在那里,一动不动。

她双臂交叉,贪婪地舔了舔嘴唇。

"我的天哪!埃尔多萨因先生,您赚了大钱了?"

"没,太太……我搞了个发明。"

那个以手工活为生的女人还来不及惊讶,他(假如在几分钟前问他那些钱的来处,他还不知道该怎么回答)就从口袋里取出一朵铜铸的玫瑰花,展示给对方,说道:

"看到了吗?……这是一朵真的玫瑰,凭借我的发明它在几个小时内就变成了一朵金属花。'电气公司'跟我买下了这个发明的专利。我会发大财……"

以手工活为生的女人惊异地查看着黄澄澄的金属花。她用手指转动金属花秆,陶醉地欣赏着薄薄的金属化的花瓣。

"但您真的能!……谁曾想到过?!……多么美的花啊!可是,您是怎么想到那个点子的?"

"我搞发明搞了很长时间了。您看到了,我是个发明家,可能全国都找不到另一个比我更有天赋的人。太太,我注定会成为发明家。当我去世后,某天会有人来找您,对您说:'但是,太太,请告诉我们,他是个什么样的男人?'我的照片会很快出现在报刊上,到时候您别惊讶。可是太太,您请坐。我很高兴。"

"上帝保佑!怎么可能不高兴?!我第一眼看见您,就打心底知道您是个不一般的男人。"

"要是您知道了我眼下正在研究的发明,您可能会昏倒过去。眼前这点钱根本算不了什么,只不过是他们付给我的其中一部分……当铜铸玫瑰花在布宜诺斯艾利斯出售时,他们还会再付给我五千比索。'电气公司'啊,太太。那些美国人简直满手是钱……但是,太太,让我们换个话题吧,您觉得我现在有了钱,找个人结婚怎么样?……太太,我需要一个年轻的女人……精力充沛的女人……我受够了一个人睡觉了。您觉得怎么样?"

他故意使用这般粗鲁的语言,体验到一阵强烈的快感,濒临狂热发作的状态。后来,这些生命的评论者认为,埃尔多萨因的态度源自他潜意识中想要向之前所受的一切痛苦报复的欲望。

女人的眼睛在脓肿的光亮中变灰。

她缓缓把头转向埃尔多萨因,通过眼睑令人反感的裂缝窥视他,声调犹如逃避整个世纪的放纵的信徒,喃喃道:

"您别着急呀,埃尔多萨因。您瞧,城市里的女孩子都机灵得很。您得到乡下去,在那里能找到害羞谨慎的女孩,尊敬人,听话……有家系血统……"

"家系血统对我一点儿也不重要,太太,我是想到了您的女儿。"

"埃尔多萨因，别这么说！"

"是的，太太……我喜欢她……很喜欢……她很年轻……"

"但她也太年轻了，离结婚的年纪还早，她才刚满十四岁啊……"

"那是最美的年纪啊，太太……况且，玛利亚也需要结婚，我前几天才在门厅瞧见她，把手放在一个男人的裤门襟上。"

"您说什么？"

"在我看来，那并没有什么大不了的，因为手总得找个地方放着……太太，您不能否认，我十分善解人意……"

那个脏兮兮的胖女人做出要昏厥过去的架势，再次说道：

"埃尔多萨因先生，怎么可能?!……我女儿把手放在一个男人的裤门襟上！……埃尔多萨因，我们是有家系血统的……我们来自图库曼省①的贵族阶级……不可能……您一定是弄错了！……"她假装惊愕地开始在房间里走来走去，同时把双手合在胸前，做出祷告的模样。埃尔多萨因兴致盎然地凝视着她，为了忍住不发笑，他咬了咬嘴唇。数不尽的下流话堆积在他的想象中，他无情地说道：

"太太，因为您知道的，男人的裤门襟不是一个年轻女孩的手应该放的地方……"

"您别让我发抖……"

埃尔多萨因继续无情地说道：

---

① 位于阿根廷北部。——译者注

"那个被我撞见把手放在男人裤门襟的女孩,她的诚实真令人担忧。太太,您不觉得吗?……您难道可以说她把手伸到那里是为了寻找玫瑰或茉莉吗?不,不可以。"

"天呐!……到了我这个年纪,还会受到这种侮辱!……"

"太太,请您冷静一下……"

"埃尔多萨因,我无法理解那个行为。处女,我结婚的时候可是处女呀,埃尔多萨因。"

埃尔多萨因像小丑一样严肃地回答道:

"这也不能证明她不是……天啊。迄今为止,我还没听说过哪个女人仅仅因为把手放在男人的私处就丢了处女身的。"

"我是带着家系血统和端庄谦逊嫁进丈夫家的,我是图库曼的精华,埃尔多萨因,我们的证婚人是内斯托尔议员和巴列霍部长。那时的我是那么地纯真,以至于我的合法丈夫——愿他在天堂安息——称我为'小处女'。埃尔多萨因,我出身于富裕人家,您别因为我们眼下的境况而误会了。一个儿子的去世让我们陷入了贫困,那时候的我说道(我的舌头从没被谎言玷污过):'医院是为穷人服务的,我们不应该霸占穷人的地方。'于是我儿子被送去了一间特殊的疗养院。"

埃尔多萨因打断了她:

"但是,太太,您说的这些与您女儿的处女身有什么关系呢?"

"您等一下。"

三分钟后,伊格纳西娅太太带着女儿返回到房间。

女孩微微有些对眼,身体发育十分早熟。

埃尔多萨因像查看一匹小马似的审视着她,与此同时,女人像吃了火药一般,暴怒地冲对眼女大喊:

"但你跟我说说,你怎么能够如此背叛抹黑你的祖宗?!"

"太太,祖宗与处女身没什么关系……您瞧,我是多么善解人意……"

恐慌中的对眼女用一只眼看着她母亲,另一只眼看着埃尔多萨因。

"埃尔多萨因,看在上帝的分上,别打断我。"

接着,她再次转向女孩,重申道:

"要是得知你,我的女儿,伊斯梅尔·平托斯的女儿,把手放在男人的裤门襟处,你那个差点当了律师的父亲会怎么看?你身为部长的教父会怎么看?整个图库曼社会又会怎么看?"

她动作夸张地倒在了一张椅子上。

"处女,埃尔多萨因先生,我是带着处女身结婚的,带着完好无损的贞操,干干净净的家系血统……我是彻头彻尾的单纯,埃尔多萨因……犹如山谷中的一株百合,而你却恰恰相反……你让家族的名誉扫地……让家族蒙羞……"

那个荡妇沉浸在对自己完好无损的处女膜的回忆之中。雷莫从未感到像此刻这般兴致盎然,他在半昏半暗里微笑,将自己的难过溶解在这美妙的愉悦中。那幅场景怪诞得不能再怪诞了,他,一个深思熟虑的男人,正在与一个令人作呕的老妇探讨一个他根本不关心的女孩假象的处女身。他严肃地申辩道:

"问题在于,在那些裤门襟的纠葛中,女孩子有时候会失去处女身,而什么样的男人会愿意迎娶一个即使再体面但阴道已被损坏了的女孩呢？……没人会愿意。"

以手工活为生的女人眯缝着眼睛的脓肿，语无伦次地大声喊道：

"处女，埃尔多萨因先生……当时的我是处女，带着完好无损的贞操，上的婚床……"

"这样才对嘛，太太。遗憾的是，你女儿可能无法说出同样的话……"

一直歪着头的对眼女突然哭喊着爆发：

"我也是处女，妈咪……我也是……"

脏兮兮的胖女人心软了一些，挺直了身体：

"女儿啊，你没撒谎吧？"

"没，妈妈；我是处女……那是我头一次把手放在那里……"

"如果是头一次，那就没关系，"埃尔多萨因严肃地总结道，然后补充说，"而且，这没什么好难过的。女孩子总是需要在什么地方学习学习结婚后将要做的事情嘛。"

那情景无疑令人十分恶心，但他仿佛并没有意识到似的。

以手工活为生的女人一只手放在胸部，用谄媚的声音缓缓说道：

"埃尔多萨因先生，平托斯一家是从不会撒谎的。我以自身的贞操担保这个纯真女孩的处女身。"

埃尔多萨因仔细地挠了挠鼻尖，说道：

"贞洁无比的伊格纳西娅太太：我相信您，因为担保是您亲自托付。"

女孩抹了抹眼泪，埃尔多萨因看着她，接着说道：

"喂，玛利亚，我想和你结婚。现在我有钱了。你看到所有那些钞票了吗？……你可以买漂亮的裙子……珍珠……"

伊格纳西娅太太迅速打断他：

"她怎么可能不想与您这样一位受人尊重的绅士结婚呢？！"

未成年女孩死气沉沉的双眼突然像弗拉维①那样闪闪发亮。

"你觉得怎么样？……你想结婚吗？……"

"这……按妈妈的意见吧。"

"很好……我授权你与埃尔多萨因先生发生关系，而且……当心点，别冒犯着他了！"

"玛利亚，你同意了吗？"

女孩淫荡地微笑起来，结结巴巴地说出一个被委托的"是"。

埃尔多萨因从床上拿起三百比索。

"拿着，拿去买衣服。"

"埃尔多萨因先生！……"

"伊格纳西娅太太，什么也别说了……您什么也不需要吗？……太太，别不好意思……"

"要是我有这个胆……我有两百比索要到期了……我会在月底还给您的……"

"怎么不可以？！妈妈，拿着……这些够吗？……"

"目前是够了……之后……"

---

① 此处应该是指 Fulvia（前 77—前 40），古罗马政治家和军事家马克·安东尼的妻子，以行为放荡而闻名。——译者注

"自家人，妈妈……要是您允许，我就叫您妈妈了……"

"好的，儿子……但是，你在做什么啊？……孩子，快给你男朋友一个吻呀！"脏兮兮的女人尖叫道，一只手把钞票紧紧握在胸口，同时另一只手把女孩推向那个愤世嫉俗的男人的怀抱。

玛利亚腼腆地靠近他，埃尔多萨因一手揽过她的腰，让她坐在自己的大腿上。于是，她母亲抽搐地微笑起来，在离开房间之前，托付道：

"我把她交给您了，埃尔多萨因。"

"太太，别走……妈妈，我想叫的是……"

"您还需要什么吗？"

"坐下吧，您要是知道迈出这一步我是多么地开心……"

他在床边给对眼女孩腾出位置，对她说：

"坐在我身边，"继续说道，"今天对我而言真是个大日子。我终于找到了家……一位母亲。"

"埃尔多萨因先生，您没有母亲吗？"

"没有，我很小的时候她就去世了……"

"啊，一位母亲……一位母亲，"女人叹息道，"我常常说，男人是没用的东西。想要干出一番大事必须有一个好女人的陪伴和帮助。"

"我也是这么认为的……"

"正因如此，而并不是因为我女儿人在这里……"

"妈妈……"

"我们应该做的，"埃尔多萨因暗示道，"是寻找一栋靠近河边的屋子。您要是了解我多么想要住在河边。在那里搞我的发明……"

传来一阵轻轻用指关节敲门的声音,赭色皮肤且跛足的女仆出现在门口。她天真地笑了笑,通告说:

"一位名叫'哈夫纳'的先生找您。"

"请他进来。"

三个女人离开了房间。

"忧郁的皮条客"做出一副嗅探房间里在密谋什么见不得人的事的模样,走了进来。他把手伸向埃尔多萨因,说道:

"我有点无聊……于是就来看看您。"

生命的宗教意义

埃尔多萨因打开电灯。哈夫纳一句客套话也没说,直接把帽子扔在床头,然后斜靠在床上。一波抹了发蜡的黑头发在他的前额形成一道弓形。他用一只手掌擦了擦满是尘土的脸颊,尖酸地看向四周,一边了理大腿上的裤子,一边嘟哝道:

"您这里不错嘛。"

埃尔多萨因坐在桌子旁一张椅子的边沿,饶有兴致地打量着"皮条客"。"皮条客"拿出香烟,也没有请埃尔多萨因抽,含含糊糊地说道:

"这座城市的所有人都闲来无聊。昨天我去了'占星家'那里,他说很久没见到您了。"

"您去见了他……他说……"①

"我不知道,他有点儿担忧。那个男人不会有好下场。"

"您这么觉得?"

"是啊……他脑子里同时思考的东西太多了。他的确还可以再思考两倍的东西……我曾试着对他提出的计划感兴趣……说到底,我跟您说实话吧,我对什么都没兴趣。我感到很无聊。非常非常地无聊。我对赌博、妓女以及咖啡哲学都没什么兴趣。在这里没有任何事情可以做。"

"您不是数学老师吗?"

"是啊……但当老师与感到无聊有什么关系?难道您觉得我可以通过求平方根来获得乐趣吗?您知道为什么皮条客会把妓女赚来的所有钱都拿去赌博?因为他感到无聊,是的,因为无聊。没有比'龟公'更'冷冰冰'的人了。他活着是为了赌钱,正如妓女工作是为了养活他一样,那是流淌在我们血液里的东西。您没读过贝尔纳·迪亚斯·德尔·卡斯蒂略②的《征服新西班牙》吗?您会在那本书里找到有意思的东西。那些征服者是如此好赌,甚至把破鼓上面的皮革取下来,制作成纸牌。他们把从土著那里掠夺而来的黄金作为赌注,玩儿那些纸牌。那是流淌在我们血液里的东西。它在空气里。"

---

① 这个细节向我们表明,"占星家"小心翼翼地向"忧郁的皮条客"隐瞒了他生活里的秘密,因为前一天下午,当哈夫纳问起埃尔多萨因时,后者当时正在"占星家"的庄园里睡觉。——评论者注

② Bernal Díaz del Castillo(1492—1584),16世纪西班牙士兵,参与过西班牙在中美洲的征服战争。——译者注

"那是因为缺乏宗教意义,"埃尔多萨因严厉地反驳道,"要是人们拥有生命的宗教意义,就不会赌博了。"

哈夫纳敞怀大笑起来。

"您真是个有意思的家伙,您竟然会寄望于一个'龟公'拥有生命的宗教意义!作为征服者的西班牙人非常信仰宗教,在聆听一场弥撒之前,他们是绝不会进入战场的,他们把自己交付给上帝和圣母。但这一点并没能阻止他们嗜赌成性、把土著活活烧死。"

"那都是成规。生命的宗教意义意味着在世界内部的姿态,一个心理和精神上的姿态……"

"如何能够拥有它?"

"我不知道。"

"那您怎么能谈论一个您自己都不了解的东西?"

"因为这个问题让我困扰,也让您困扰。"

"于是您就试图用语言来解释。"

"不是,它就在那里,并不是语言……我推测出某个东西。那个东西由什么组成?……有时候我感觉自己捉住了解决方案,在别的时候它又在我的指间融化。比如……我的问题。让我们来看看我的问题……而不是你的。我的问题在于自我堕落。在猪圈里堕落。为什么?我不知道。但肮脏对我有吸引力。请相信这一点。我想要过一种肮脏淫秽的生活,直到我说'够了'。我想要'当'男朋友……别打断我。在某个非常信奉天主教的家庭,在充满了女孩子的家庭,当男朋友。与她们中的一个——其中最专暴的一个——结婚。被戴绿帽子,被那个恶心的家庭逼着去工作,仅仅揣着搭电车的两毛钱走上街。别打断我。我想要在一间办公室工作,上司是我妻子的情人。所有的同事都知道我被戴了绿帽子。上司冲我怒吼,而我则乖乖听他大吼大叫。然后,到了晚上,他会来我家做客,我的妻子、我的岳母以及所有姐妹们都会陪上司玩儿彩票,与此同时,我则会早早上床睡觉,因为第二天早上我需要早起赶去上班。"

"您疯了。"

"那一点毋庸置疑。"

"您是真真正正地疯了。"

"难道有开玩笑地发疯这一说法吗?"

"对,人们有时候会开玩笑地发疯。您是真的。"

"好吧……在我体内有一种想要耗尽所有羞辱体验的迫切需求。为什么?我不知道。其他人——这一点也毋庸置疑——会尽量躲开让自己受辱的事。我想象自己置身于那个天主教家庭,当妻子与上司在卧室里翻云覆雨的同时,用一根绳子把围裙系在腰间,在厨房洗碗,当我想象这个场景时,我感受到一阵特殊的痛苦,它几乎是极其甜蜜的。"

"真让人难以理解……发人深省……"

"您先是说我疯了……现在又说我发人深省……"

"是的,我之前说您是个疯子……稍等一下。""皮条客"站起身子,开始在房间里踱步,接着,他在埃尔多萨因面前停下脚步,发生了有趣的一幕。"皮条客"靠近埃尔多萨因,好奇地看着他的双眼,说道:

"在您说话的同时,我在思考,后背感到一阵冰凉。我突然产生了一个荒谬的念头,但它应该是真的……"

"说说看……"

"您内心深处带着某种内疚……"

"唉!唉!您说什么呢?……"

"是的……您应该是犯了——我也不知道什么时候……我猜不到……一桩可怕的罪行。"

"唉!唉!您说什么呢?"

"您没对任何人坦白过那桩罪行……没有人知道……"

"我没有杀人……"

"我不知道……犯下可怕的罪行并不一定要杀人。我所谓的可怕的罪行,是指一桩地球上没人能够原谅的罪行。"

"我什么罪也没犯……"

"我没要求您告诉我。那是您的事。但我把指头放在了伤口上面。尽管您口头上说没有,但您心里知道我说得没错……这是您内心'受辱的迫切需求'的唯一解释。您别脸色发白……"

"我的脸色没发白……"

"现在您……也许您正处于另一桩罪行的边缘。某个直觉告诉我,您属于那一类人,需要不断在罪过上面累积罪过,才能忘记第一桩罪过……"

"真了不起……"

"皮条客"站在埃尔多萨因面前,双手插在灰色外衣的口袋里,胸膛鼓起,因为他的脑袋朝埃尔多萨因倾斜,双眼死死盯着对方,坚持说道:

"我再跟您说件事吧。我,凭借我干过的所有坏事,曾以为站在您身边的自己是个巨人；现在我才意识到，我们所有人在您身边都不过是个小屁孩儿。您别笑。要是说在我们中间有一个罪犯，有一个谁知道犯下过多么恐怖的罪行的人的话，那一定是您，埃尔多萨因。您也知道这一点。您知道我说得没错。谁知道您犯了什么罪呢?! 一定是一桩极其严重的罪行，以至于您的内心久久不能释怀。我在第一次见到您的时候就曾在心里说过：'这个男人真奇怪啊！'接着'占星家'跟我讲了一些关于您的事情，更加深了我的那种感受。您刚才跟我说话的同时，我后背一阵冰凉，是一种预感，我的感受十分清晰：这个男人犯下了某桩可怕的罪行。他所谓的对受辱的需求不过是内疚罢了，他需要得到良心的宽恕，原谅那个他无法忘记的可怕行为。否则的话，这一切很难讲得通……"

"像我这样的傻瓜能够犯下什么样的罪行呢？"

"您根本不是傻瓜。"

"您知道我被我妻子的表弟打了一记耳光……"

"我什么都知道……那不重要……恰恰相反……那证实了我的观点，您的生活孤立于其他人的生活。您内心的那种'对受辱的需求'是这样一种感受：您知道自己犯下了可怕的罪行，因此没有权利靠近任何人。"

"真有意思啊！……仅仅是罪行还不够，您还需要用'可怕'来修饰……"

"我知道自己猜对了。您很清楚，如果人们知道了您的罪行，也许全世界都会在惊骇中背弃您。于是，当您接近某个人的时候，您下意识地明白，假如那个人亲切地接待您，是因为您骗过了他,否则,假如他得知您犯下的罪行,一定会惊恐地拒绝您。"

"可是哈夫纳,您的口才真好啊!……我会犯下什么样的罪行呢?"

"埃尔多萨因,让我们别绕圈子了。您在很久以前……谁知道是多少年前……犯下了一桩罪行,并逍遥法外。没人认识您,认识您的人也没有对您产生怀疑。您知道没人能指控您……也许那桩罪行的主角已经死了,但您却没有忘记它。"

"哈夫纳,您疯了吧……"

"埃尔多萨因,请让我说下去……我看人还是有点儿准的。您从今天开始脸色突变,您的嘴巴很干,时不时地,嘴唇会颤抖……要是这个话题让您不舒服的话,咱们换个话题吧。"

"问题在于,我不能容许您有那样一个念头。"

"您瞧,假如您跟我说,为了证明您是清白的,您将对着自己打一枪,并且您真的把自己杀死了,那么我会对自己说:'埃尔多萨因自导自演了一出喜剧,他即便死了,也依旧带着一桩他无法坦白的罪行……真恐怖。'"[1]

"您要是那样说的话,就没有讨论的可能性了……"

"那是理所当然的。现在,您的痛苦也就可以理解了……那个您一直提到的痛苦……"

"很好……我们换一个话题吧。"

---

[1] 聆听了这些供词的评论者认为哈夫纳关于埃尔多萨因未曾供认的罪行的假设是正确的。否则的话,他一而再再而三地寻求自我堕落就很难解释得通。——评论者注

他们俩沉默了几分钟。埃尔多萨因跷起二郎腿,双手抱在胸前,盯着地面,接着,他说道:

"哈夫纳,您知道吗?我有时候觉得,生命的宗教意义在于毫无保留地爱慕自己,把自己当作某个神圣的事物来尊重……"

"诶!诶!……"

"而不是把自己交付给心爱的女人,像女人将自己交付给男人那般一心一意。"

"呜!……"

"您注意观察……您认识了一个喜欢的妓女,把她买了下来,那个行为本身不过是一场复合型的手淫罢了。对于找到了生命的宗教意义的男人而言,拥有一个女人但却不爱她就如同您放弃花钱买春而选择自慰所获得的堕落感一样。一个正常的女人对性交持有同样的感受,对她而言,一个把自己交付给一个男人但却不爱他的女人非常腐化堕落。您就亲口告诉过我,妓女把那些更换'龟公'的女人称作'疯子'。"

"皮条客"抬起一边眉毛,聆听着。

"您相信您跟我说的这些吗?"

"坚定不移地相信。"

"那么照您的说法,以那种方式爱自己、尊重自己又会怎么样呢?"

"诶!……这个问题太……您瞧,人格将会被复制……会保持贞操,直到又想要孩子的时候……"

"那不可能……"

"如果心里觉得不可能,那当然是不可能的了,一旦觉得有这个可能性，那就很容易了。您可以想象吗？当一个女人在得知她伴侣的生活跟她的生活同样纯洁完美的那一刻会感到怎样地安全、强大、愉悦和尊重？当她得知他跟她一样，一模一样……您笑什么？"

"我笑是因为我想到我的同伙中没人会相信我能忍受这样一场谈话。您不觉得可笑吗？"

"不觉得，因为……最糟糕的是心里思考那些事但却不把它们说出来……"

"但人做不到……从生理学的角度而言……"

"都是谎话……做得到……只要想做就能做到。您也明白是可以的……"

"那生活呢？"

"于是生活就会改变方向，会出现新的精神力量、新的道路。"

"那要是他想要另一个女人呢？"

"既然他在拥有最近一个女人之前就想要别的女人，然后把最近拥有的那个女人变成了别的女人之一，他又怎么可能不想要另一个女人呢？"

"那为什么要爱自己、尊重自己呢？"

"那就是您自己的问题了。您为什么想要更多的钱？其他人为什么想要更多的权力？您为什么想要得到更多的享受？那一切都位于您的身体之外，既然在您的身体之外，也就永远都不会是属于您的。只有对自己的爱和尊重是位于您体内的，是属于您的……"

"那她呢？……"

"她在您的面前会感到无比高大。为了从您那里获得更多宠爱，她会爱自己，就好比一场追求完美的竞赛。您明白我说的吗？两个灵魂从身体里出来……更高……每个灵魂待在各自的一侧，更高……真有趣，是吧？……更高。身体会逐渐靠近，当然了……有的时候，当他们迫切地需要彼此时……但两个灵魂会微笑地看着他们尘世间的身体……"

"那些东西都是谁教您的？"

"没人教我……一个人会自己想出这些东西……寻找、了解。为什么会穷困潦倒？因为幸福并不与我们同在。我们是为了获得幸福而存在的，您得意识到这一点。通过意志力，我们可以获得一切……然而，我们却不幸福……因为……是'占星家'说的……对，'占星家'说科学发展过快，而与此同时，我们的道德却还是个侏儒。同样的情况也发生在性方面，我们让性欲无止境地增长，为了什么目的？……您可以告诉我我们为什么想要女人吗？我们并不是男人，而是拖着一截男人的性器官。您剥削三个女人，是为了让自己不用工作；另一些人剥削一整团的工人，是为了自己可以开着小轿车，拥有许多仆人，饮用其价值在于被保存了上百年的葡萄酒。您和他们都不幸福。"

"知道吗，我想要对着您的肚子开一枪，让您痛苦地死去？"

"我知道……但即便对着地球上所有男人的肚子都开一枪也无法解决这个问题。正如你们所说，这不是'聊天能解决的问题'……况且，您知道我说的都是实话，否则您也不会想要对着我的肚子开一枪了。您知道自己现在无法像从前那样生活了，徒劳无益。您的体内有一条蛔虫，无论您愿不愿意，都必须力求完美……或者爆炸……"

哈夫纳微微闭上眼睛，心想："认识这个白痴的那一天真是倒霉透了。"

他站起来，凶神恶煞地看着埃尔多萨因，说道："再会！……"

"您不把钱拿走吗？……"

哈夫纳微微闭上眼睛，然后看了看表，并没有把手伸向埃尔多萨因，说道：

"我走了……再会！……"

"您不把借给我的钱拿走吗？"

"不了，为什么要拿？……您更需要那些钱。再见了……"

他不等埃尔多萨因回答就走了出去。

痛苦的帷幔

晚上十点。埃尔多萨因无法入眠……

在他前额表皮下面的神经，是他思想的痛苦的延伸，两者有时候像油和水那样混在一起，在风暴中摇晃，另一些时候又仿佛经过了离心机的缸筒似的，被稠密的包层分隔开来。此刻他意识到，各种各样的想法在噩梦炙热的熔铸车间里被分组焊接成一束束思想，在他的体内起舞。过去乔装成一道幻觉，用垂直的刀刃触碰他视网膜的边缘。他窥探着，不太敢左顾右盼，仿佛被一根脐带与过去系在一起。

他对自己说，"也许我的生活会在明天发生改变"，但那很难，因为即使那个梦最终会溶解，他的内心也会永远留下一撮苍白的沉淀：被勒死的巴尔素特，被一个裸体男人的手臂缠绕着的艾尔莎。然而，他突然全身颤抖：巴尔素特并不存在，连苍白的沉淀也不存在。但这个信念却没能安抚将他的想法连接起来的节点，更没能将它解开，相反，一阵痛苦的空虚被注入他的胸腔。这像极了一个三角形，其顶点直抵他的脖子，底边在他的腹部，不确定带来的彻底的空虚沿着两条冰冷的直角边逃向他的大脑。埃尔多萨因对自己说："可以把我画出来，既然可以绘制出肌肉和血管的分布图，什么时候可以画一画分散在我们可怜身体内的痛苦的地图呢？"埃尔多萨因明白，人类的语言不足以表达拥有如此多的灾难节点的弧线。

而且，一个谜在他的内脏画出炽热的括弧，这个谜是生活的理由。即使在他的头颅里钉一颗钉子，他也不会比现在更固执地想要了解生活的理由。可怕的是，除了极少时刻，他的想法都混乱无序，这让推理和思考变得困难不已。大多数时候，想法都像宽阔的风车翼一样翻转。他甚至看见自己的身体，双脚被死死钉在狂风呼啸的平川的中心。他的脑袋没了，但他还在流血的脖子被嵌入了一个齿轮，这个齿轮支撑着一轮风车，其活塞负责将他的心室填满和清空。

埃尔多萨因在床上焦躁地辗转反侧，他甚至连使劲呼吸、把痛苦轰出体外的力气都没了，他感到手腕仿佛被金属薄板套住了似的。他焦虑地搓了搓腕部，感觉到一道铁链的链环刚刚把他的双手紧紧扣了起来。他缓缓地在床上翻身，改变枕头的位置，手指交织在一起，摸到了后颈。风车在他的心室里毫不留情地抽泵着那个可怕的疑问，疑问像钟摆一样在他胸腔空虚的三角形里摇晃，并在脑髓的气泡中挥发变成毒气。

床令人难以忍受。他站起身来，用拳头揉了揉眼睛；空虚驻在他的体内，尽管与空虚相比，他更宁愿忍受痛苦。

试着对别的事物感兴趣一点儿用也没有，因伊波丽塔的消失而痛苦，为艾尔莎的命运而悲伤，后悔杀死了巴尔素特，担忧埃斯皮拉一家。一点儿用也没有。真真正正的空虚，像一道装甲一样防御着他的生命。

他在一把椅子旁停下脚步，扶住椅背，用椅脚敲打地面，弄出响声，但这声音却不足以让灰色的空虚褪色。他故意让过去的风景、回忆和事件在他眼前回放，但他的欲望却无法钩住那些事物，像在一个被水拍打得筋疲力尽的男人指间滑脱的石球那样滑落。他的手臂垂在身体两侧，下颚变得松弛。任何想让自己感到内疚或寻得安宁的努力都是徒劳。他像被关在笼子里的猛兽一样，在由矛盾混乱筑成的坚不可摧的铁栏前走来走去。

他需要行动，但却不知道行动的方向。他心想，要是有机会能够置身于由许许多多不幸的人组成的圆圈的正中央，在平原的茂盛草原也好，在山丘阴郁的斜坡也罢，他将会向他们讲述自己的悲惨遭遇。狂风会把山楂树压弯，但他会向他们讲述，丝毫不会留意到在黑暗里逐渐亮起的繁星。他十分确定，那个由无业游民组成的圆圈会理解他的不幸，但是在那里，在一座城市的心脏位置，在一个完全呈立方体、屈服于城市布局的房间里，在心里想着忏悔真是件荒谬的事。要是去见一位牧师并对他忏悔呢？然而，一位容貌干净、穿着教士服、脑子里镶满了厌倦的先生又会对他说些什么呢？他迷失了，那即是真相，迷失了自我。

真相的一道微光在他身上显露锋芒。不管有没有犯罪，此刻他都将以同一种方式受苦……他停下脚步，摇着脑袋说道：

"当然了，都是一回事。"

他坐在床边，观察着窗框表面模糊的纹理，再次说道："很明显，我将会处于同样的状态。"事实上，在他的内脏藏匿着一件更严重的事。他不知道那件事具体是什么，但他觉得那是一个丑恶的胚胎，随着时间的流逝会逐渐变成一个可怕的怪物。"有一件事"，但从那件黑暗且不可知的事情里散发出如此强烈的冷漠，以至于他突然对自己说道：

"必须得学会射击，某件事将会发生。"

他摸了摸手枪，在黑暗中抬起手臂，仿佛在瞄准一个看不见的敌人。接着，他把手枪放在枕头下面，一个大步跳到桌子边坐下。他摇晃着双腿，想要前往其他地方，离开这里，忘记自己是谁，忘记雷莫·奥古斯托·埃尔多萨因是谁，忘记自己曾有过妻子，曾被人扇过耳光。彻彻底底地把自己忘掉，他沮丧地任脑袋往下坠。一个十厘米见方的木版画经过他的眼前，那是他对小学（多少年前的事！）课本里的插画的回忆：一名工匠在一个叫作法国的国家铺铅瓦,那里有一条叫作塞纳的河。那幅画,以及老师的疑问:"但您是傻瓜吗?"即是学校留给他的全部回忆。埃尔多萨因从桌子上跳了起来,一阵可怕的愤怒让他的四肢颤抖,嘴唇哆嗦,双眼放光。他再次感受到侮辱,大声喊道:

"啊,混蛋们,混蛋们!……我注定失败的生活,混蛋们!……"

夜晚为什么没有一条开阔的道路,能让人无止境地奔跑,远离地球……

"我的生活,混蛋们,注定失败的生活!……"

某个人在他体内为他的不幸仁慈地哭泣,一阵可怕的同情从他的灵魂倒流进肉体。他时不时地摸摸手臂、碰碰大腿、抚摸前额,觉得自己仿佛刚从两列火车的对撞中逃出来。肮脏的文明将他挫伤,让他的内脏受损,憎恶从他的鼻孔中吹出来。他深深吸气,他的想法愈发清晰,眉头畏缩,他感到自己在窥探远处的一场屠杀,而他是唯一需要为屠杀承担责任的人。他逐渐恢复了属于地球的人格。他用手撑着下颚,笨拙地看着某个角落。他的生命已经没有什么价值了——那种感受在他的感知里显而易见,但还有其他的生命,上百万个生命发出低声的呐喊,唤醒太阳,他对自己说,这些小生命是需要被拯救的。此刻,他的想法发出光亮,犹如被探照灯的蓝色投影照亮的发生在夜间的海难,他对自己说:

"必须得帮助'占星家'。但我们的运动必须是红色的。不应该只拯救大人。小孩呢?"那个问题在他的体内发热。他的脸颊被烧得滚烫,耳朵发出嗡嗡声。埃尔多萨因明白,消灭他的力量的是独自一人可怕的无能为力,是没有另一个灵魂接收他发出的绝望的 SOS 求救信号的无能为力。

他把手像帽檐似的放在眉毛上方,仿佛想要遮住一束看不见的阳光。他隐约看见远方,残忍被深深插入他的心脏。在那里,在远方,他的群众在步行。他诗意的群众。强烈要求同情天空的残忍高大的男人们。埃尔多萨因对自己重复道:

"必须把天空给予我们,永远地给予我们。必须得紧紧抓住可怕的天空。"看不见的太阳让光线像瀑布一般倾泻在他眼前,在黑暗之中。埃尔多萨因感到愤怒像镊子一样,钳住他的肉体,把他的牙齿拧绞在牙槽里。他必须得憎恶某个人,强烈地憎恶某个人,而那个某人不可以是生活。他抚摸着太阳穴,仿佛它们并不属于他似的。他某天曾在火车上亲吻过的女孩的面容,她的摹本与他记忆中的温柔不太一样。爱的浮雕激怒了他的神经,他倾斜着脑袋,对自己说:"让我们来思考一下。"

人是什么?这个问题像一道可怕的 SOS(拯救我们的灵魂)① 一样出现。其对等物即在那里。当他问自己人是什么时,另一道声音在他的体内呼叫,渐渐逼近那个看不见的宇宙:"拯救我们的灵魂",发自他肺腑的呼叫。他对自己说:

"我在离地球更远的地方。我,带着我饱经手淫的肉体,满是眼屎的双眼以及被扇过耳光的脸颊。我,我,永远都是我。"他把脑袋埋进枕头里。当手榴弹被拉响时,士兵们就是那样躲

---

① 全称为"Save Our Souls"。——译者注

在沙土袋下面的。他想要躲避那个往他的灵魂里抛掷一波波光线的看不见的太阳。天空，大地。他知道什么？他迷失了。那即是真相。他迷失在人类之中，如同森林里一只被大灾难打翻在地的蚂蚁。他缓缓对自己说：

"我必须得把这座森林背在我的背上。我必须背着这座巨大的树林和山脉，还有上帝和人类。我得背着一切。"女孩的面孔渐渐在他心里苏醒。他不想实现这个奇迹：把手放在胸口，像从盒子里取东西似的取出心脏，心脏表面覆盖着的那层淡血色的薄膜保存着他的爱人的摹本。埃尔多萨因像野兽一样，在简陋的房间里来回走动。他必须得做点儿什么，把某个事件像一座钢塔似的牢牢钉在文明的中央。在它周围聚集起人群，以及人性。

应该用什么来惩罚人类？用憎恶还是爱？他记起那个跟他谈论高炉、隔焰炉和铸铜的女孩。拥有血肉之身的玩具娃娃很快在他的眼前排成一列。接着，他对自己说："'占星家'也会这样做。'淘金者'也会这样做。'忧郁的皮条客'也会这样做。"那么，谁会是恶魔，那个将所有人都扭曲的大恶魔？谁会带来伟大的真相，让男人和女人变得高尚、让人们挺直背、愉快地流血的伟大真相？生活不可以是这个样子。这句话像重达几吨的钢铁、像地下堡垒的穹拱一样，沉沉压在他的体内："生活不可以是这个样子，必须要改变它，即使需要把所有人都活活烧死。"

他不经意地把目光转向自己裸露着的纤细胳膊，鼓起的血管让皮肤表面的汗毛竖起。他多么希望自己能够被一架弹射器抛向空中,让头颅在墙上撞得粉碎,这样他就不会再继续思考了。生活以非常迅速的方式在他体内发现了"真相"所需要的力量。像神经一样赤裸裸的力量,会流血的力量,他无法用言语来包扎的力量。他不能去山里祈祷,那是不可能的,他需要行动。于是,需要创建"革命学院",在人群中渗入这个对天堂的需求,人们将学习在地球上创建一个临时地狱的步骤,直到发疯的人们在地上打滚,哀求上帝的出现,从而来拯救他们。此刻,埃尔多萨因露出冷冷的微笑。他看见人类住宅的内部。每一所住宅。卧室、客厅、饭厅,以及"抽水马桶"。住宅里的角落:男人和女人的角落晃动着这个四边形,它有一条边是镀金的,一条边在痉挛,一条边是纱布做的,另一条则堆满了粪便。那即是人们的家,或是叫作猪圈。在两毫米厚的镀锌板搭成的屋顶上方,空间带着未来创造的种子移动着,但耳背的听力和失明的双眼却没有察觉到那一切。只偶尔听见一声音乐,只偶尔瞥见一张面孔。非常清晰的甜蜜,因为那是第一个,也是最后一个。喜欢其刺鼻味道的人永远不会再爱上任何人。该从哪里逃向星星?埃尔多萨因坚持想要重复那个想法,像地下堡垒的穹拱一样把几吨重量压在他灵魂上面的想法。

"必须得换一种生活。消灭过去。烧毁所有腐化人类灵魂的书籍。但这个时代永远都不会结束吗?"他大喊道。

成千上万个事件在他的大脑里发生碰撞,各个角落反射出千变万化的光线,朝某个方向偏斜的灵魂在一分钟的时间内经历了漫长的体验。因此,当他从那场遥远的旅行中返回,发现自己依然置身于出发时的钟点时,感到无比恐惧。"我的一天并不是一天，"他后来说道，"我体验过几个小时仿佛几年那么长，那些事件是如此漫长，我在出发时还很年轻，经历了那些事件后返回时已老去，整个过程持续了时钟上的一分钟/世纪。我的想法可以写成一本像人类历史那么长的书，"他在另一次说道，"甚至比人类历史还要长。我不知道自己是否存在。"他在本子上写道，"我知道自己陷入了一种没有日落的绝望的底层，仿佛置身于支撑着海洋的拱顶下方。"

埃尔多萨因时不时地冒出逃跑的念头。离开。然而，随着时间的流逝，埃尔多萨因的痛苦仿若飘浮在滋养它的沼泽分解表面的火焰，质问道：

"离开……可是去哪儿呢？……"

"更远的地方。"

一阵巨大的怜悯浮现在埃尔多萨因的肉体中。要是能够说服组成他身体的外形无论是在大地还是天空都没有"更远"的地方……但一切都是徒劳，在他耳畔缓缓哀求的是他的肉体：更远的地方。去哪儿？他闭上眼睛，重复道："可以去哪儿？无论去往什么地方，绝望都会跟随着你。你会受苦，会像现在这样说道，'更远的地方'，但地球上再没有更远的地方。更远的地方不存在，从未存在过。无论去哪里，你都会看见悲哀。"

埃尔多萨因的双手垂在股沟处。他的表情僵硬，背部挺直；他保持着这样的姿势，眼睑重重垂下，仿佛被痛苦石化了一般。一个居心叵测的"我"对他说：

"即使地球上最美丽的女人围在你身边跳舞，即使所有的男人都跪在你的脚边，小丑和马屁精在你跟前翻筋斗、跳来跳去，可怜的肉体啊,你也依旧会像现在这般悲哀。即使你当上了皇帝,埃尔多萨因皇帝。你会有马车、轿车、完美的仆人——只需你一个眼神他们就会亲吻你坐着的便盆,你会有穿着红色、绿色、蓝色、卡其色、黑色和金色制服的军队。只要你让人们的妻子或女儿去卖身,男男女女都会欢喜地亲吻你的双手。埃尔多萨因皇帝,你将会拥有那一切,但你中了邪的、恶魔般的肉体会跟现在一样,感到孤独无助、悲哀不已。"

埃尔多萨因感到眼睑无比沉重,脸上的每一块肌肉都一动不动。在他的体内,憎恶把弹簧拉直。当憎恶爆炸时,"我的脑袋会被炸飞到星星那里",埃尔多萨因心想。

"埃尔多萨因皇帝,他们将会跪在你的脚边。年迈的达官贵人会把他们到了适婚年龄的女儿带来,她们将以为你捧便盆而骄傲,而你将依旧感到极度悲哀。其他国家的君王将会前来拜访你;他们在飞行中队的簇拥下抵达你的宫殿,军人们在一边肩膀披着白色的皮革制服,戴着装饰着黄绿色羽毛的黑头盔。你透过眼睑发出一道愚蠢的目光,与此同时,那些'外交官'拥在你的王位边,收缩起面部所有的神经,只为在你走开后绽放出一个笑容。但是大混蛋啊,你会依旧悲哀。你会走进你的房间,坐在任何一个角落,因烦恼而把牙齿磨得嘎吱作响,你会感到比住在某个空旷的街区最边上一栋屋子的阁楼里还要孤单,还要孤独。埃尔多萨因皇帝,你明白吗?"

埃尔多萨因感到自己憎恶的螺旋线被赋予了韧性和力量,这憎恶仿佛是一台拉紧器上的弹簧。当储存的能量遭到破坏时,"我的脑袋会被炸飞到星星那里。我的身体将会没了脑袋,喉咙会像水管一样,喷发出大量的鲜血"。

"埃尔多萨因皇帝,你在说什么呢?你是皇帝啊,你成为你想要成为的人了。然后呢?此刻,一位将军可能会走进来,说道:陛下,群众请求发放面包,而你将回答道:用机枪扫射他们。那样做能解决什么问题?×力量的部长可能会走进来,说道:陛下,我们应该把世界分摊给陛下和我的主人。那样做能解决什么问题?埃尔多萨因皇帝,你会像傻瓜一样耷拉着下颌。大混蛋,你会感到悲哀。你是如此悲哀,就连你的肉体也无法得救。"

埃尔多萨因咬紧了牙齿。

"你会永远痛苦下去。你可以杀死别的家伙,肢解一个孩子,要是你愿意,也可以侮辱自己,成为一个用人,任凭他人扇你耳光,寻找一个会把情人们带回家的女人。就算你给他们端来清洗生殖器用的水盆(与此同时,你的女人裸着身子斜靠在床上,抚摸着情人的生殖器),并屈辱为他们找来漱洗用的毛巾。就算你那般极端地羞辱自己,你也无法在最大限度的羞辱中找到安慰,见鬼!你已经迷失了。你的双眼将永远在所有的污渍和悲哀中保持清澈。人们也许会往你的脸上吐口水,你会缓缓用手背擦干口水,又或许男人们会和你的女人围在你的身边,嘲笑你,让你用双手撑在地上爬行,去亲吻他们最卑微的仆人的双脚,而你即使在忍受了那般的侮辱后也无法找到幸福。就算你尖叫,就算你哭泣,就算你挖开胸膛把流血的心脏捧在掌心,走在尘土飞扬的道路上寻找着某人用匕首或指甲钩划伤你的面孔,你也会依旧悲哀。"

埃尔多萨因感到心脏在扩张，让肋骨发热。他困难地呼吸，想要跪下。他的恐惧很柔软，仿佛睾丸被击打时向全身蔓延的源自同一点的疼痛。"求求你，"他呻吟道，一道冷汗漆上他的额头，"我疯了。求求你，别说了。"

"无论你去哪儿，无论你在哪儿，都是徒劳……"

"求求你别说了……是的……"

那个声音安静下来。埃尔多萨因仿佛在作案时被抓了现行一样，脸色苍白。他的痛苦在一个不规则的多面体内爆炸，痛苦的顶点触及他的骨髓、后颈的侧面、膝盖的插入点以及某块胸膜。他咬紧牙齿，深深吸气。他的目光黯然失色。他闭上双眼，小心翼翼地倒在床的边缘。他用枕头盖住脑袋，瞳孔仿佛被涂了硝酸银似的灼烧。

"很远，很远。"另一个声音喃喃道。

"去哪里？"

"让我们去寻找上帝。"

埃尔多萨因微微睁开眼睛。上帝。"无限的上帝"。他闭上双眼。上帝。一层稠密的黑暗从他的眼睑脱落，像帘幔一样坠落，把他与世界隔绝，又将他置于世界的中心。圆柱体的黑色牢房能够像一个令人目眩的陀螺那样绕着自身旋转：徒劳。他，带着他放大的眼球，将永远凝视着一个被投影在越过地平线的地方的磁点。"越过城市，"他的声音呼喊道，"越过那些矗立着钟楼的城市。你不要绝望。"埃尔多萨因回答道。

"更远的地方。"声音号叫道。

"去哪儿？……求求你，告诉我去哪儿！……"

声音折叠并畏缩了起来。埃尔多萨因感到那声音在他的体内寻找一个隐匿处,躲避他的恐惧。声音把他的肚子胀满,仿若想要让它爆炸似的。埃尔多萨因的身体好像被置放在超负荷运转的发动机底盘上一样,颤抖不已。

"在这'第七级孤独'里做什么?我看向周围,什么也没找到。相信我,我看了,我每个方向都看了。"

那个发出呻吟的声音叹了口气,几乎难以分辨。

"很远,很远……城市的另一侧,河流弯曲的另一侧,工厂烟囱的另一侧。"

"我已经迷失了,"埃尔多萨因心想,"我最好是死掉。帮我的灵魂一个忙。"

"你将会被埋葬,但你不想待在盒子里。你的身体不想待在那里。"

埃尔多萨因斜眼看了看房间的角落。然而,想要逃离地球是不可能的,没有跳板可以助他头朝下跳入无极。那么,就把自己交付给他人吧。但交付给谁呢?交付给某个亲吻并抚摸长在可怜的肉体上的毛发的人?噢,不!那么给谁?给上帝?可是上帝比最卑微的粉身碎骨长眠于停尸房白色大理石上的人还不值得交付。

"必须得严刑拷打上帝,"埃尔多萨因心想,"屈辱地把自己交付给谁?"

他摇了摇头。

"交付给火。被活活烧死。去山里。带着城市悲哀的灵魂。杀死自己。精心照顾某个生病的野兽。哭泣。那是一大步。但如何做到？往什么方向？问题是，我失去了灵魂。唯一一根线也断了吗？……然而，我需要爱上某个人，坚定不移地把自己交付给某个人。"

"你将会被埋葬，但你不想待在盒子里。你的身体不想待在那里。"

埃尔多萨因站起来。一个疑惑在他的体内产生：

"我已经死了，而我想要活着。那即是真相。"

哈夫纳倒下

晚上十一点，"忧郁的皮条客"依然缓步走在萨恩斯·佩尼亚大道上。

他情不自禁地回想起与埃尔多萨因的谈话。一阵微微的不适伴随着这个回忆。他已经很久没有感到过从埃尔多萨因家离开后的那种轻微的厌恶了。

他在迈普街与大道交会的路口停下了脚步。长串的汽车造成了交通堵塞，他好奇地观察着正在施工中的摩天大楼的外墙。它们垂直于柏油马路，切过高空，仿佛水泥和红铁筑造的远洋渡轮在威严前行。建筑的高塔被八楼顶上的探照灯照亮，在黑夜中修剪出一道铝甲的蓝光。

汽车让街上的氛围浸满了轮胎烧焦和汽油挥发的味道。

"皮条客"斜眼看了看一名女打字员的侧影，继续他的自言自语：

"我有十三万比索。我可以去巴西。或者成为另一个艾尔·卡彭。为什么不可以呢？唯一'惹事'的是加利西亚人胡里奥，但那个加利西亚人很快会完蛋。说不定哪天就会被'摆平'。况且，他也没什么天赋。还有马利克……圣地亚哥。他是这里唯一一个'用功'的人。有必要让可卡因的走私工业化。然后还有'米格达尔'①……必须要把那个庞大的皮条客网络彻底根除。但这里有人愿意用机关枪来工作吗？谁有这个勇气？要是我去巴西呢？那是片处女地。一个聪明的坏蛋是可以在那里获得非凡的成就的。搬去彼得罗波利斯或尼泰罗伊②生活，把瞎女人一起带去。另外那三个女人很快就会有人愿意出一万比索把她们买下来。我会带着瞎女人离开。她会拉她的小提琴，我会过着大资产家的生活。我们将住在一栋位于海边的别墅里。尼泰罗伊非常美丽。为什么要带上瞎女人？她走起路来像只鸭子似的。然而，那却是埃尔多萨因试图间接向我提出的建议。带上瞎女人！埃尔多萨因被他那个关于贞操的理论逼疯了。尽管他没读过什么书，但却是个有点儿走音的知识分子。那三个女人随随便便就能卖上一万比索。所有这一切都太荒谬了。毫无逻辑。而我是个有逻辑的人，积极的人。手上有钱，屁股着地。是的。好了。让我们用埃尔多萨因的理论来研究研究这个问题吧。我很无聊。埃尔多萨因会带上瞎女人一起走吗？瞎女人怀有身孕。她会拉小提琴。我喜欢小提琴。有些智者因厨娘会做

---

① Zwi Migdal 是一个犹太犯罪团伙，总部在布宜诺斯艾利斯，活跃于 1906 年至 1937 年间，拐卖妇女和未成年少女并逼迫她们卖淫。——译者注
② Petrópolis、Niterói 均为巴西东南部城市。——译者注

一道完美的炖菜而选择与她结婚。瞎女人永远不会让我戴绿帽子。她会对另一个男人产生欲望吗？要想产生欲望，首先需要能看见对方，然而，她是瞎子，什么也看不见；因此，她会毫无保留地爱我。出于爱，出于欲望，出于感激。谁会跟一个瞎女人结婚？一个可怜的人，不可能是有钱人，绝不可能。那个埃尔多萨因是个好人。一个人的脑袋里会有多少个蠢念头啊。好了，我们一点一点地来。"

含在嘴唇间的香烟渐渐湿润，哈夫纳把双手插在口袋里，在一座"摩云大厦"的地基坑前停下了脚步。工程在两堵间断的旧墙之间展开，墙壁依旧保留着垂直的糨糊花纹的痕迹，以及肮脏的已消失不见的方形粪坑。几百只电灯泡悬挂在黑色的电线上，把白炽的光亮投射在满身尘土的捷克斯洛伐克工人身上，他们敏捷地穿梭于吊车浸满油污的链条之间，吊车把一桶桶黄土升到高处。

冷风扫过街角的灰尘。"忧郁的皮条客"从犬齿间吐了一口口水，把手伸进口袋里更深的地方，像体操运动员那样缓缓前行，咀嚼着内心的思绪。

"没人会否认，我是个积极的人。手上有钱，屁股着地。瞎女人会非常爱慕我。她不会带来任何麻烦。她会狂吃甜食，替我捉虱子，为我拉小提琴。况且，由于眼睛看不见，她会比其他女人多思考一百倍，那会为我带来乐趣。与其像某些人那样养一条凶猛的狗，我拥有一个瞎女人，她美如鲜花，在家里走来走去，小提琴拉呀拉，我绝对会非常幸福，这不是好极了吗？我，一个'龟公'，拥有三个女人的男人，地地道道的婊子养的,将能有幸照顾一朵百合花。我会为她打扮,会给她买精美的丝绸,而她则会用手指抚摸我的面孔,对我说:'你是个圣人,我崇拜你。'

"让我们来思考一下。人必须得积极。换一个女人会让我感到幸福吗?不会。她们都是蠢货。跟她们中的任何一个人在一起我都不得不成为'嫖客',最终一定会拿棍子打断她们的肋骨。相反,我将会是瞎女人的上帝。我们将住在海边,要是某天我感到厌倦了,就把她扔进海里,让她淹死。尽管我觉得那样的事是不会发生的。从另一方面而言,我喜欢音乐。事实上我可以用一台唱片机来替代瞎女人,但要收集一整套好唱片实在是太贵了,而且我也不能跟唱片机上床。

"当然了,与一个瞎女人结婚依旧是件很荒谬的事,我不会否认这一点,我还没糊涂到那个地步。但与一个把视力用来观看她并不在乎的东西的女人结婚就更荒谬了。相反,脸色苍白、胳膊赤裸的瞎女人不会为我带来任何麻烦,况且,谁知道她会不会改变我的生命呢?埃尔多萨因也许的确疯了,但他说得有道理。生活不能够没有目标。而且,我觉得埃尔多萨因并没有意识到这一点——它是极其重要的一点:就像一颗梅子以为自己一直都是颗樱桃那样,生命可以发生类似的转变吗?当我想到瞎女人时,我会产生同样的感受。我不再会是现在的我,而会变成另一个人,也许这正是受到了瞎女人身上所带有的磁场的影响。由于之前一直活在黑暗中,每当有人看见她时,都会感激上帝或魔鬼让自己拥有明亮的双眼。"

此刻,"忧郁的皮条客"走进一片十分明亮的地带,从五十米外的距离看起来，仿若一个站在坩埚边沿的黑木偶。液态空气的招牌匍匐在建筑的柱廊上，黄色气体的管道固定在赤钢的支架之间。亚甲蓝的广告、胆矾的绿线条，位于极高处的顶架，绕滑轮转动的吊车的黑色链条，用黄油润滑的滑轮。在更高的地方，是被人类散发出的蒸汽笼罩着的夜空。哈夫纳缓缓转过脑袋，仿佛一个被坩埚的反射迷住的木偶。

在地球芥末色的内脏，一个个弯曲的身体在流着汗，电动铆钉枪以机关枪的速度在架高的钢梁上反复锤击。蓝色的火花，被人造光照得突兀的街角，克莱斯勒，邓禄普，固特异①。橡胶做的人，令人眩晕地消耗几千千瓦的功率，划过彩虹极点的沥青地面。水泥建筑的地底向街道散发出一股冷藏室般潮湿的凉意。

"皮条客"吐了口口水，继续往前走。他再次吸了吸烟头，肺里充满了空气。城市进入他的心脏，在他的动脉里以否决的力量翻转：

"从另一方面而言，我在这里、在这座城市里做什么呢？我很无聊。我的生活没有目标。随便哪天就可能被杀死。'出来混迟早要还的'的人并非只有小个子雷波罗。那'马赛人'呢？'靠妓女拉客'不能作为生活的目标。生活中没有任何目标，我知道的，我是个积极的人……但是光……光在哪儿？光真的存在吗？抑或是穷困潦倒的人杜撰出来的？那些谈论光的人（比如'占星家'）也真的相信光的存在吗？'占星家'相信什么？

---

① 克莱斯勒，美国汽车品牌；邓禄普，时为英国轮胎品牌；固特异，美国轮胎品牌。——编者注

他什么也不信。相反,瞎女人相信我。当她说爱我的时候,我很想笑,但当她拉小提琴,用她的音乐锯开天空时,我肮脏的生活就会被分成这两种状态:幸福或不幸福。事实上,我并不幸福。我可以谋划一场犯罪,成为第二个艾尔·卡彭,在装甲车里过夜,协助全世界的共产主义基层,但我依旧会像一只牡蛎那样无聊。并不存在正直的女人。天生失明的女人是唯一一个完完全全正直且纯洁的女人。即便她把自己交付给了我,她也依然纯洁。在看过了男男女女的恶心表演后发现了她的这个特点真是极其美妙的事。她是完完全全的纯洁,化学性质上的纯洁。她没有受过世界上垃圾的污染,因为对她而言,世界不可避免地永远都是黑夜。彻底的黑暗。看看?她在这黑暗中前行,感受着心脏的起搏。对她而言,我的存在仿佛一尊拥有特殊音色的浮雕。可怜的瞎女人啊!而我竟然曾经想让她去当妓女,真是禽兽不如!"

哈夫纳一边走,一边逐渐沉浸在这些建筑散发出的无声且寒冷的潜能之中,建筑像电动冷藏库一般冰凉。有时候,他的目光正好撞上飞速下降的黑色升降机,机箱里亮着红绿色的灯。一个个水泥钢筋的六边形笼子带着苍白且垂直的光亮穿过天空,在那附近的一片荒废的草地上,木地板上延伸着矮矮的漆成灰色的木屋,犹如西部电影里的情景。那不勒斯的水果商向"高级妓女"们出售西瓜和莱茵特苹果,他们的姿态像极了那些向女主角献花的优雅绅士。

"不,不,生活必须得是另一副模样。很明显,它很残酷。一些人把另一些人吞噬。这很明显。很真实。唯一能逃脱这个残酷定律的人是瞎子和疯子。他们不会吞食任何人。可以把他们杀死，折磨死。那些可怜的家伙什么也看不见。他们只会听见一些生活的噪音，如同被关在牢房里的人听见外面经过的一场暴风雨。

"话说回来，又是什么在反对我与瞎女人结婚呢？那将是她生命中最幸福、最最美妙的一天。假设说，我可以变成上帝，我将会做什么？我会判谁的罪？判那个因为他的定律是做坏事所以做了坏事的人？不。那么，我会判谁的罪？判那个本可以成为上帝但却拒绝成为上帝的人。我会对那个人说：什么？你曾有机会让一个灵魂发疯似的感到幸福但你却拒绝了那个机会？滚下地狱吧，婊子养的！"

哈夫纳停下脚步，观察着。

破旧的墙壁上满是发白的污痕，依旧保留着出租房被拆除后留下的四边形痕迹，穿蓝色工作服的金发男人们在残垣间操作着吊车。载满泥土的卡车来了又去。行驶在街道上的小轿车离完美只缺洗手间，司机严肃得像某个二号强国的大使。轿车里坐着打扮精致的女人，狗的侧影，以及苏丹土著黑人戴的那种大念珠项链。

"为了瞎女人我可以变成上帝。我可以，也不可以。我当然可以。作为资历深厚的'龟公'，我可以为了瞎女人变成上帝。当我为了瞎女人而变成上帝时，我就不再是巴斯克女人、胡安娜和露西安娜的丈夫了。再者，瞎女人也不需要知道这些事。我也不会告诉那几个懒婆娘我要卷铺盖走人了。我只需要一份文件就可以把她们转让掉。乔治先生会立马买下露西安娜；巴斯克女人可以转让给'三指男';胡安娜的衣服价值上千比索,又有谁不会花两千比索把胡安娜买下来呢?只有疯子才不会急着拿下这笔生意,最终一切都会水到渠成。拥有一万比索的我既不会是最富有的人,也不会是最穷的家伙。我们可以去巴西,尽管巴西让我感到悲哀。我们可以去巴黎。我们在郊区买一栋小别墅,我会读维克多·雨果,以及克里孟梭①的那些胡言乱语。好了,现在最紧要的是跟瞎女人结婚。我可以在灵魂里感受得到,就像一腔热忱,不是牺牲的热忱,我是个积极的人,而是幸福的热忱、干净的生活的热忱。这里的每一个人都过着肮脏粗俗的生活,埃尔多萨因说得没错,男人、女人、富人、穷人,没有哪个人的灵魂没有被玷污。我不会去乡间。去乡村,不。去乡间,可以的。我可以买下一个农场,让自己有事可做……瞎女人一定会非常喜欢农场的计划!我得留意一下报纸上的广告。一个有许多果树、系着颈铃的母牛以及一架水车的农场。水车必不可少,我的灵魂将在一棵开花的树畔被清洗干净。一颗挂在桃树枝干间的星星仿佛是另一种生活的承诺。瞎女人在农场也可以拉小提琴。我们俩将独自生活,非常安宁……或许生活并不是平静地接受死亡在沉默中逐渐靠近?"

此刻,"皮条客"走在一排巨大的玻璃橱窗旁,橱窗里展示着精美奢华的木饰卧室。那样的卧室让看店的男孩们梦想不可能的爱人,男孩的身边挽着一个满脸雀斑的女徒弟,她的理想可以用一支狐步舞的曲名来概括:"他会在一辆八十马力的老爷

---

① Clemenceau(1841—1927),法国政治人物,激进派领袖。——编者注

车里爱上你。"

招牌管道的灯亮了,又熄灭。由瘸腿或独臂的看守守卫着的小轿车让荒地的颜色发黑。

两个穿着得体的男人走在哈夫纳身后,始终保持着五十米的距离。当"皮条客"停下脚步时,他们也停下来点烟,或是穿到马路对面。

此刻,街道穿过一连串阴森的花园,花园里的柏木被风吹弯,犹如丘布特①的荒山僻野。穿着黑色外套和小尖领衬衫的仆人们在主人黑色大理石的洞穴跟前监视着周围的情形。汽车安静地开过。两个陌生人沉默地走在哈夫纳身后,而哈夫纳则在想象中追随着瞎女人。

"可以准确感受到死亡的人应该是瞎子。假如我想要掐死瞎女人。她会感受得到。会有预感。"

"皮条客"走在对面的人行道上,并没有意识到那两个人在穿过马路后快速地跟在他的身后。突然,三声轰鸣让街道上充满了烟雾。哈夫纳飞快转过身,依稀看见两条举着枪的胳膊。他立马瞥见了真空。他想要咒骂。

两声轰鸣再次不合时宜地响起,带着鲜红的斑点穿过黑暗。胸部有一处灼伤,肩部受到重击。更近一些,另一声爆炸在他的耳朵里回响,他在倒下的那一瞬间十分确信:

"我被人整了!"

---

① Chubut,阿根廷中部一省。——译者注

巴尔素特和"占星家"

当两名警卫在路人的骚乱中用"公共医疗"的担架把"忧郁的皮条客"抬走的同时,"占星家"与巴尔素特正在坦珀利聊天。

"占星家"窝在他的绿丝绒扶手椅里,向对方讲述当天下午伊波丽塔的到访。与此同时,巴尔素特裹在一件浴衣里,侧躺在一张吊床上,肘部被撑在右手的掌心,左手扶在长满胡须的脸颊上。

年轻人若有所思地聆听着。在他那延伸至太阳穴的眉毛下面,一双绿眼睛划出道道疑问,难以察觉地转动着。

"占星家"用左手手指转动着镶有紫色石头的戒指,用一个提问结束了他的叙述:

"您怎么看?"

"她相信女性基层的可能性?"

"她和您一样相信……"

"也就是说,她相信,也不信……"

"占星家"大声笑了起来,喊道:

"她最终也会相信的。她也会……"

"您这么有信心?"

"非常有……"

"要是失败了呢?"

"那么为之付出代价的则会是你们,而不是我。""占星家"再次大声笑了起来,巴尔素特感到一丝不快,最终问道:

"您今晚到底是怎么回事,这么高兴?"

"我之所以开心,是因为我想到半打齐心协力的意志就可以把建设得最好的社会一举搞垮。您得留意一下,看了今天的报纸了吗?"

"没……"

"'合众通讯社'[①] 发来了一条很有意思的电报。艾尔·卡彭与绰号'臭虫'的乔治·莫兰结成了联盟,利用人们的癖好来谋利[②]。这也就意味着芝加哥这两个帮派之间的机关枪战会歇火一段时间。您知道吗,艾尔·卡彭在迈阿密的海边有一栋大理石宫殿,十公里之外都能看见宫殿耀眼的光芒。报刊报道艾尔·卡彭与'臭虫'之间的联盟的语气和篇幅跟报道巴拉圭与玻利维亚或是玻利维亚与乌拉圭之间的攻防协议一样。您不觉得有意思吗?电报局的工作人员让消息传播到全球的每个角落。朋友啊,我们可是在20世纪,到了这个钟头,所有装点着地球

---

① United Press,成立于1907年的美国通讯社,后来发展为合众国际社(United Press International)。——译者注
② 艾尔·卡彭与乔治·莫兰历史性的结盟只持续了非常短的时间。在这些事件写下后没过多久,艾尔·卡彭让多位同谋乔装成"警察"。这些人在1929年11月16日的早晨在克拉克街2100号逮捕了莫兰的五个手下,弗兰克·古森贝和彼得·古森贝兄弟、约翰·梅、阿尔伯特·魏因申克、施维默医生,以及团伙。他们让这些人列队排在"货车公司"车库最深处的墙壁边,用机关枪将他们杀死。——作者注

的正直的蠢货都得知了这两个著名流氓团伙结盟的消息,得知美国的法律对之默许,也得知走私酒类、剥削妓女以及赌博分布在整个大西洋沿岸。更有甚者:此刻,上百名记者正前往艾尔·卡彭的秘书爱罗的家,询问关于这两个受政治家、警察以及全国嗜酒者保护的团伙之间所达成的攻防协议的细节。"

此刻,"占星家"脸上的笑容已经抹去。他面色苍白地站起身,假装用严厉的目光看着巴尔素特,一边从房间的一端走到另一端,一边继续说道:

"我十分渴望社会革命的发生。您知道渴望革命是怎么一回事吗?想要在世界的四方点燃火焰。在毒气工厂建成之前,我是不会休息的,我想要亲眼看见人们在街上像蝗虫一样倒下。我只有在想到过不了多久就会有五十个人为我工作、铺设出一道长达十公里的毒气幕帘时,才会感到一丝安宁。"

巴尔素特惊讶地看着"占星家"。他在自言自语。他并没在对他说话。他在狭小的房间里走来走去,房间被他洪亮的声音及其回声的共鸣填满。他结实的脑袋上卷曲的头发在经过电灯下方时,露出银丝般闪亮的白发。

他莫名其妙地看着巴尔素特,继续说:

"您明白一道长十公里、高五米的毒气幕帘意味着什么吗?……"突然,他摇了摇脑袋,搓了搓额头,仿佛刚从睡梦中醒过来似的,"我在说什么胡话啊。这个资本主义机器的运作方式确实让我愤怒无比,它竟然容许最恶劣的犯罪机构的存在,只要那些机构能够让当下社会的领导者有利可图。"

"那种事只会发生在美国。"

"为什么这里不会?"

"因为我们没那个能耐,做不了这么恶劣的事。"

"您说对了。我们的正直是出于懦弱。我们在这个懦弱的前面加上任何一个褒义形容词,就……但我觉得自己很强大。只有坚信成功的人才会成功。我常常想起拿破仑;我觉得世界上每个人都有过想要成为拿破仑的念头,哪怕那个念头只维持了一分钟……但全世界都只在一分钟的时间内有过想成为拿破仑或列宁的念头,您计算下,人类平均寿命是六十岁,从二十五岁起才真正开始生活……前面还剩下三十五年的时间,一年有四十一万八千四百分钟①,您计算一下,一个愿望在四十一万八千四百分钟内敲打实现的可能性,再乘以三十或三十五年。"

"应当去掉睡觉的时间。"

"当内心抱有一个伟大的愿望时,连睡觉时也会想着它。我在说什么啊?!即使高烧得神志不清也会继续想着它……在弥留之际也会想着它……我在说什么?即使被判了死刑也会想着它。很多人请求能够拥有一个女人,作为最后的恩赐。人类创造者的天性就是这么美妙。只有价值卑微的人才会就其精神上的阉割进行哲学探讨。如果您遇见一个人对自己的惰性夸夸其谈,您可以确定他是个嫉妒成性且虚弱无能的人。"

"您真厉害,您在弥留之际也依旧想着心里的愿望吗?"

"占星家"停下脚步,机械地关上旧柜子的门,转动插在锁

---

① 此处的四十一万八千四百分钟,以及下页的四十万零四百分钟,应是算错了。——编者注

上的钥匙。

"是的。那时我快要死了,鼻子被插上了氧气……我心想:'我就要死了'……随后,那个念头离开了死亡,停留在代表着某个愿望的画面上……正因如此,我一定会成功。于是,当人们说一个获得了胜利的人不过是'运气好'时,我会感到义愤填膺。那个人不过是努力寻找到了一个洞,得以逃脱。您见过被关在笼子里的老虎吗?想要干一番大事的人和它一样,在栏杆前走来走去。其他人早晚会疲倦,但他不会,他像猛兽似的走来走去。一分钟又一分钟,一个小时又一个小时,一个月又一个月,一年又一年……许许多多个四十万零四百分钟……无论在睡着还是醒来时,无论是健康还是病重。他像只猛兽一样,走来走去。在命运稍不注意的时候,猛兽就会高高跳起,跃过墙壁,从此再也无法捉住它……

"我并不是拍马屁……但您真了不起,您是一只巨大的野兽。"

"我知道。您瞧瞧我的肌肉。"巴尔素特站起来,摸了摸野兽的肱二头肌,手指和衣服的布料在纤维状的钢韧上滑过。"我跳绳跳十轮不在话下,""占星家"接着说道,"我会拳击。在绑架您的时候我并不想出手,因为我害怕一拳就会把您打死。"

"告诉我……谋杀那出戏又是怎么回事?"

"占星家"用脚踩灭了一个巴尔素特刚扔下的烟头,合上那个放在书桌上的铜制圆规的两个支腿,继续说道:

"埃尔多萨因以为犯下一桩罪就能改变他的生活,而我则相反,我认为犯罪一点儿也不会改变他的心理本性。然而,必须得试一试,而当时的情况再合适不过了。"

"您怎么看埃尔多萨因?"

"他有情有义。对我而言,他代表着受着苦、做着梦的人性,全身甚至连胳肢窝都陷入到了屈辱之中。"

"我打了他。"

"别担心,那桩罪您会在某天偿还的……"

"对您而言,我又是什么呢?"

"那个寻找的人。不是寻找真相。您对真相不感兴趣。您在寻找某个能分散您注意力的东西。在将来您会对真相感兴趣。男人们像小孩一样,需要玩具,需要表面的东西。有些小孩很快就会厌倦玩具,因为玩具没有生命。埃尔多萨因就属于那一类人;另一些人恰恰相反,他们被表面的东西所束缚。"

"我。"

"对的。"

"怎样寻找真相呢?"

"通过寻找自我。"

"怎么做才能找到自我呢?"

"服从。"

"服从您?"

"服从某个您觉得……不是我。某一天,您将会不得不服从您自己。"

"服从您会为我带来快感。"

"知道吗,那叫作羞辱的快感?您过分的自爱让您以为自己高我一等,我毫不在乎这一点……"

"不……"

"让我说完……因此，服从我即是强加给您一个如此愉悦的羞辱……看见了吗？……就好比您是个百万富翁，但却乔装成乞丐，容许他人连一块铜板也不给您，要是他知道了您的真实身份，一定会亲吻您的双脚。"

巴尔素特凝视着"占星家"。

"是啊，您说得对……但告诉我……我为什么会对您抱有这种感受？不应该有这种感受，尽管我很崇拜您。"

"恰恰相反，抱有这种感受非常好。它是力量。当体内充满了力量，就能够对他人做出反应。"

巴尔素特聆听着"占星家"，但目光却盯着一只正快速穿过泛红的窗框的小蜘蛛。

"我的嫉妒心也很强。"

"又一种力量的体现。"

"但却有某个东西，无法吸引我的注意力。金钱。我对金钱感到彻底的蔑视。换作是其他人，您用暴力从我身上夺走的金钱将会是一场无法弥补的悲剧……但对我而言，那笔钱从来就没存在过……"

"这是您的力量最直接的体现。您想要拥有力量并等待着它……您不知道那股力量会从哪里来……但金钱却无法诱惑您……也就是说……对您而言金钱并不存在……"

"哪股力量呢？"

"是生命的意志。每个人体内都有着不等量的生命的意志。越多力量，也就越多激情，越多愿望，越多体现在人类感官各个方面的暴怒。想要成为将军、圣人、魔鬼、发明家、诗人……"

"都是表面的东西……不会让人满足。"

"唯一可以让人满足的是想要成为上帝，同上帝混淆起来。由于实现自我的需求而感受到自己生活在上帝体内的人的个数，十个手指头都可以数得过来。列宁是世界上最后一个尘世间的上帝。"

"他带来幸福了吗？"

"占星家"挤了挤眼睛，他留意到巴尔素特提出那个问题时声音在颤抖。他拿起一根细木条，把它握在指肚间仔细查看。接着，他伸直一条抽筋的腿，摇了摇头，说道：

"有许多可怕的幸福，还是不要谈论的好。您要是真心寻找真相，那么您迟早会了解它们的。"

"为什么不把那些真相告诉人们？"

"因为他们还没做好接受真相的准备，所以他们不会明白。他们会以为那些不过是为了敷衍他们而组织在一起的句子；他们阅读句子，那些真相还不如粗糙的谎言能够触及他们的认知。而且，还可能会发生更严重的事，他们会将那些真相变成畸形可怕的东西。"

"所以说，地球上仍然有秘密存在？"

"没有。您仔细听好了，地球上有的是生命的意志在其内部的发展。生命的意志越强烈，越纯粹，获取知识的感知力就会越卓越，于是，人体在某个时刻即会达到雌雄同体的状态……"

"什么？……"

"同时是男人也是女人。但是,看见了吗?您已经惊讶得目瞪口呆了。您在一分钟的时间里想到了无数淫秽的东西。您想到了一个同时既是雄性又是雌性的人。不是那回事。这里说的雌雄同体是心理上的。身体完美地包裹着女人和男人,以及他们完全不同的感官,双重的人格将性能量吸收,所得到的结果即是一个没有性需求的男人或女人。也就是说,那个处于无性的完美孤独中的人十分完美。他超越了人类,是超人。"

"现在已经有这样的人存在了吗?"

"占星家"在美国地图前停下了脚步,把那面插在堪萨斯州的黑旗扶了扶正,回答道:

"有。"

"您是其中之一?"

"不,我的力量还不够完美,我生命的意志需要实现很多目标。"

"您是怎么了解那些秘密的?"

"靠直觉。请您在心理激动的时候观察自己,您会发现自己忘记了性,超越了雄性与雌性,蔑视性。"

"是啊。"

"那个现象会发生在未来的人身上。他与女人——或者反之——的性行为将以受孕为目的,那也是她接受男人的唯一原因。然后,他们将过上完美和谐的生活,但谈论什么明天的人类啊!……我们来谈一谈今天的人,谈一谈您,嫉妒心很重的您。"

"而且,还是个背信弃义的人。我喜欢思考卑劣不公的事,您瞧，为了能够入眠，我不得不想象自己是一个海盗堡垒的首领，被围攻了……我没让您感到厌烦吧？"

"占星家"抬起一只手，挠了挠脑袋。他手臂的影子投射在天花板上，沿着墙壁下滑，在堆满了纸张的桌子上被折断。

"那时候的西班牙皇帝，因殖民的需要与英国皇帝联盟，派了一百艘船来围攻我的堡垒。我先是想到用大炮来摧毁那只舰队，我注意到大炮的数量不够，接着我在城堡里发现了一处油田，于是我用消防水带朝军队喷射长达百米的熊熊燃烧的石油柱。我十分愉快地欣赏着眼前的场景，几千个被烈火灼烧的人从一侧跑向另一侧。我看见一名士兵的制服上迸出火星，引燃了另一名士兵的衣服；甚至看见一个剃光的脑袋，衣领在火焰中燃烧，下巴望向天空，试图从领口逃脱……"

"那不过是您体内无法释放出去的力量。某一天，您可要记住了，不久后的某一天，心理学家会对人们在睡觉前心里想的是什么做出调查。得知那一点会很有意思，因为它可以帮助我们搞清楚受奴隶政权压迫而偏离正道的人们的心理趋势是什么样的。"

"那您的道路是哪一条？"

巴尔素特冷得打了个寒战，把浴衣往裸露的腿肚子上拉了拉。"占星家"取下钢戒，把它在灰色罩衣的袖子上擦了擦，接着说道：

"当下，我的道路是建立革命学院。"

"我会在其中扮演什么角色吗？"

"要想扮演角色……首先得明白那个角色是指什么。我对您没什么兴趣,您得先向我展示您有扮演某个角色的能力,我们再来谈……"

"好的,我将服从您……我的意思是,我将会忠心耿耿地努力协助您。如果我想要对您做什么坏事或是背叛您,我会对您说:我想到这个……"

"我觉得很好,那是避免您无谓地犯下可怕罪行的唯一方法……把您想到的都说出来,不是为了我的安全,而是为了让您安心,别忘了这一点。假如您产生了某个极其可怕的想法,别隐瞒它,因为如果您不把它说出来,那个可怕的想法将会不断发展壮大,直到某一刻您再也无法抑制住将它实现的冲动……"

"知道吗,您真是个恶魔?您什么都知道……只要听您说话的人都会明白您说的是实话,您是真心的,没有撒谎。正是出自这个原因,您会成功……"

"我只不过把内心坚信的东西说了出来……"

"奴隶又是怎么回事呢?……"

"不得不用它来迷惑您和埃尔多萨因。正因如此,我的话听起来像谎言。我真正的计划是建立革命学院。人们谈论革命,但事实上却并不了解革命的技巧。革命意味着中断所有公共服务。城市如何供水?谁来收取垃圾?如何保证牲畜会继续被送往屠宰场,面粉会继续被送往面包店?还有火车、电,您意识到了吗,革命运动是所能构思出的最复杂的机制,因为它会立即损害群众的利益,而群众恰恰是能够让革命失败的力量?还有军队。需要即兴发挥的红色军队。还有土地的分配。还有工具。制造犁需要多少吨铁？需要多少时间来炼铁？多少个熔炉，多少个工人？银行呢？外交关系？资产阶级的抵抗？饥饿？抵抗运动？一场革命可能需要一年的时间来酝酿，但却不可能维持超过七十二个小时。一旦面包被吃光、水龙头一滴水也没有了，人们就会开始揣测，也许一个糟糕的资产阶级独裁终归要好过一场优秀的无产阶级革命。"

"然后呢？"

"需要准备技术，革命方面的专家，那是埃尔多萨因的想法。举办秘密课程，培养突然发动社会运动所需的工程师，就像战争中需要培养军师、军医、炮兵等，我们将培养革命专家，他们将会执行我们已经完成的行动。以这种方式，机制一旦运转起来，基层就不需要与中央委员会建立联系了。概括来说，就是在当下社会嵌入大量的小肿瘤，让它们不断繁殖。您知道的，肿瘤是一种会永不停歇地增长的组织。我曾经见过将整个身体都包围起来的肿瘤，真是妙极了。"

巴尔素特任香烟在指间燃烧着。蓝色的螺旋状烟雾变成一个个不断上升的同心环，两个男人脑袋的轮廓投映在美国地图上。

"我们将会构成肿瘤的模型？"

"是的。我们的共产党要是稍微有一点儿明智，就已经做了那件事了……但即便如此，也不能期待他们会做出什么坏事，他们把时间都花在了用荒谬的语法和糟糕的文法写宣言上面了。社会主义者就更别提了，他们中的很多都是小地主。他们以社会主义者的身份从欧洲只身来到这个国家，出于对过去的感伤和怀念，他们选择继续充当社会主义者，剥削其他那些在抵达时比他们更贫困的人。他们是小地主，他们的子女在大学念法律、上军校、进修医学，真是引人发笑……我们也把孩子送去……把我们的子女送去军校……但在那之前，我们让他们从小生活在革命的氛围中，对社会革命的胜利耳闻目染。当他们对服务于资本家的军事主义完全免疫时，我们送他们上军校，上士官学校、海军学校、空军学院。只需要几年的时间，我们就能将肿瘤散播到所有的机构团体之中……"

"知道您很了不起吗？"

"我们在营地里也会有一些军官。我们将培育一些精通炮兵和毒气战的军官，还有冶金专家；需要铸造许多犁和炸弹……化学指导员；需要制造毒气和炸药；配备通讯指挥官、桥梁指挥官、经济指挥官；我们将购买一架飞机……在这里，这个国家，有几位德国军官，他们是飞行员，都快要饿死了……我们将雇佣他们，让他们培养飞行员。就连实施间谍活动和死刑都需要专家的支持，因为一场没有死刑的革命就好比一锅没有盐味的炖菜一样。必须得处决那些危险分子，以及那些不危险的分子，对不危险分子的处决恰恰能引起最大程度的恐慌。在革命时期，一些一直以来的保守派人士会突然间变成革命者，目的是为了将权力保留在他们手中。"

"需要创造处决犯人的舞台规则……"

"对的。通过精心设计的仪式处决一个歹徒抵得上随便杀死一百个小混混。况且，我们应该按情况行事，""占星家"一边笑，一边搓手，"不能以处决面包店老板的同样方式来处决×或

××，那些大坏蛋们必须被吊死……面包店的老板可以被枪毙……但对×……真可恶，必须严刑把他绞死！乍一看来，绞刑和枪毙是一回事……但并非如此……绞刑需要准备绞刑架，半夜运输木梁，并叫醒邻里们。那些准备活动会营造出一种令人重视的氛围，配得上那个即将被绞死的臭名昭著的混蛋所犯下的罪行……"

书房的门被微微推开，犹太人布伦堡头发茂密的脑袋探了进来，他一边不知所以地看着在三K党的地盘上插着黑旗的美国地图，一边说道：

"有一位先生说他是律师，也是哈夫纳先生的朋友。"

"占星家"微笑起来，看看巴尔素特，对他说道：

"朋友，您可以先离开吗？又来了一个未来的'肿瘤'。"

律师和"占星家"

一分钟后，"律师兼哈夫纳的朋友"走了进来。

"我一直在等您，""占星家"朝他走去，"那天早上开会时您走得太突然了。请坐。"

律师坐在之前巴尔素特坐过的地方。

但他在坐下后看见绣着黑旗的美国地图，站了起来，走到书桌边，仔细查看"占星家"的工程。

"这是什么？"他喃喃道。

"三 K 党控制的疆域……"

"噢……"他一边说着一边后退,再次坐了下来。

他是个俊俏的年轻人。要说他有什么特点的话,那就是他的坦然自若,身上带着一丝威望,看起来像是习惯发号施令的人。在他破旧且皱巴巴的西装下面可以辨别出一具强壮的躯体,应该是长期健身的结果。

"一个坠入不幸的男人","占星家"心想,同时把手背在身后,在房间里踱步,想法在他菱形面孔的所有神经下面活动着。突然,他把半边脸转向律师,问他:

"您曾在法学院升起过一面金色的旗帜吧?"

"是的,我想要抗议保守派的统治。同时我也想表达说,'黄金时代'已经降临这个世界……我放弃了一切。您知道的,我放弃了财富,尽管我家里可以为我提供一切所需的资源,让我通过我的专业挣很多很多的钱。现在,我自己做饭,自己洗衣服……就像人们带着钦佩之情称呼我的,我可是个'博士'啊。但我来见您并不是出于这个原因,我需要与您认真地谈一谈。"

"好吧……"

"我想要知道您到底是演员、愤世嫉俗的人,还是冒险家。"

"三者都是一回事。"

"程度不一样……但我们别在这些细枝末节上浪费时间了。告诉我,军队的干涉中哪部分是真的?换句话说,那天'少校'演的那出戏,说你们会进行……"

"没什么……不过是个想法罢了……"

"那不是答案。"

"也不是问题……"

"好吧……我想要对您进行一番全面的考量。您会愿意组建一个共产党基层来演一出有利于军队的戏吗?"

"我,会的。"

"那么您是个反共产党。"

"不,我是共产党……"

"您要是共产党的话,会背叛您的同志们,以国家即将成为共产主义的牺牲品为借口,来发动一场军队的暴乱吗?"

"会。"

"我不明白。"

"我很明白。"

"怎么讲?"

"占星家"站了起来,在房间里走了几步,然后说道:

"这个国家的民智水平低得可怜。我想说的是,我们人民中的大多数,通过进化过程是永远都不可能完全认可共产主义的。反对它的不只是资本家的利益,还有民主政体,他们代表群众,也通过代表群众而致富。换句话说,我们永远都不可能靠民智的进化来让群众相信并接受共产主义。人民只有在饥饿中或是在过度的压迫下才会成为共产党。我们没能力引起饥饿……也没办法造成压迫。唯一可以压迫人民、对其施行暴政的是军队。于是,我们将协助军队,紧紧握住权力……"

"是一场持久战……"

"很正常。不过是因为我们是个贪婪的种族,习惯于'手里握着的一只鸽子好过空中飞翔的一百只鸽子',而我却宁可要空中飞翔的一百只鸽子。这也是国际象棋的策略……您会下国际象棋吗?"

"不会……"

"然而,您却崇拜拿破仑……亲爱的朋友,必须得学会下国际象棋……国际象棋是出类拔萃的马基雅维利①游戏……象棋大师塔塔科维②曾说过,对象棋手而言,一盘棋不应该只有一种结局,而是有许多种。开局越是受挫、越是糟糕,就越有意思,也就越是有用,因为这样就能以上百种方式来迷惑对手。塔塔科维用他超凡的马基雅维利主义象棋词汇来描述这个方法:'游戏的韧性'。棋局越是有'韧性',就越好;但正如我们前面说到的,军队对权力的逼近正是我们这些渴望资本主义结构解体的人们的理想巅峰,他们将从本质上建造那些能够唤醒群众的革命意识的元素。"

"他们无法维持权力。"

"可以维持……而且他们够粗莽,能做出那些可以唤醒群众的革命意识的荒唐行为……"

"嗯……"

"毫无疑问,他们将会做出荒唐的行为。所有的军人都是暴

---

① Machiavelli(1469—1527),意大利学者、哲学家、历史学家、政治家和外交官。他的名字变为形容词,含"不择手段、狡猾、奸诈"之意。——译者注
② Tartakower(1887—1956),波兰与法国的国际象棋特级大师,也是一位杰出的国际象棋记者与作家。——译者注

君,他们会对想法报以哈哈大笑。需要赋予他们权力,让他们为群众'校准插头'。还有一点很明显:群众绝不会是革命者或共产党,为了纠正这一少数派的现实,他们将变成布尔什维克和反军国主义者。需要一个精神抖擞、野蛮残暴的独裁者,他越是粗鲁,越是有力,反响就会越激烈。如果只有火药,它会在空气里燃烧,但假若把它关在一个容器里,就会形成被称作炸弹的东西。"

"知道吗,您很有意思?"

一群狗在远处没完没了地叫了起来,接着,远处传来一阵被缓冲的猎枪射击声。

"没关系,""占星家"留意到律师关注的神情,嘟哝道,"这里晚上常常能听见枪声。"然后他接着说,"纯粹的象棋,亲爱的朋友……我们不应该避免军队的权力。恰恰相反,我们应该坚决拥护他们的决定。他们需要布尔什维克的托词来根除群众的自由,群众根本不知道布尔什维克的精髓是什么。很好……我们将创建人造的共产主义……您知道的,人体内的一些细菌是无法抵抗四十度的温度的,这些细菌会导致疾病。因此,系统即是在体内人为引起另一种疾病,导致四十度的高烧,从而消灭真正有害的微生物。"

"凭您的系统所有人最终都会接受它……"

"那是自然的。当您想要为政治行为注入某种道德伦理时,政治行为将转变为某种我们可以定义为死板的机理的东西,它可以被外来势力甚至被内部力量所破坏。"

"要是军人向着国家呢?"

"在资本主义的统治里,军国主义是一个为之服务的机构。没有任何一个资本主义政府的系统能够解决日益严重的经济问题。这些国家的资本主义是如此天真,以为可以解决那些问题……将会失败。民主失败了,现在独裁也必定会失败。这跟用蒸馏水注射剂来治疗梅毒是一回事。"

"也就是说,依照您的观点,您是不会拒绝加入某个犯罪团伙、某个假币制造商、某桩谋杀的……"

"所有一切都是有用的,只要知道该怎么用;协助共产主义成功的非凡手段。更有甚者,我会跟您说:为了获得无产阶级宇宙的胜利,完美的共产党会一秒钟也不犹豫地施行所有受资本主义道德谴责的罪行……那些身无分文的人。"

律师站了起来。

电灯的光线强烈晃动。"占星家"的讲话被打断,他观察着灯丝,炽热的灯丝呈现出烧红的铁块的颜色。

"这些变压器真是糟糕透了。"

"是直流电吗?"律师心不在焉地喃喃道。

"不是,是交流电。我们身处民主之中?不是吗?好了,亲爱的博士,您依然相信民主吗?听我说,当年美国人为了占领巴拿马的领土来修建运河,因此挑起巴拿马的独立,几年后,罗斯福在加利福尼亚伯克利发表了一场演讲,说道:'假如我当时遵从了保守派的做法(即民主的做法),那么应该向国会郑重递交一份官方文件,很可能有两百页那么厚,而关于它的辩论可能至今还没结束。但我却直接拿下了修建运河的地区,任凭国会就我的行为进行讨论,在他们继续讨论的同时,运河也在继续修建。'尊敬的博士,如果这不是对民主流程以及对相信议会制的蠢货们的赤裸裸的嘲笑,又是什么呢?"

"不能用单一事件来以偏概全。"

"棒极了。您想用一系列的事件来证明美利坚合众国(这里用美利坚合众国,是为了与我们所在的美洲区分开)是世界上最反民主的国家。好吧……亲爱的朋友,请您告诉我,应该如何评价美国人或者说美国资本主义强盗们在中美的作为呢?笑吧,您可以尽情嘲笑潘乔·比利亚①的匪徒行为。当所有那些流氓站在造成了巴拿马革命的企业身边,他们都宛若孩童般稚嫩。如果我们从巴拿马前往墨西哥,将会发现一系列由多希尼先生(他是北美资本主义集团在墨西哥的代表)的压迫所引起的革命,多希尼先生受到福音派的威尔逊②的支持。由于英国觊觎墨西哥的石油并支持美国资本家的敌人韦尔塔③,政府做了什么?他们逼英国人撤回对韦尔塔的经济支援。他们准许英国舰队免利息地使用巴拿马运河,购买英国石油的股票,以一场革命推翻了韦尔塔,而发起那场革命的卡兰萨④正是受到了来自北美的武器和资金上的支援。再让我们去圣多明各看看。圣多明各陷入美帝国的统治的标志性事件是'圣多明各进步公司'购下圣多明各政府亏欠一家荷兰公司的十七万英镑的债务,作为补偿,

---

① Pancho Villa(1878—1923),墨西哥1910—1917年革命时北方农民起义军领袖。——译者注
② Thomas Woodrow Wilson(1856—1924),美国第二十八任总统。——译者注
③ Victoriano Huerta(1850—1916),墨西哥第三十五任总统。——译者注
④ Venustiano Carranza(1859—1920),墨西哥革命领导人之一。——译者注

该公司获权收取确保操作顺利进行的海关税。随心所欲地任命了圣多明各政府的美国在1905年成为该国的海关理事,以库恩-勒布公司作为中介,一共借给圣多明各政府两千万美元,该借款授予美国收取海关税款的权利,直到1943年。"

律师把双手放在一只膝盖上,头埋得很低,下巴撑在胸口,眼睛盯着脏兮兮的皮鞋变了形的鞋尖,认真地聆听着。

"亲爱的博士,系统是什么?是这样的:银行和金融企业组织发起革命,乍眼看去,那些革命让美国的利益受损。紧接着是武力的介入,并随之举行选举,获得美国支持的那一派将会胜出;这些政府向美国借债,直到小国家完全落入银行的掌控之中。您只需要查看一下中美国家的会计账本就会发现,无非总是花旗银行、衡平信托和布朗兄弟公司这几家,远东地区的签名永远都是摩根大通及其同僚。为了维护布朗兄弟公司的利益,尼加拉瓜遭受了侵略。不是标准石油,就是华斯台卡石油公司。您瞧,在这里,距离我们一步之遥的地方,有一个手脚都被美国绑起来的国家,我说的是玻利维亚。玻利维亚,由于一笔发生在1922年的三千两百万美元的贷款,以斯蒂费尔·尼古劳斯公司、史宾塞·特拉斯科公司、花旗和衡平信托为中介,处于美国政府的掌控之中。这笔贷款的担保是政府所有的财政收入都将由一个'永久财政委员会'控制,组成该委员会的三名成员中的两名由银行推选,另一名则由玻利维亚政府任命。"

"占星家"双臂抱在罩衣胸前,在律师面前停下了脚步,晃动着毛发茂盛的脑袋,仿佛对方没听明白他说的话似的,继续说道:

"您意识到了吗？……出于三千两百万美元。这意味着什么？意味着福特或洛克菲勒可以在任何时刻聘请雇佣兵来摧毁一个像我们这样的国家。"

"您所说的太恐怖了……"

"现实更加恐怖……群众生活在彻底的愚昧之中。人们被最近一场战争造成的几百万人的死亡吓坏了，但却没人去计算一年又一年在铸造厂、在车间、在矿井、在没有卫生保障的行业、在资源的开采、在癌症、梅毒、肺结核等社会疾病中死去的上百万的工人、女人和儿童。假如对全世界每年因服务于资本主义而死亡的人数进行统计的话，而资本主义由上千个百万富翁组成，假如进行统计，将会发现在没有战火的情况下，在医院、监狱和车间里死去的人数不少于在手榴弹和毒气的攻击下死在战壕里的人数。如果军事独裁可以唤起集体力量的再现，一举歼灭所有罪恶的资本主义现实，那么军事独裁的危险又意味着什么呢？相反，反对帮助军队压迫群众、唤醒群众的革命意识才是罪恶。一个专制且疯狂的将军比一个敏感善良的革命者更有用。革命者只能进行有限的宣传，暴君则可以唤醒千万个良心的愤怒，让它们坠入从未幻想过的极端。"

对方在聆听的同时，额头因专注而隆起。他时不时地用一只手的指甲清理另一只手的指甲。

"亲爱的朋友，您想一想，在动荡时期，为了证明他们以'资本'的名义犯下的残忍罪行的正当性，资本主义政府当局会迫害所有的反对元素，为他们戴上共产党和破坏分子的帽子。这种方式可以被定义为社会症状学的定律，在经济政治的动荡时期,政府在警察和其他武装力量的协助下,杜撰出共产党的阴谋,从而将民众的注意力从审查政府的行为中转移开。在畸形政府胁迫下的报刊不得不回应这种谎言宣传,欺骗大城市的居民,报道被扭曲的事实,因此,天真的民众会感激政府将自己从被资本主义势力称为'共产党危害'的危险中解脱出来。"

"占星家"双手背在身后,在房间里踱步,想法仿佛在他菱形面孔的神经下面活动着。他点燃烟,大口大口地很快抽完。突然,他意识到自己还没有请律师抽过烟,于是把金属烟盒递给对方。

"要抽烟吗?"

"谢谢……我不抽烟。"

"对不起,我什么都没招待您,要喝点儿朗姆酒吗?"

"我不喝酒。"

"很好,正如我跟您说的:世界资本主义的策略在于腐化各个国家的无产阶级意识形态。不肯被腐化的领导者会受到迫害与惩罚,最轻的惩罚是将无罪的人流放发配,而更重的惩罚则是监狱,必然会受到警察最残忍的严刑拷打,比如扭拧睾丸、烧伤、大冬天把无辜者关在牢房里并往房间里泼冷水。那些加入了共产党的女人乳房会被扭绞,生殖器会被撒上辣椒粉。所有警察可以想象得到的肉刑方式都会被南美国家调查机构的人员用来服务资本主义。"

电流再次发生波动,在几秒钟的时间内,电流停滞在非常低的电压中,钨丝在黑暗中发出微弱的磷光。但那并没能阻止"占星家"继续讲述:

"资本主义政权的系统要求共产主义的支持者做出类似的行为,团结在一种伪善生活的系统中。这样,他们就能够逍遥法外地完成旨在摧毁当前政权的行为。"

突然,他的声音再次变得像之前那样强烈:

"这就需要基层的建立,它可以分为两类:情感基层和能量基层。"

"占星家"走到旧柜子旁,转动钥匙,取出一个红皮小本子。他坐在书桌边,说道:

"我给您念一段我正在筹划的关于组建基层的规范吧。"

他翻开一页,开始念道:

"情感基层是由那些没有能力进行能量活动或严重的社会罪行的人组成。这类基层的特征是发展一种能够明显改变人们的宗教信仰的活动,其效果十分有限,尤其是在革命前的时期。

"能量基层需要年轻男人的协作,他们得是非常勇猛、大胆、毫无保留的。以这种方式组成的基层必须置于所有的感情用事之上,这类基层得以实施的方式必须是充满能量的。建议委任他们进行极其严重的社会犯罪,比如对军官、彻底的反无产阶级政治家以及因性情残忍而闻名的资本家进行集体或单独的处决。"

律师一只手放在脸颊上,聆听着。在他大腿垂下的裤脚边可以看见一只粗劣的巧克力色长袜,他不仅没把袜子藏起来,还时不时心不在焉地观察它。

"不太建议能量基层的领袖之间相互认识。在社会动乱时期,最好是隔离开来工作,利用丑闻来获得收益的报刊宣传将鼓励无名基层以及支持它们的个人。

"为了让基层里的成员以共犯的身份团结在一起,可以建议他们集体犯下罪行,或者对压迫政权的支持者进行报复。报复的对象可以是警察里的高官、军队里的头目、反对无产阶级胜利的市民,等等。

"最起码的谨慎。能量基层里不能有任何一名成员曾参加过某个反对资本主义的政党,只要在警察局有过一笔前科就必须被排除在外。能量基层里的所有成员都不可以与被公开承认的布尔什维克团体有任何关联。在公开场合,他们看起来是遵从统治政权的。

"伪善行为的优点。所有每天被迫演出与其感受相悖的戏剧的真诚的理想主义者都会掩饰情绪,变成一个非常高效的革命元素。在他们的精神中将会凝聚一股如此强烈的憎恶,在革命到来的那一天,将发生可怕的爆炸。简而言之,个体需要变成马基雅维利组织者。

"怀疑。需要对一切都抱有怀疑的态度:男人,女人和儿童。绝不要相信任何一个女人,尤其是与之持有感情关系的女人。他会表现出特别地懦弱,以及对使用武力的反对。他会称赞所有的资本主义政府,而当他谈论苏联政权时会表现出对该政权的极度愤慨。"

电流又波动了不到一秒钟的时间。"占星家"继续念道:

"如果共产党员是学生,他表面上会遵循大学的系统,即便那些系统在他看来再是落后、再是反常。他甚至应该拍拍老师以及所有代表着权威准则的人的马屁。他将会加入那些在所有资本主义国家以不同的名字存在着的沙文主义中心。

"如果共产党员是工人,他将公开抨击罢工,永远表现出一副温和的资产阶级拥护者的姿态。

"如果是陆军或海军的士官,他将演同一出戏,精明地表现出对共产主义的发展闻风丧胆。

"您觉得怎么样?"

"非常有意思。您给'少校'念过吗?"

"我将会告诉'少校'我所需要告诉他的内容,我们之间的关系不一样。"

"有人出钱帮助您组建共产主义基层吗?"

"好家伙,即便果真如此,我也不会告诉您。说回刚才的话题,我会对您说:我们得组建一所革命技术学校。这所学校将分为两部分:理论和实践。理论部分将包含政治、社会学和经济,这三点会专门遵循马克思的理论。理论部分将学习:军事主义的学习和分析,以及技巧。实践则由操作机关枪、炮术、毒气、投弹器和通讯等部分组成。"

一阵沉闷的货车汽笛声从火车站传来。

"我们将建立一间化学实验室。革命学生将在这间实验室学习制造毒气——特别是光气,制造毒气炸弹和手榴弹。也会学习炸药的制造,尽管炸药很容易获得,不值得花太多精力。对我们来说,最重要的是在步兵、炮兵和化学战中培养共产党员。我们将彻底消除情感上的革命者,我们对感情用事毫无兴趣。我们把它留给社会主义者,他们是如此的野蛮,即使在经历了欧战之后依然相信民主与发展。这件事只能在乡间完成。正因如此，我才喜欢南部。我们将伪装成小庄园主，修建一座集体庄园，但我们的工作和我们的学员却专攻战争。当然了，在我所说的这些内容中肯定有一些技术上的漏洞，但请您相信我，只要着手开始我们就会获得成绩。"

"资金呢？"

"问得好。资金由妓院提供。"

"真野蛮。"

"不然还能怎样……尽管它并没有您以为的那么野蛮。与其让皮条客把妓院赚的钱拿去赌马，不如把这笔钱拿来培训对社会有益的技术革命者。您好好听着我接下来要说的：一个不为大家所知的基层将负责妓院，妓院的盈利将用于养活革命技术学院。我，还没有选好内地的地点……我缺乏预算……我需要埃尔多萨因交给我光气制造厂的设计图。"

"您信任埃尔多萨因吗？"

"是的，我信任他，并且十分欣赏他。"

"继续说。"

"假如我们能够成功建立革命学校，即便它有很多缺点也没关系，因为那将意味着我们前进了一大步。我们将寻找技术工作者，把我们的工作时间平均分配。"

"我会问，为了什么？您难道不相信共产主义会渗入到我们的军队里吗？……"

"我对一切都抱有信心，但我通常以不相信任何事物的态度来行事。一个组织者——成功的组织者，而不是失败的组织者——所需具备的才能之一是明白人类与系统比实际情况还要难以征服十倍。假如我从一开始就认为共产主义肯定能够以所需的速度渗入到军队里去，那我就不会做跟您讲述的这些准备工作了。革命技术学校的职责更加崇高。我们用妓院，我想说的是，我们可以用妓院的收益送学生去民航学校，为他们支付学费，让他们在那里寻找支持者。当然了，得以一种聪明谨慎的方式进行。有了光气制造厂，我们就具备了当下最必不可少、最强大的实力。我们的军队根本没有应付毒气战的能力。"

律师的脑中情不自禁地浮现出大型工厂、红色和灰色的气体发生器、软木包裹的管道，以及在完全被硫黄的黄色粉末覆盖的车间里走动的魁梧男人的画面。他微笑着，想着那项工程的不可能性。

"当我们一旦开始同时行动……您别笑……用十吨液态光气我们就可以消灭布宜诺斯艾利斯的所有军团。想象一下，在风和日丽的一天，用水罐车在政府部门、警察局和军营附近喷洒液态光气。光气在二十七度的气温下挥发，只需吸入一小粒光气就会丧失战斗力。您一定会说……这个男人像儒勒·凡尔纳那样喜欢幻想。您得知道，儒勒·凡尔纳的想象力远远不够，我思考的都是非常积极的问题。只有傻瓜才会无奈地耸耸肩，说我在幻想。只需要聚集六个人、一万比索的资金，就能制造光气，这样就可以……您仔细听着……一万比索，就能消灭布宜诺斯艾利斯整座城市的居民。如果您不相信我说的，可以去找一位军人，把我的观点讲给他听，他一定会说：'占星家'说得有道理。"

律师思考着。"占星家"继续说：

"当我们建立了一个毒气技术小组，一个飞行队，几个机关枪专家，几个知道如何冷静清晰地向无产阶级解释什么是共产主义、土地的分配、给农民的土地、受国家监控的工业的人；当我们拥有——我要求不高——一百个男人，每个人能够组建一个体现革命学校思想的基层，及其科学方法……到了那一天，我们就可以发起革命……"

"乍眼看去，那一切简直令人难以置信……"

"是的……您让我想起……您看：1905年，在日内瓦会议上，共产党告诉与会代表他们永远都不会偿还沙皇统治下的俄国亏欠其他国家的债务。代表们嘲笑他们，称之为'一群疯子'，而今天……今天，亲爱的朋友……法国依然在追着俄国偿还在1905年借给他们的几十亿贷款。知道为什么您会觉得这一切难以置信吗？因为您感染了某种天然的怯懦，几乎所有南美国家的居民都具有这种怯懦。我告诉您，一百个人就可以在阿根廷共和国发起革命。一百个坚定不移的人，再加上十吨光气打头阵，就可以摧毁军队，肢解其他的一切，把无产阶级团结起来，冲上云霄……"

"一百个人！"

"一百个人……是的！一百个人……采用什么战术？……您瞧，我无须向您隐瞒。使用毒气同时进攻军事区。使用毒气进攻空军基地。在进攻中幸存下来的飞行员将负责肢解余下的军队。他们会对整个事件负责。会受到十分严厉的惩罚。他们会服从。肢解军队。罢免军官。重组士官。立即组装无产阶级军队。自动处决所有政治家。把权力赋予无产阶级。当然……那一百个人必须按我的要求接受培训,他们必须得明白将会获得的权力。也就是说,他们不再是一百个人,而是一百个专家。几乎不受惩罚地进行工作的一百个专家。阻止人们行事的是惩罚的存在。但一百个专家则是另一回事。天啊,的确是另一回事!一百个专家,我再说一遍,可以摧毁我们的军队。您知道这个现象将为无产阶级群众带来怎样的热情和疯狂吗?那一百个专家会在一天的时间内变成一百个英雄,受到群众的无限崇拜。但需要一百个专家。必须对这一百个专家进行培训、指引……"

从书房隔壁的房间传来脚步声。

"没什么。"

脚步声渐渐远去,他继续说:

"那个目标只能通过学校来实现。他们将在学校里学习制造毒气,以及其中的注意事项……任何疏忽都可能造成致命的后果;需要练习使用面具,在毒气中工作。您以为我们只是为了聊天而谈论这些吗?我跟您讲的都是可怕的现实,其中最微不足道的东西都能够立即造成重伤甚至死亡,就是那样。为了完成这项危险的工作而受培训的一百个人,我觉得应该予以重视,不是吗?"

"的确如此。"

律师微微闭上眼睛。在被灯光染成金色的空气中,他仿佛可以看见穿着防水服的男人们浸泡在油里,脸上戴着漏斗。环状的橡胶管道插在挂在后背的袋子里,系着袋子的三重皮带穿过胸前,跟他在战后摄影中看到的景象一模一样。

"没人会做出反抗。您觉得军队、警察或其他人敢做出反抗吗?如果是机关枪的炮击,我不怀疑会有人试图反击;但对于毒气,谁敢来对抗?您想一想,在毒气散播的同时,受害者就会像苍蝇一样一一倒下……一模一样。心理作用……在这种情况下需要考虑到心理作用,会是非常可怕。城市里的幸存者会惊慌失措地逃跑,与此同时,一切活动都会停滞,共产主义最强烈的反对者会举起双臂,恳求怜悯。

"我们将通过革命学校来实现它。人们会在那里学习策略,进攻系统,在不同温度、不同风速下的光气袭击。一个懂得操作毒气、机关枪和榴弹炮的人将战无不胜。假如可以送他去这里或邻国的某间民航学校学习飞行,问题就会迎刃而解。但是,亲爱的博士,让我们理智一点,我们从哪儿搞来资金?我们不能申请政府的补助,我认为……"说到这里,他哈哈大笑起来,"也不能搞公众募捐。因此,这项计划必须建立在妓院的基础上。"

"那些被毒气毒死的无辜者怎么办?"

"我的天啊,情感上的撤退这就出现了。被毒气毒死的无辜者,亲爱的博士……"

"别叫我博士。"

"亲爱的博士,在欧战中,为了满足一群资本家以及俄国、德国、法国和英国强盗的野心,死了一千两百万人……这一千两百万人并没有犯下任何罪行……也就是说,他们都是无辜的……"

"您对摧毁军队感兴趣?"

"从军队是资本主义政权的拥护者这一点来看，就必须主张对军队进行系统化的摧毁。况且，从技术的角度来看，我们的军队根本没有任何用处。"

"您参过军吗？"

外面爆发出一声雷鸣，像极了在金属桥下听见路过火车发出的沉闷的轰鸣声。

"天啊！……要下雨了！"

"还没下……让我用另一个问题来回答您的提问吧：我们可以跟某个邻国开展一场战争吗？不可以！美国不会允许这样的事情发生。那既然不可能跟邻国开战，您可以跟我解释解释我们为什么需要军队吗？而且，您留意一下，这是从科学方面提出的异议，一支由五十架战机组成的飞行队就能摧毁我们整个军队。事实上，空军是南美军队中唯一有用的部分。因此，我们的战舰，有什么用吗？它们能够对抗美国的战舰吗？不能！所以呢？……在当下，我们的资本主义政府之所以扶持那些优秀的子弟，只不过是因为资本主义政府无法在没有外力协助的情况下通过压迫无产阶级来维持政权。让我们举一个反例……几乎不可能发生的情况。一个理智的民主国家，按照逻辑，想要废除这两个吞噬了国家经费一半的寄生虫：陆军和海军。会发生什么？会发生下面的情况：一定会有某位勇敢的将军为了维护其阶级的经济利益而发起政变……从人性的角度来看，这是很正常的，就像我主张军队应该被无情摧毁的红色宣传一样正常。就像您看到的，这两个逻辑有些对立……但它们的优点是将您这样的一位法学博士置于了窘境之中。"

一道天蓝色的之字形显映出比铅铸的城墙还要平滑的天空。晚风沉闷的呻吟摩擦着窗户的木框与玻璃。

"就其他方面而言，维持陆军也是件很荒谬的事。欧洲国家之所以没有废除陆军，是因为那对资产阶级没有好处，对军国主义阶级就更没好处了；但如果您向一位专家请教，他就会告诉您：未来的战争将是空战和化学战，陆军的角色将是次要的。进攻将会在城镇的中心展开，用那里的生产为前线军队提供补给。您怎么看这一切？"

"我不知道……我脑子一片混乱。我觉得您偏题偏得有点儿太远了。"

"占星家"几乎是暴力地反驳道：

"你们这些人想要和平！……你们想要发展！……所有你们想要的都太荒谬了……受社会主义者、民主派等影响的大杂烩。您知道当今人类中最可怕的革命者是谁吗？是资本家。一个女人可以在九个月的时间内造出一个孩子；一个资本家可以在九个月的时间内制造一千台机器……一千台机器把女人们花了九千个月的时间孕育出来的一千个孩子赶上街道。我想要革命。但不是小歌剧那样的革命。另一种革命。由枪毙、愤怒的乌合之众在街上强奸妇女、抢劫、饥饿、恐怖……组成的革命。在每一个街角都放置着一张电椅的革命。完全、彻底、绝对地消灭所有那些捍卫资本主义阶级的个体。"

"然后呢？"

"然后和平就会到来。"

"您觉得'那'会到来吗？"

"会的。"

"占星家"是如此温柔地念出那两个字,律师惊讶地看着他。

"亲爱的朋友,'那'会到来:一定会到来。我们分布在地球的各个地方,处于各种不同的气候之中。我们是地下的人,类似于钢做的蛾虫。我们咬噬当今社会的水泥。我们慢慢地、耐心地咬。每当有一个人被关进监狱,每当有一个人在警察局的牢房里孤独地被折磨而死,就会在地下涌现十个黑暗的人。在各个阶层,亲爱的朋友。是的,在各个阶层。已经有共产党牧师、共产党军人、共产党工程师、共产党化学家、共产党文人了。我们已经像麻风病一样渗入了人性的每一层。我们坚不可摧。我们在不知不觉中一天天成长。我们的红色之旅甚至会吸引资本家的子女。父母在听见他们的言论时会露出自负的怯懦微笑,但他们的子女会由于伟大胜利的可能性所带来的热情而脸色发白。您知道那道自负的微笑意味着什么吗?对屠杀的恐惧。即使在最腐败的行省里最肮脏的村落也会有一个偷偷传播摧毁的决心的人。我们会打扮成上千种模样。我们无所不能。年轻人被我们的威胁所吸引。现在我们也会面向女人……缓缓地,亲爱的朋友,缓缓地……某一天,您记住了,不会超过十年,社会的楼房将会突然摇晃起来,那些曾经腼腆地露出胆怯微笑的人们将会惊恐地看着周围……到了那个时候,亲爱的朋友,我非常认真地向您保证,我们砍下的脑袋将会比丰收时节的葡萄串还多。我们将会砍下脑袋,并且是不带任何憎恨地,非常冷静地。哇,那些曾经反对我们的人!哇,那些曾经迫害我们的人！他们出生的那天以及造小孩的那天真是该死！"

在"占星家"讲述的同时，律师的脸渐渐红了起来。对方看也没看他一眼，继续说道：

"我向您保证：我们将在每个街角砍下人们的脑袋。男人和女人的脑袋。"

说完这句话，"占星家"转身背对着律师，律师站了起来。当"占星家"脚跟定住转过身，发现访客站了起来，正阴沉地凝视着他。

"怎么了？"

律师把所有的回答化为一记重重的耳光，扇在对方的脸上。被阉割的男人为了吸气而张开嘴巴。在那记耳光过后，访客又用左手对准着魔的男人的下颌击出一拳，但对方迅速用手臂遮住脸庞。他肘角的冲击是如此猛烈，当它撞击在律师身上时，律师表情极度痛苦地向后退了一步：他的手骨折了。

"占星家"冷冷地看着他，脸色微微有些苍白。他缓缓微笑起来，露出牙齿，当他双手抱在胸前时，额头的皮肤上布满了槽纹。

两个男人就那样沉默地对视了一阵子。

一股难以置信的恶心感在律师的脸上慢慢分解开来。

"占星家"的瞳孔渐渐放大。他的双肩耸起，仿佛一只准备着做出致命一击的猛兽。接着，他挺直强大的身躯，拿起律师的帽子，对他说：

"您走吧。"

对方好像并没打算离开似的。他的面孔继续带着厌恶感抽搐，他在寻找某种更有效的侮辱。他抿起嘴唇，舌头发出声响，在"占星家"还来不及做出反应前往他的脸上吐了一口口水。

"我从没见过一个人的脸色那般苍白,"律师在后来说道,"我以为'占星家'会杀了我,但他却抬起手臂,擦干脸上的口水,把手伸进口袋里,拿出一只表,看了看时间,用异常平静的声音对我说:'很晚了。今天我说了很多话。您最好是离开。'于是我就走了。"

伊波丽塔独自一人

尽管身上有钱,伊波丽塔却在一家最廉价的旅店租了一间带家具的寒碜房间。

她关上门,用钥匙把房门反锁起来,在枕头上铺了一条毛巾,把短靴扔到墙角,穿着衬裙就钻进了被窝。她按下电灯的开关,房间即刻陷入黑暗之中。从百叶窗的缝隙间透进一道绿色的光,它来自对面墙上某块发亮的招牌。伊波丽塔揉了揉太阳穴。

一个沉重的圆圈绕着她的脑袋旋转。是她的想法。在她的脑袋里面另一个较小的圆圈也在转动,绕着极点微微摇摆。是她的感受。感受和想法以相反的方向转动。她的嘴唇不耐烦地噘起,牙龈时不时感到嘴唇的运动,她闭上眼睛。床(床上依然残留着淡淡的精液干涸后的气味)和感受缓缓的摇晃让她陷入深渊。当感受的圆圈倾斜时,在椭圆的上方能够依稀看见想法的圆圈。一道厚重的关于回忆、关于未来的眩晕也在转动着。

她用双手按住太阳穴，缓缓说道：

"我什么时候才可以入睡？"

她的膝盖骨感到一阵刺痛，双腿十分沉重，仿佛身体的全部重量都集中在了四肢。两个小时前才与她交谈过的"占星家"比她的童年还要遥远。她感到很痛苦，没有任何喜欢的画面触及她的心。她因此而感到痛苦。接着，她自言自语道：

"每个人有多少个真相？其苦难有一个真相，欲望有一个真相，想法有另一个。三个真相。但'占星家'并没有欲望，他被阉割了。""我的睾丸像手榴弹一样爆炸"，他的声音在她耳畔回响，阉人的模样浮现在她的眼前：小腹被一道紫红色的伤疤划过。

一道冷战像一把钢刃似的蹭过伊波丽塔的耳畔，刺进她的脑髓。她感受的摇晃越来越缓慢。在她脑袋上方几乎可以瞧见想法的圆圈，那是些坚定的计划和想法，是每一个男人和女人从出生到死亡都一直拥有的。人类在那些想法间驻足，仿佛是某种神秘力量安置的绿洲，让人类可以在那里悲哀地休息。

应该做什么？她再次闭上眼睛。丈夫，疯了。埃尔多萨因，疯了。"占星家"，被阉了。但疯狂真的存在吗？她寻找逃逸的出口。疯狂真的存在吗？还是说，人们建立了一种约定俗成的表达想法的方式，于是它们将另一个世界永远永远地隐藏起来，而没人敢将它展现？伊波丽塔愤怒地看着黑暗中的绿色荧光。她想要报复生活带给她的所有不幸。革命基层。"充满诱惑的男人"出现在她眼前，坐在花坛边，一片片扯下雏菊的花瓣。她再也无法忍受。喃喃道：

"亲爱的妈咪,你在哪里啊?"

她的心因难过而融化。哎,要是有一个女人可以拥抱她,让她把头靠在她的膝盖上,缓缓地抚摸她,该多好啊!她用脸颊在枕头上寻找一处凉快的地方,留意着在吸气与呼气间慢慢抬起又落下的胸脯。哎,要是枕头的倾斜恰巧是滑入未知无极的斜坡,该多好啊!她会任凭自己坠落。当然会,一万分肯定。体内的一个声音几乎带着威胁性地说道:男人!她在心里狂怒地重复道:男人。怪物。战胜并毁灭怪物的女人什么时候才会出生?她的牙龈感受到咀嚼唾液的嘴唇划过的痕迹。一个声音再次爆发:"我的睾丸像手榴弹一样爆炸。"然而,那有什么用?他不再是怪物了吗?当然,他将会永远孤独一人,榻上没有任何女人。突然之间,伊波丽塔向右侧转身。房间里有一股可怕的潮湿的臭味。通过隔墙传来一个正在脱衣服的男人靴子后跟发出的声响。隔墙上亮起一个黄色的光点,是隔壁房间的灯光。她心想:这里可以暗中窥视。她记起房间的墙壁裹着红色的壁毯,对自己说:也许有人在这里拍色情照片。她咬了咬嘴唇。隔壁有个倒霉蛋。我可以过去,走进他的房间,让他快乐。但我不会那样做。他会在看见我走进房间时睁大双眼,跪在地上亲吻我的肚子,但在将我抱上床后,他会觉得我太小了,不应该与我上床。伊波丽塔猛地翻了翻身。那个黄色的小圆圈让她忍无可忍。"革命女性基层"。那是真的。生活中的一切都是真的。然而,一个人的身体呼喊着索求的真相在哪儿才能找到呢?突然,伊波丽塔大喊道:

"他人的幸福关我什么事?我想要我的幸福。我的幸福。

我。我，伊波丽塔。

"我的身体，它有三个雀斑，一个在手臂，一个在背上，另一个在右乳房的下面。我将永远是这副模样，这般地悲哀痛苦，其他人又关我什么事呢？！耶稣，耶稣是个男人，"伊波丽塔露出微笑，一个想法让她觉得有意思，"耶稣看起来一点也不像'皮条客'。所有的女人都追随他，他完全可以让抹大拉的马利亚①为他'工作'，"她缓缓笑起来，用枕头蒙住嘴巴，"隔壁的那个人会说什么？"随后，她因激起了某种与她的大脑相悖的神秘且猛烈的愤怒而感到害怕，说道，"拥有某些想法并不是罪过。"事实上，她之所以发笑是因为她想到自己假如在一群虔诚的女人跟前说出了那番话将会引起的骚动。

疲惫将她缓缓压平在床上，她的表情再次变得僵硬。为什么不呢？为什么不试一试呢？煽动女人们。她有能力做到。她重复道：

"我很困，但却睡不着。但那个该死的家伙还不困，他还没关灯。是的，那个黄色的小圆盘依然亮在墙上。他会是谁？一个没找到下手对象的老道的小偷？一个杀人犯？一个鸡奸者？一个离家出走的男孩？一个不幸的丈夫？"伊波丽塔坐起身子。床太过破旧了，弹簧连吱嘎声都没发出。她踮起脚尖朝那面墙走去。她收缩起身体，把一只眼睛放在小孔的位置。

是一个老人，坐在床边，脚尖几乎触到地面。他脱下了一

---

① Maria Magdalena，在《圣经·新约》中被描写为耶稣的女追随者，传说中她是被耶稣拯救的妓女，见证了耶稣受苦、断气和埋葬，并痛哭流涕。——译者注

只长袜,另一只,破掉了,像是黄色光脚的红色背景。伊波丽塔看向脑袋,脖子上长着尖声嗓音的喉结。从侧面看过去,他的下颌垂下,额头紧皱,一只球状的眼睛静止不动,嘴唇微微分开。男人赤裸着一只脚,不眨眼地看向前方。天花板上的吊灯发出的光落在他弓起的后背。

上衣的绸缎标记着他脊椎骨的崎岖不平。喉咙的结,分开的嘴唇,无力的眼睛。伊波丽塔看着他,闭上眼睛,再次睁开,看见赤裸的脚,生满了老茧,一动不动地放在红袜子的袜背。那个一动不动、与她只隔了一道木板的身体让伊波丽塔惊讶得说不出话来。他大概有五十岁,或六十岁,谁知道呢?!男人一动不动,带着幻觉的专注看着前方。伊波丽塔感到自己大脑的表面爆开一个个想法的气泡,那些气泡在陷入脑皮时被淹死。他的身体是那么弯曲,引起后背的疼痛。但男人是什么时候做出那个她没看见的动作的?然而,她一直盯着他,却没看见老人将一只镀镍手枪的枪管顶在他衬衫的法兰绒上。

"不要。"一个幽灵迅速在伊波丽塔的耳畔窃窃。

球状的眼睛和分开的嘴唇依旧一动不动地盯着房间的墙壁,握着枪的那只手缓缓从胸部挪开,落在大腿上,男人慢慢地半合上眼睑,同时把脑袋垂在胸前。伊波丽塔觉得自己可以理解男人想要永远睡过去但却并非死去的愿望,跪在了地上。她在那一瞬间想到:

"假如他杀死了自己,我不会为他感到如此难过。"

她说的是真心话。她想:"如果埃尔多萨因在这里,他会明白的。"此刻,她不想再通过小孔观看了,她已经看见了一切。

她的脑袋因疲倦而垂下,仿佛绕着自身转了许多圈似的。黑暗在她双眼的交汇处剧烈地颠簸。她感到眼花缭乱,在黑暗中伸出双手,只身倒在了床上。一阵强烈的恶心在她的胃里翻腾。那个老人害怕杀死自己!伊波丽塔的额头在出汗,一股神秘的力量以非常轻缓的摇摆让她从脚到头——躺平,此刻,她身体的所有毛孔都冒着冷汗。她的手臂垂落,一点儿力量也没有,恶心的黏性物质在她的胃里柔和地撞击。她在失去意识的那一刻心想:

"明天我将会答应'占星家'。"

星期六的下午和晚上

"忧郁的皮条客"的弥留

阳光透过医院房间里半合着的百叶窗照了进来。

倾斜的阳光沐浴在他的脸上。哈夫纳徒劳地试着举起一只胳膊,想要赶走用触角引得他嘴唇发痒的苍蝇。他的四肢十分沉重,像是用铜雕铸而成的,他的脑袋歪在枕头上,一道薄雾笼罩在微微张开的眼睑之间,他感到极度痛苦。

突然,某个人在他身边说道:

"谁对你开的枪?'高个子'还是'小屁孩米弗洛尔'?"

"忧郁的皮条客"想要睁开眼,做出回答,但他却做不到。口渴——极度的口渴——割破了他的舌头,与此同时,阳光透过眼睑闪烁着一层厚厚的红雾。那层雾像锻造车间的探照灯一样,穿过他的头颅,刺入延髓。他如饥似渴地回忆起某根木桩下的一摊污水,木桩立在他小时候常常玩耍的铁匠铺旁。哎,要是那摊水此刻在他嘴边该有多好啊！然而，他连胳膊都动不了。

那个神秘、亲昵且极具权威的声音再次在他耳畔响起：

"说话，是谁？'高个子'还是'小屁孩米弗洛尔'？"

干渴一直延伸到像绳子似的干涸的肠道。充满脏水和铁锈的水滩再次浮现在他的眼前，那是给马钉铁掌的地方，距离铁匠铺只几步之遥。哈夫纳在心里迫切地想要得到它，他想要爬到那里去，把鼻子贴在水面，跪在地上一点一点地吸吮。他的肺有些疼痛，但那又有什么关系？他知道自己就快死了，但他的虚弱产生于正让他的肉体逐渐枯萎的干渴，硝石般的干涸让他的嘴巴变硬。

而他的胳膊，那条曾经那么强壮、用耳光打倒过那么多女人的胳膊，此刻却无法移动，连苍蝇都赶走不了！

事实上，回忆像玻璃罩里的气体一样漂浮在他的体内。他知道自己就快死了，但这种确定却没让他感到害怕。相反，那道阳光，在他眼睑布下一层红雾的阳光，仿佛在云冠上摇晃似的，让他不知所措。

神秘的声音再一次在他耳旁说道：

"是谁对你开的枪？'高个子'还是'小屁孩米弗洛尔'？你当真把'小屁孩米弗洛尔'的女人抢走了吗？"声音变得更加沙哑，再次骂道：

"必须把这些婊子养的通通绞死。"

"忧郁的皮条客"费力地半睁开一只眼睑。窗户的玻璃像炽热的银板那样闪耀。一个巨大的黑影站在他的身边，犹如一个黑色的人体模型，说道：

"你不记得了吗？我是戈麦斯协警，调查员戈麦斯。是谁对你开的枪？'高个子'还是'小屁孩米弗洛尔'？"

哈夫纳终于明白了，"条子"在审讯他。"龟公"用一只被薄雾笼罩的眼睛费了好大力气终于认出了协警。的确是戈麦斯，患有肺结核的戈麦斯，小偷的剥削者，小偷的同谋，小偷的虐待者，他整个职业生涯都在狠压受审讯者的双手。警察局的刽子手，矮小，自大，暴力，亲昵。

"忧郁的皮条客"的眼睑再次垂下，他停止了思考。

回忆在他的过去开启了一道闸门，他看见自己置身于人身安全部某个石灰粉刷的矩形房间，那里唯一的一扇窗户装着磨砂玻璃，屋子中央摆着一张上了漆的桌子。他可以看见墨水用光了的墨水瓶以及覆满灰尘且笔尖生锈的钢笔。

他因马赛女人露露的谋杀案而被逮捕受审，审讯他的是戈麦斯，同一个戈麦斯，但他已经不再对他提出问题，而是在两个审讯员用手铐铐住他的同时，缓缓地把一个又一个的拳头落在他的脸上。那是一项冷漠且恐怖的工作。戈麦斯站在身边，将拳头打在他的鼻子上，然后慢慢收回手，用温柔的声音说道：

"孩子，说话，是谁杀死了露露？"

哈夫纳再次微微张开眼睑。是的，站在那里的的确是戈麦斯协警，但此刻他并没有打他，反而弯下身子，把嘴靠近他的耳朵，不知疲倦地重复道：

"说，是谁对你开的枪？'高个子'还是'小屁孩米弗洛尔'？"

"忧郁的皮条客"没有回答。一大片憎恶在他的肉体中扩散，但协警却锲而不舍：

"回答我，回答了我就给你水喝。"

一阵冷汗布满垂死者的额头，他已经不口渴了。

他感到第五间牢房的铁栅门已经在他身后关死了。

夜幕降临，值班的侦察兵扛着毛瑟枪在矩形洞穴的对面巡逻，他想起那个钟点在"露台"或"两个世界"喝开胃酒的那些"粗人"。在下贝尔格拉诺、波耶多南面或是维森特·洛佩兹①的夜晚，他们一定会好好玩儿上"一局"，特里弗尔卡兄弟贼窝的成员、贩卖盗窃品的无赖以及告密者都像幽灵一般出现在他的眼前。

"你为什么不说话？"那个声音坚持问道。

哈夫纳记起来了。阳光落在草原上，在一棵柳树下，他们以草地为桌布，天空为屋顶，愉悦地进行着一场"歹徒们的"野餐：七个卖身的女人和她们的七个男人，男人的腰间都别着手枪，额头立着帽子，面孔因热敷过药剂而呈白色，显得柔嫩。

有人在弹吉他。一曲维达拉②悲伤地低吟，杜松子酒的酒壶抹过灼烧的嘴唇和愤愤的目光。"米隆加"③们眯缝着眼睑，胯部被跳舞的欲望包裹；随后，黑头发的"苦味"取出手风琴，于是，探戈充满着贪婪肉欲的黑色韵律就在绿色的草地上蔓延

---

① 三者均为布宜诺斯艾利斯街区名。——译者注
② Vidala 或 Vidalita，通常是由吉他弹奏的悲哀乐曲。——译者注
③ Milonga，拉普拉塔河流域的流行舞蹈，此外，也指代女人。这里即是第二种意思。——译者注

开来。

杜松子酒的灼烧滑过喉咙,脏水和铁锈形成的水滩在他的眼前驻足。

那个问题在他耳边猛烈地敲击:

"你为什么不招供?到底是谁?'高个子'还是'小屁孩米弗洛尔'?"男人的眼神十分可怕,带着些诱哄,他亲昵的声音继续像一把手钻似地刺穿他的耳朵:

"孩子,你为什么不说话呀?是谁朝你开的枪?'高个子'还是'小屁孩米弗洛尔'?"

"皮条客"依旧沉默。他的想象倾倒在一片清凉树林的空地上。他坐在一棵巨大的树下,从树冠落下五颜六色的藤蔓,猫、山羊、狗、母鸡和鹅的侧影在周围着了魔似的起舞。他微微移动了一下脑袋,试图将眼睛从那道炽热银板的折磨中挪开,耀眼的光芒穿过他的眼睑,将烈火一般的刺痛送抵他脑神经的最深处。时不时地,神秘的人群在房间里发出噪音,在低音蛇形管的尖叫、手风琴的呻吟以及手鼓的咚咚声的压力之下,他感到自己的鼓膜即将发生爆炸。

那个神秘且亲昵的声音非常执着地坚持道:

"你为什么不说话?……你完全可以讲话的啊!"

他下手非常粗暴,让对方的嘴里满是血块。亲昵的声音在他的耳畔悄无声息地咆哮:

"说话啊,婊子养的。"

"忧郁的皮条客"微微张开眼睑,看着协警。

他记起了这个人曾经用拳头打他的脸,用脚踢他的肚子,

他吸了一口气,从腑脏发出这一记沉闷的咒骂:

"混蛋……"

协警不紧不慢地微笑起来:

"孩子,你终于肯说话了。你在生气,老不死的,别这样,不应该这样对待朋友。你抢走了'小屁孩米弗洛尔'的女人,是不是?你瞧,无论如何,你都难逃一死。开口说话吧,老不死的,这可以为你在天堂赢得一席之地。杀死露露的也是'小屁孩米弗洛尔',对不对?"

一个瘦瘦高高的女人站在哈夫纳的床前。她的胳肢窝有大片汗渍,胭脂被抹花在她黄色的面颊,露出裂口的梅毒斑。在发黑的眼睑下面,灰色的眼睛几乎快要腐烂,朝"皮条客"发出威胁的目光。妓女把一只手放在腰间,将她消瘦的身躯俯向垂死的男人,向他发出"那个圈子里"最残忍的侮辱。

"Nom de Dieu, va t'en faire enculer..."①

哈夫纳像胡狼一样,把牙齿磨得嘎吱作响。哎,要是可以践踏那条不知羞耻的母狗!而另外那个男人,则再次吁出那句令人作呕的老生常谈:

"孩子,你为什么不说话?谁开的枪?'高个子'还是'小屁孩米弗洛尔'?"

哈夫纳发出痛苦的呻吟。地狱来到了他的床边,一个黑色的长方形在他眼前转动,有人用粉笔写道:

---

① 法语,大意为"我以上帝的名义向你发誓,你会被爆菊"。——译者注

cos α＋i sen α①

大黑板消失了，昏暗在他的组织里投映出黑暗的锥形。碎纸片形成的雨幕从一个看不见的高度落下，探照灯转动着紫色和黄色的光束。一个个赤裸的背经过他的眼前，"谋生"的少女们。没穿丝袜，踩着红鞋，裙子到膝盖上面十厘米的位置。前额系着头巾，嘴唇画着心形。辱骂再次响起，这一次距离更近：

"Nom de Dieu, va t'en faire enculer."

那条该死的母狗应该就躲在那里。他用目光窥探，但险恶的情景被一个鬈发的黑人挡住了，他长着哈密瓜似的脑袋，在和一个金发女子跳舞：每片田野中有十个杆菌。哈夫纳想要冲黑人大吼：

"喂，'苦味'。"但声音被一阵从腑脏发出的咸臭味挡在了喉咙。他微微笑了笑，带着愉悦。绣有红色罂粟花的黑披肩在绿色的探照灯下闪闪发亮，灯光变成黄色，随后又变成了紫色。一道超越了人类的走神且疲惫的表情在"忧郁的皮条客"的脸上融化开来。他不声不响地打着嗝儿，用舌头舔了舔嘴唇。

此刻，那个神秘的声音对他承诺道：

"你瞧，只要你告诉我，我就会马上给你弄来一杯冰凉的杏仁豆浆。谁都看得出来你很口渴。"

哈夫纳闭上因光线过多而感到疼痛的双眼。在远处，他能辨别出由脏水和铁锈形成的水滩，瘸腿的蹄铁匠用一个打着活结的皮箍把马鼻子套在一根棍子上，接着再将牲畜的嘴拧起来，

---

① 应为欧拉公式，"sen"是"sin"的笔误。——编者注

让它保持安静,任人给它钉铁掌。

协警孜孜不倦:

"孩子,你为什么不说话?到底是谁,'高个子'还是'小屁孩米弗洛尔'?"

"龟公"像一只被困在火圈里的蝎子似的,晃动着身体。他觉得那个柔和的声音和那道可怕且油滑的目光已经折磨他一个世纪那么久了,翻搅着他的回忆,用痛苦和马儿拖着他,走向"其他人"用子弹打穿他胸膛的那个黑暗夜晚的悲剧时刻。某个类似于推理的东西在他的意识里摇晃着一丁点儿逻辑的火花。即使他逃过了这一关,也会被人拿刀刺死。再不然,也会自然死亡。为什么要"招供"?既然他觉得现在轮到"小屁孩米弗洛尔"来亲吻他的双脚了。在他的想象中,时间向前流逝,他已经康复了,很快看到"小屁孩"陷入了绝境。他对他大开杀戒,将刀子刺入对方细嫩的腹部,仿佛匕首插入香蕉的果肉中……

"你抢走了他的女人?是不是'小屁孩米弗洛尔'?"

垂死男人的耳畔第一次回响起女人这个词。像一部慢镜头播放的电影,所有的话语都被垂直地拖长,这一次,"女人"一词在他的鼓膜中被拖得特别长。

"所以说,'姑娘'都是女人?"

一股正切的力量占据了他的回忆,灵魂从旋切角离开了他的身体,接着,一个遥远的面孔朝着他的临终时刻靠近,面孔逐渐变大。一张被拉长了的苍白的脸,嵌在一顶绿色的小草帽里,鼻子看起来有些过长。"龟公"第一次开口对自己说道:

"我不应该打那个女人。"

此刻,他坠入了一口黑色的井。虚无。

协警阴郁地在垂死者的病床边巡视。他尖锐的目光死死盯着垂死者的面庞,自言自语道:

"这个婊子养的活不过今天下午。到底是谁冲他开的枪?'高个子'?不大可能。但'高个子'应该知道这件事。'小屁孩米弗洛尔'肯定'掺和了一脚'。扒手胡丽亚应该对'小屁孩米弗洛尔'的事有所了解。多尼采蒂好几次看见她跟'小屁孩米弗洛尔'在一起。要是小个子雷波罗听到了什么风声,一定会打电话通知我的。真他妈的贱货!"

"忧郁的皮条客"微微张开一只眼睑。协警迅速朝他弯下身子,喃喃道:

"孩子……你只要'开口',我就会叫人给你送来一杯杏仁豆浆。一杯冰凉的杏仁豆浆。"

哈夫纳非常艰难地歪了歪脑袋。

一首遥远的歌传到他的耳畔。他会唱那首歌。他抬起眼睑,但却谁也看不见,与此同时,洪亮的声音在房间里唱道:

"O Mamri, o Mamri,

Cuando sonna agul per se pe tu

Fammi durmi una notte abbraciattu cuté."①

"忧郁的皮条客"驰骋在回忆里。歌曲让他想起一个邻居小

---

① 意大利语,作者按记忆引用歌词,与原歌词稍有出入。歌词大意为:"噢,玛丽,噢,玛丽 / 我为你失了多少眠! / 让我今夜拥着你入睡。"——译者注

男孩跟父亲一起拉着运蔬菜的车。他父亲在耳朵后面夹了一枝红色康乃馨,用脚踢打妻子的肚子把她踢死了,妻子像吉卜赛女人一样,在乌黑的头发间戴着黄色的大耳环,有时候也会在推车上尖声歌唱,犹如公鸡在金灿灿的正午鸣叫:

"Fammi durmi pe una notte abbraciattu cuté."

哎!那不勒斯人卡梅罗的管家、那个胖得像母猪一样的帕斯瓜拉也会哼唱那首歌谣。卡梅罗出现在他的眼前,他发红的后脑勺上卷着黑发的卷发筒,从床上爬起来,用一条绿腰带勒紧他的大肚腩,在"忧郁的皮条客"耳畔大喊:

"La vitta é denaro, strunsso."①

饥渴像一条燃烧的蛇,钻进皮条客的腹脏。他莫名其妙地再次对自己说道:

"我不应该打那个女人。"

因为他曾经严刑惩罚过所有的女人。在她们身上发泄他因自身的无聊而产生的残暴,因任何无关紧要的小事而爆发的持久且卑鄙的愤怒。

是的,他记起来了,尽管他即将死去。他难道没在某个冬夜把"古柯"整夜关在阳台上吗?然而,通过玻璃可以听见风的嚎叫。他在后来提到那件事的时候会说:

"那个女人真是野蛮,都没有崩溃。"

还有"斗鸡眼胡安娜"。他常对她说:

---

① 意大利语,意为"生活即是金钱,王八蛋"。"strunsso"拼写有误,应为"stronzo"。——译者注

"我打你是出于原则,因为一个男人总是需要打他的女人。"

他的确犯下过暴行!他驯服了巴斯克女人;巴斯克女人,侧面看起来像只山羊,头发卷曲,像公牛的鬃毛一般桀骜不驯。那头母兽是如此凶猛,为了避免她咬人,不得不把她在一张铜床上拴了一个月,在三十天的时间里每天用棍杖把她打昏过去。为了让她长有雀斑的脸稍微好看一些,他每天日落时在她的齿间放一个漏斗,逼她喝下一碗海狸油。后来,他发现她不会走路,于是,为了避免她的步子太大,他用一根链条把她的两个脚踝捆在一起,以这种方式让那头猛兽学会了走小步子。当女人听见自己脚步的回声时,她的脸上血色全无。

他在那个游手好闲的母兽身上犯下过怎样的暴行啊!他的同伙、"一家之主"卡梅罗的话语在他耳畔回响,对他的行为表示认可:

"La vitta é denaro, strunsso."

那个沉默寡言的妓女再次出现在他眼前,她的双眼从乌黑且多脂的眼睑下面发出一道道憎恶的闪电。妓女向他弯下身子,非常靠近他的脑袋,发现了一张被硬下疳刺破的嘴,她用重重的鼻音喷出那道残忍的辱骂:

"Nom de Dieu, va t'en faire enculer."

哈夫纳想要死去。他几乎神志清醒地对自己说道:"为什么要等那么久?"他仿佛躺在一张火床上似的,十分难受。一颗炽热的沙子在他的肺部游走。

然而,在处于弥留之际的此刻,内心的某个东西告诉他不应该打埃罗伊莎,那个打字员。他惩罚她的方式比惩罚其他女人都要粗暴，不是用细皮鞭，而是用六股鞭。他即使躺在坟墓里也不会忘记那天下午对那个女孩说的话：

"你去街上，弄点银子回来。"

他不记得女孩当时做出了什么样的表情，但他心里再次唤起当女孩表示拒绝时他内心的震怒和爆发。他也依稀看见一张用双手遮住的脸，躲避着拳头，跪在地上的膝盖，随后，他猛烈地鞭打，鞭子毫不留情地一下又一下抽在她了无生气的消瘦身躯上，她的身上满是暴力留下的鞭痕。那个下午，她在离开房间前，在门槛停下脚步，转过头，用让他惊讶的表情看着穿着靴子斜躺在沙发里双手交叉放在脖子下面的他，温柔地问道：

"我走了？"

他不屑回答她。低下头，表示同意。她就此离开。

三天后，她的尸体与被淹死的狗、稻草筏以及木筏一道在马坦萨河①的河口处被发现。

"告诉我，是谁冲你开的枪？'高个子'还是'小屁孩米弗洛尔'？"

一阵拍打晃动着皮条客的肉体。他的嘴微微张开，想要吸一口气，侦探阴郁地往后退了一步，尖锐的目光非常油滑。

"忧郁的皮条客"全身哆嗦。一个威严的身躯走进了房间，既高大又恐怖，但"皮条客"一点儿也不害怕。服丧中的女人穿过房间，裙摆在腿部带起一阵旋风，可怕的长脸表情僵硬，

---

① 阿根廷的河流，位于布宜诺斯艾利斯省。——译者注

一道痛苦的表情固定在那张大理石般的面孔上。她把双臂向前伸开,感受着空气。她的声音发出甜蜜的呻吟:

"哈夫纳……我可怜的亲爱的哈夫纳。"

声音听起来很遥远,灼热的伤口在颤抖。

"哈夫纳……我可怜的哈夫纳。"

她用双臂包裹住他。哈夫纳把微微张开的嘴伸向冰凉的手臂。

发出呻吟。

"妈咪……我的瞎女人……"

"哈夫纳……"

他感到被一只乳房无比甜蜜地挤压着。一只手捋起他汗淋淋的前额上的一缕头发。

"哈夫纳……"

垂死者的瞳孔被放大,一阵冰凉上升到他的腰部,一股无限的甜蜜感让他在瞎女人的胸部昏昏欲睡。他神志不清地露出微笑,脸颊在那条抱着他的冰冷的胳膊中冷却下来,然后停止了呼吸。

黑暗的力量

加尔默罗会[①]修道院。

---

① 天主教托钵修会之一。——译者注

在石灰粉刷的会见室，两位脸蛋儿又胖又红的修女坐在墙边的长凳上，仿若置身军营里一般。在另一张长凳上坐得笔直的是修道院院长。在院长布满皱纹的脸上，两只一动不动的眼睛犹如两个死银色的熨斗。她双唇紧闭，瞳孔死死盯着埃尔多萨因妻子的面容。

艾尔莎有些惊恐，不知道该说什么，两只手放在膝盖上。一股轻微的恐惧一层层渗入她的灵魂，当她转过头，瞧见那两位修女正在为了忍住不发笑而挤眉弄眼。她用严肃且腼腆的眼神轮流看向她们俩，接着又把恳求的目光转向院长。院长并没有把白色的眼睛从她身上移走……她位于会见室的中央，一动不动，仿佛被一道电弧击得目眩头晕。在她榛果色的面庞上，皱纹多得像核桃一样，与那两位额头苍白、脸蛋儿红胖的相互挤眉弄眼的修女相比，她脸上的表情更冷漠，也更可怕。

"您是天主教徒吗？"她终于问道。

"是的，姆姆。"

"您抛弃了您的丈夫。"

"是的，姆姆。"

"为什么会犯下那个罪？"

"因为悲伤，姆姆。我很悲伤。我十分痛苦。"

那对一动不动的白眼睛再次像解剖刀似的勘探她。院长对两位修女做了个手势，两人离开了房间。艾尔莎独自一人坐在长凳上，面对着那个可怕的、仿佛沉浸在僵硬的等待之中的老女人。院长动了动嘴唇，呼出四个字：

"解释一下。"

艾尔莎埋下头。她在两个小时前离开了上尉,生活比淤泥的洪水还要暴力地坠落在她的身上。即使犯下一桩罪行,她的未来也不会变得更加阴暗。她闭上眼睑,在睁开时,两道泪水从眼睫毛落了下来,流过她的脸颊。

修道院院长在她跟前一动不动,眼睛泛白。艾尔莎努力克制住想要倒在一张床上睡觉的欲望,开口叙述。

我家里从来都反对我跟雷莫结婚,因为他们觉得雷莫的贫穷配不上我从父亲那里继承的遗产,那笔遗产对于一个缺乏商业头脑从而无法让它增值的男人而言,真是少得可怜。因此,我们的恋爱过程很艰辛,也很短暂,我们没能像他人那样拥有足够的时间来了解彼此。然而,那时候的我坚定不移地相信雷莫有能力摆脱贫困。我爱他,我非常爱他,否则我是不会跟他结婚的,像我这样条件的女孩是拥有选择权的。然而,我不顾所有人的建议,不顾他人断言嫁给他绝不会幸福,最终和他结了婚。①

我记得我们结婚那天的情形,仿佛就发生在今天似的,他开始跟我讲述纯洁和完美,不记得还讲了多少别的东西。我惊愕地看着他,意识到自己嫁给了一个小孩。我的确很爱他……但他身上有某种我无法认可的东西,也可以说是愚蠢的东西。在新婚之夜的第二天,我建议他去五金店做店员;凭借做店员

---

① 由于艾尔莎·埃尔多萨因的叙述十分冗长,故事的评论者认为最好是只保留其中的主要事件,把重点集中在故事中所出现的人物之间的对话上面。——评论者注

的薪水，再加上我继承的财产，我们不久后就可以开一间五金店。我记得他十分生气，仿佛我让他去做某项令人羞耻的工作似的。他想要成为发明家。他惊骇不已，接着，突然大声笑起来。您明白吗？我感到被冒犯了。他难道是想靠我的钱来过活吗？他没同意，于是，尽管他那时候已经年满二十三岁，我依然建议他去"国立学院"学习。他可以读完高中，然后去大学学习医药。药剂师可以自行创业，赚很多钱。这个建议也跟前一个一样，让他大为光火。他认为人可以靠爱情而过活。某天，我对他说道：

"你看，我们俩彼此相爱，但它已经结束了。你应该考虑考虑工作的事。"我试图说服他去杂货店工作。他可以先在那里当学徒，等他了解清楚了商品的价格，就可以自行经营一家杂货店了。我父亲不也是以那种方式赚钱的吗？他很聪明，可以更快地富起来。当我跟他提出去杂货店工作时，他非常气愤，十五天都没跟我说话。于是我又找到另一个更符合他的兴趣爱好的工作，让他开一间意大利饺子厂。他将雇佣专业的工人，因此他只需要负责收款。他的表情多么严肃啊！我看得出来，他很痛苦。可是，他想要的到底是什么啊？他每天把时间花在阅读机械书籍或谈论贝塔射线上面。他身上带有某种蠢笨的东西，不谙世道，他不明白生活并不是亲吻双手，亲吻双手是不能当饭吃的。最后，他终于做出让步，出门去工作。我很高兴，我期待着可以一点儿一点儿地把他变成一个有用之才。然而，过了一段时间，我发现雷莫不知不觉地发生了改变，在某个方面发生了改变。有时候我会撞见他目光里带着某种奇怪的表情看着我，像是在研究我或掂量我似的。

而从未在他回到家时给过他一个吻的我，某天突然想要走到门口去拥抱他，得到的却是他的冷言冷语：

"我为什么会想要你的吻？"

我感到很奇怪，但却什么也没说。我猜他还在生我前一天晚上的气，我因他交给我的工资比通常少了十比索而责备他。并不是因为我贪婪，而是因为他完全没有在外面花钱的必要，我每天都会给他买香烟和两杯咖啡的钱。他把那十比索花在什么地方了？后来，我注意到他在每个月初都会表现出一副莫名的讽刺嘲弄的模样。我有些担忧。他坐在床边，发出压抑且抽搐的笑声，像做了恶作剧的疯子的笑声。当我问他发生了什么，他回答道：

"关你什么事？还是说，你如今连我的笑声都要管了？"

于是我叫他别生气，如果他愿意，可以每个月都从工资里拿十比索出来花；但那个提议并非像我期待的那样起到了安抚他的作用。他身上有某个东西。某个……他为什么不说话？他从未那般沉默过。他十二点半从工厂回家，把鼻子埋在物理书里吃午饭，然后平躺在床上。他通常不会睡着，而是盯着天花板的一个角落。有的时候，一道粗皱纹会像血管一样切过他的额头。假如我在那种情形下跟他说话，他会大吃一惊，仿佛在做坏事时被抓了现行。而我，随心所欲掌控他的我，不知道为什么，会在那一刻对他产生尊重，想要紧紧拥抱他！但他阴沉的目光会让我所有爱慕的冲动都瘫痪掉。我不知道他是否意识到我体内发生的变化，但我觉得尽管他的身体在活动，但在内心深处他的灵魂一动不动，像敌人一样暗中监视着我。是的，因为他在暗中监视我，我甚至觉得他在某段时间想过要杀死我。我不知道为什么，但我就是那样觉得。某天我们谈论到一桩引起轰动的罪行，当时我们俩正好坐在桌边，女仆走出了房间，他回答说：

"事实上，杀人犯很愚蠢。他只需要培育一些杆菌，把它放在汤里……（当时我恰好在喝汤）或是咖啡里，我的意思是，"他补充道，"问题就解决了。"

"你能够做出那样的事情吗，见证一场缓慢的死亡？"

尽管他哈哈大笑起来，但他的眼神却十分严肃。他回答说：

"一场死亡？十场都可以……只要有这个必要。亲爱的，你根本不了解我。"他的声音哆嗦，仿佛憎恶在颤抖。接着，他继续说道，"为什么不能呢？当然了，在犯下一桩罪行前需要好好琢磨一下，仔细思考，从而让'那件事'在人的意识里不再是犯罪，而变成一件普普通通的事。"

"但你做得到吗？"我再次问道。

"我觉得可以。"

他若有所思地说出那句"我觉得可以"，带着巨大的悲哀和忍耐，让我突然间对他极度怜悯。我脸色变得苍白，双眼饱含泪水，前所未有地爱慕他，抱住他的脖子，对他说：

"可是，到底发生了什么事，让你如此悲哀啊？发生了什么？你为什么不告诉我？"

他冷漠地挪开双臂，露出嘲讽的微笑，回答说：

"你疯了！宝贝，什么也没发生。你真有意思！……"

从那之后，他对我的态度变得缄默、冷淡。

多少次，我想要靠近他，我轻轻走近，在与他身体周围冰冷的大气层发生撞击时停下脚步，大气层在他坚定且闪烁的目光下不断向外扩张，犹如从烈日转入冰冻的地下室。

他躺在床上，将目光落在我的身上，但那目光是如此冷漠。在我试图穿越他的沉默的同时，他的沉默却在深处变得越来越浓稠，仿若钢铁般坚固的海底的水。

我意识到，他最初的沉默之于后来的沉默，类似于他孩子般的面孔之于另一张面孔——当下这张面孔。他的面孔从颧骨切过布局混乱的脸颊，高高凸起的皱眉挤出一道皱纹，眼睑、眉毛和嘴角都皱起痛苦的细纹。

有时候我觉得他一定非常恨我，他之所以留在我身边，不过是为了折磨我。然而，他还是同一个人，那个曾在某天用害羞的双手抚摸我的人，那个曾坐在我的脚边把头放在我的膝盖上的人——那时候的我用惊讶且嘲弄的眼神看着他，因为终归到底，我也是一个女人，跟别的女人一样，我也值得拥有那般过度的宠爱。

现在，则恰恰相反，我在他没注意的时候暗中观察他，在他面孔的收缩以及瞳孔转瞬即逝的光芒中搜寻他的感受；但却徒劳。我在他身边，但他却不属于我。

他是我名义上的丈夫……是的……名义上的。或许在他的内心深处，他对我抱有尊重。他心里的憎恨兴许也混合着对那些无缘无故被他折磨的人的尊重……仅此而已。

是的，他并不爱我。我发现他并不爱我，因为我对他提出的所有为了我们俩的前途着想的建议都被他以一种有礼貌的方式冷漠对待。他完全赞成我的态度，从不抗拒，把注意力集中在他的思考与自我之中。于是，他身上新出现的亲切不过是一块放置在他的灵魂与我的灵魂之间的玻璃。每当我想要靠近他的时候，我的额头都会撞上那块隐形的玻璃。假如我让他跳进一口井里，他可能也会带着与每个月底把信封里的工资原封不动地交给我时同样的冷漠照做不误。

后来，当我们俩之间发生了一件非常严重的事情时，我注意到这一点：他带着一种嘲讽性的冷漠舍弃所有他最心爱的以及花了巨大努力才得到的东西。如何解释那种行为？他在今天嘲笑某个在昨天经历了巨大痛苦才得到的东西……并且在明天继续为之流泪。他已经在自寻痛苦了。只有上帝才知道在那个可怜的灵魂深处到底发生了什么。随着日子一天天流逝，我越来越爱他。我像一个女人那样爱着他，用我最温柔、最讨好、最丢脸的女人味爱着他，之前从来没有为他打扮过的我开始注意细节。在他下班回家时，我打扮得很漂亮，像要出门似的，他还没迈过门槛，我就一把挽住他的胳膊，黏在他的身上，和他一起走到饭厅。但他却冷冷地在我的脸蛋儿上亲一口，用那副遥远且清晰的嗓音（我们在跟对之不太感兴趣的人交谈时使用的嗓音）回答我的问题，尽量让答案精简，仿佛在办公室撰写报告一样。而从未化过妆的我，某一天涂了口红打了腮红等他回家，他在看见我时讽刺地微笑起来，说道：

"真有意思！妓女在'相公'回到家时跟良家妇女的行为完全相反：她们会把妆卸掉。"

他为什么要那样侮辱我？难道是因为我曾经建议他开一间意大利饺子厂？我回答道：

"你对那些女人了解多少？"

我在沉默中把头埋向盘子，眼泪和腮红混在了一起。

老天啊，这是什么样的日子啊！

我感觉到某个可怕的东西正在他的体内酝酿。他的沉默越来越稠密，像一层薄雾将他包裹起来，目的是为了掩饰他的计划。现在，当他走进家门时，他看起来并不是他，而是另一个男人，另一个与他拥有同样面孔的男人，不知道在我身上获得了什么样的权利，把他神秘且沉默、不予解释也毫无方向的生活强加在我的身上。

有的时候，当我已经躺下，他会无缘无故地突然坐在我的床边，非常奇怪地缓缓抚摸我前额的头发，用手指肚抚平我的眼睫毛和眼睑，把他温暖的掌心放在我的喉咙上。然后他会在突然之间带着那种打女人耳光并对女人为所欲为的男人所特有的残忍的冷漠亲吻我的嘴。我努力反抗他的野蛮行为，但却根本没有用。随即，巨大的怜悯会充满我的灵魂——他是那个曾经如此爱我的人，于是我把手举向他的面孔，手指停留在他粗糙的脸颊，或是紧紧压在他的嘴上。他的眼睛跟我的眼睛靠得非常近，突然，可怕的事发生了：他嘲讽地微笑起来，转身背向我，走去他的小房间，躺在床上，把双手交叉放在脖子下面，陷入了沉思。

我为什么从未打开心扉地跟他谈一谈？某种虚荣抑制住了我内心真诚的话语——那些话语或许可以将我们拯救。我自身也是被搁置在我们生活中的绝望的受害者,那绝望一天比一天强烈。有时候我们一连几个星期都不说一句话,我们在沉默中生活,即使阳光让树木富有生气,即使那些午后的时光像靛蓝色的丝绸那般柔美,也无济于事。某天,忘了是怎么回事,他说:"哪怕在山里饿死的狮子也不会如此悲哀。"而太阳,为他人带来欢乐的太阳,高高照耀着我们,灿烂且邪恶。于是,我关上房间的门,在卧室的黑暗中想着那个渐行渐远的男孩,与此同时,一个黄色的斑点在墙纸的花朵间缓缓移动。

某天,我遇到了一件令人惊讶的怪事,让我担忧了好长时间。那是一个星期天,我正走在里维拉街上,突然,我惊愕地停下了脚步。

那是一家马车夫光顾的咖啡馆,阳光照耀着布满灰尘的玻璃窗,他坐在窗边,悲伤地用手掌撑着脸颊。他盯着对面一栋屋子的飞檐,但心思却不在那里,额头紧皱,谁知道他在想什么呢。我停下来观察他,他是我丈夫,他在那样一个令人恶心的地方做什么?他的脸几乎蹭到了肮脏的玻璃窗,一束阳光照在马车上,马车夫围在桌子旁。在咖啡馆的门口,一个日本人在与一个细腿杆的男人交谈。我的灵魂悲哀地畏缩。我看着他,仿佛他是另一个人,另一个很久之前就离开了我的生活的人。突然间,天意将摘下了面具的他展现在一个龌龊的洞穴前。

看得出来,咖啡馆里人声鼎沸。

他们用拳头敲打桌子,但他好似聋子一样,保持着他那令人不快的姿势:脸颊被托在掌心,瞳孔死死盯着棕色飞檐上某个看不见的点,紧闭着的嘴唇流露出痛苦和决心。他的咖啡杯变成了一个苍蝇窝,但他根本没在意。然而,他是我的丈夫,跟那个曾如此温柔害羞地把头靠在我的膝盖上的男人是同一个。此刻,他在那里。要想让他破落的模样更可怕的话,他只需在一杯红酒跟前睡着或是打盹儿。

突然间,我意识到,假如再在那里多停留一分钟,我就会哭起来,于是我离开了……我连招呼都不敢跟他打就离开了。

后来有一段时间,他看起来有些害怕,不太信任我。

我记得某天早上,他在镜子前系领带的时候,突然斜眼看着我,说道:

"你记得劳罗和萨尔瓦托吗?对,他们是渔夫,耳朵上别一朵康乃馨。在他们俩的帮助下,吉洛特把她丈夫杀死了。你意识到了吗?看着他们俩在耳朵上别一朵康乃馨,唱着那不勒斯的歌谣在清早走过街道,她将是多么欢喜啊!"

他用公鸡般的尖锐嗓音唱了一节那不勒斯歌谣,接着说道:

"你瞧,要是你也因一个在耳朵上别着康乃馨的渔夫而把我杀死,那将是多么有意思啊!"

毋庸置疑,他疯了。

"然而,奇怪的是,你到现在为止还没给我戴过绿帽子。那将会很有意思。但你缺乏能力。你没那个天赋。你太资产阶级了。"

他独自对着镜子哈哈大笑起来,打量着领带在红灰色细条纹的胸口系得怎么样,然后接着说道:

"我不是个坏人。好消息是,假如你成了寡妇,你将跟一个店主结婚。你更喜欢什么样的商店?……糖果店?你将负责收银,并监督他人不会偷你丈夫的东西,无论是五万比索还是只值五分钱的点心。总之,生活很有趣,亲爱的,你不觉得吗?"他一边冷笑着,一边靠近我,想要亲我。您意识到了吗?……他想要亲我!我拒绝了他,于是他问我:"你不喜欢当糖果店老板娘吗?"然后便哼着歌离开了。

他就是那般地侮辱我。他的内心住着某种歹毒的欢愉,让他双眼放光。他开始注重外表——那是他之前从未在意过的事。他从哪儿弄来的钱?我不知道。也许是玩彩票赢的,因为在我们破产之前不久,我在一个抽屉里找到了一沓钞票。他开始买丝绸衬衫和昂贵的袜子,总而言之,他甚至开始每天洗澡。这样说您就明白了吧。

然而,他歹毒的欢愉并未转移他的注意力。有的时候,他比一头被驯服的野兽还要黑暗。

他的体内孕育着残暴,他无时无刻不在寻找爆发的借口。于是,他故意找碴儿,责备女仆没有照看好家具,用连邻居都能听见的声音大喊道:

"这些家具价值两千比索,这张地毯值四百比索……"他像最低劣的暴发户那样——细数着每一件物品的价格,与此同时,女仆红着脸愤怒地看着他。我知道他对那些属于我的东西所表现出来的兴趣是伪装出来的,他实际上对家具和地毯的价值一点儿也不在乎,那些一时兴起的愤怒不过是变态的感受、无法得以满足的焦虑,以及那个被他的灵魂比隐瞒癌症还要羞怯地隐藏起来的神秘事物的爆发。

而他对我们的关系不怎么在乎这件事,我是在后来才意识到的,在我们破产的时候。我在一位兄长的建议下开始与一间贸易公司做生意,我想让我们的资产翻倍,这样他就可以专心研究电学了——那是他唯一感兴趣的东西。在把股票卖掉拿去投资后没过几个月,公司破产了,我们就此丢了饭碗。

对我而言,那是个巨大的打击。相反,他却表现出无动于衷的样子,仿佛什么也没发生似的。我试着让他明白事情的严重后果,可是……我一辈子从没见过比他对那个他认为跟自己无关的东西表现出来的更强烈的冷漠。无论有没有钱,那个男人永远都是一个样子,冷漠且悲哀。

我绝望地哭泣;我们前途的风和日丽已消失不见。他甚至拒绝去了解详情、办理手续,以弥补一部分的损失。有一次,我甚至觉得雷莫私底下为我们陷入不幸而感到开心。他像通常一样生活,行为隐秘,直到我发现了一件令人恶心的事。

我忘了自己是出于什么缘由,查看起他衣服的口袋。突然,一张硬纸片引起了我的注意,我把手伸进口袋,摸出一张照片。

照片的背景是一个公园。坐在他身边的是一个看起来最多十三岁的女孩,女孩拿着书包,鬈发从草帽下沿露了出来,围裙折皱在书包上。他跷着二郎腿,头上顶着帽子,厚颜无耻地微笑着,看着前方,而女孩的脸则朝向他。

中午,在喝汤的时候,我对他说:

"那个和你拍照的女孩是谁?"

他一点也没表现出生气的样子,带着天真的笑容回答说:

"一个三年级女生,我们在一起,她今天早上没去上学。"

"她几岁?"

"八月就要满十二岁了。"

"你不感到羞耻吗？你不觉得自己太卑鄙了吗？"

"啊哈！"

接着他站起身来，离开了。

一阵骇人的挫败感将我压垮在那个属于我的家里，但它已经不是我的家了，因为我在那里感到十分迷惘。我刚刚瞧见了他体内住着的魔鬼。它是什么时候醒来的？我不知道。但他是个魔鬼，一个冷漠的魔鬼，一个咸猪手。是的，一个裹着人皮的咸猪手……一个曾经是他那样的人……也不是他，因为我记得他的举止曾是多么笨拙，他曾带着多少爱的怜惜亲吻我的双手，抚摸我的指头，想要把我的脑袋靠在他的胸膛。过去的那个男孩发生了多么大的改变啊！他的灵魂一动不动地绷紧在那下面，像一个已经被剃了光头的死刑犯的灵魂，不知道在等待什么样的处决。

在那段时期，他比从前都要更加疯狂。

某天晚上，他很晚才回来，大概九点半。他全身颤抖，仿佛完成了一件英雄般的事迹。他双眼放光，紧咬着下颌，鼻孔深深呼吸。他还没脱下领带，就说道：

"知道吗？我刚刚往一个女裁缝脸上吐了口口水。抿了抿嘴唇，朝她脸上吐口水，就好比一个炸药在我眼前发生爆炸一样。她仿佛脑袋被劈了一刀似的，扭了一下身子。"

他继续用颤抖的声音说道：

"哎，要是你认识她就好了！她是我认识的女孩中最傲慢无礼的一个，而且很丑，知道吗？丑得连跟她一起走上街的男人都会感到羞愧，因为所有人都会惊愕地看着他。你想象一下，一个矮个子女孩，短腿，穿着廉价的裙子，指关节都是茧，从正面看很驼背，两个肩膀耸得很高；鼻梁又高又长，下巴和鼻子之间的距离几乎可以砸碎一个核桃壳；再加上难闻的口臭。哎，要是你认识她就好了！你无法想象她是如何欺压我的。我好奇地观察着她，我想看看一个低微的女孩能够对一个高她一等的男人支配到什么程度。所以我对她忍之又忍，对待一个像她这样即使街区最卑微的店主和她走在昏暗的街道上也会感到羞耻不已的人。"

我好奇地听他讲述。他继续说：

"她说话的方式才有意思呢！没有比那更荒谬可笑的事了。比如，当她微笑时我问她为什么笑，她不管是否恰当，回答说：'当我受伤时就会微笑。'你意识到了吗？另一句常被她挂在嘴边的话是：'我的灵魂很冷。'你意识到了吗？让人想抽她。当我们一起搭车时她一句话也不说，目光看向街道，我只傻傻地负责掏钱买车票。当她说话时，有时候我不得不努力控制自己不转过头去，她的口臭令人作呕。总之，事情变得荒谬起来。她约我在某个钟头见面，却迟到四十分钟，她并不道歉，反而说道：'您为什么要等我？要是您走了……'而我低下头，害羞地对她说着蠢话，因为我从忍耐那个丑八怪的傲慢中获得某种痛苦的快感。如果我们吵架了，她会寻找我，于是我会不辞辛劳地回到她身边，眼泪沿着她发红的鼻子流下，与此同时，她用满是裂口的双手把我拉到她的脖子跟前。

"总之，那是最后一根稻草。我受不了了，我明白再那样下去，我随时都可能在公共场合狠狠扇她耳光。

"由于下雨，我今天早上没去见她。晚上，我在知道她会路过的地方站在毛毛雨里等了她一个钟头。她终于来了。你以为她会因为见我在等她而欣喜吗？她只说了一句：'您在这儿啊！'哎，假如你明白那是多么有意思！我决定继续演戏，让她任凭想象力肆意羞辱我，但我却突然失去了耐心，狠狠拽住她的一只胳膊，力气大得让她几乎尖叫起来，对她说道：

"'你知道你配得上什么吗？配得上被人吐口水。'

"'我又没叫您等我。'那条小蟒蛇愤怒地回答道，也就是在那一刻，她被吐了口口水。她扭动了一下身子，我立即意识到应该继续侮辱她，一口口水对她那样的畜生而言太微不足道了。于是为了让她无法逃脱（她离自己家只有两个街区的距离），我依旧拽住她的胳膊，弯下腰，从地上抓起一把肮脏的淤泥，在她毫无反抗的情况下（她像死了一样），把泥巴抹在她的脸上。我的手法非常精准，在灯光下只看得见一大块绿泥巴。接着，我推了她一把，她撞在某棵树上，我便离开了。"

"她多大？"

"二十五岁。"

"你爱她吗？"

"我爱她给予我的羞辱。"

"但你对她没有爱吗？"

"我永远都不会感受到爱。"

"那她呢？……"

"问得好。那个女人爱过我。她知道我有家室。现在我是这样认为的：在某个时刻，她对自身的意志力失去了信心，于是，她对我表现出的所有的傲慢无礼都是为了看看她是否能够失去我，这样就不会失去她自己。但假如那是她的目的，你瞧，她已经实现了。她没什么好抱怨的，没。"

看得出来，他为自己的卑鄙而高兴。他享受她，把她当作一只橙子似的压榨，凶残地品味她，他是如此尖刻。突然之间，那句决定性的话从他的嘴里溜了出来：

"现在我明白了为什么会有杀人犯往尸体身上连捅十四刀。要是没人拦着他们的话，他们还会继续残忍地……"他的双眼停滞不动，与此同时，阴郁的眼睑仿佛想要望见一幅远方的景象。

而这并不是他对我做的最后一件事，不是。我有的时候会想，那个男人是不是疯了，因为假如他没疯的话，又应该如何解释他的行为呢？在我得知他从糖厂偷钱一事的一个月前，某天晚上，已经很晚了，我被雷莫的脚步声惊醒，他焦虑地从一个房间走向另一个房间。

饭厅和卧室之间有一道门。埃尔多萨因为了能够更方便地通过，把那道门半敞开，这样他就能毫无阻碍地从一个房间走到另一个房间，可以在足够大的空间里通过踱步来消解他的焦虑了。

毫无疑问，他有点过度兴奋。我不知道是不是由于偷了糖厂的钱，但在那个时候，这并不是最重要的。让他感到担忧的是一个非常严重的问题。

尽管我已经醒来，但却依然闭着眼睛。当埃尔多萨因转身背向床的时候，我微微张开眼睑观察他。我丈夫的行为从很久之前起就变得十分异常了，但此刻直觉却告诉我"某件事将会发生"。埃尔多萨因的步伐非常坚定，这一点让我觉得他是想要吵醒我，因为雷莫通常都会在我睡着的时候避免惊扰到我。他已经摘下了领带。就那样，走过去，走过来，他面部的肌肉因焦虑而收缩，那焦虑最终将他屈服。他走近我的床边，弯下身子，挪了挪毯子，让我的肩膀露了出来。接着，他开始摇晃我的肩膀，慢慢呼唤我：

"艾尔莎……艾尔莎……"

我微微张开双眼。

"哎！……你想要干什么？……"

"醒一醒，艾尔莎……醒一醒，我得跟你说件非常重要的事……非常非常重要……"

为了假装是在那一刻刚刚醒过来，我揉了揉眼睑。雷莫坐在床尾，热切地看着我，仿佛喝了酒似的，对我说道：

"你完全醒过来了吗？"

"是的。"

"是这样的……让我看着你……好了……你听好了……"

他踌躇了一阵子，仿若即将说出的内容非常严重似的，随后缓缓说道：

"艾尔莎，我们得拯救一个灵魂……艾尔莎，如果你爱我，那你就得帮助我拯救一个灵魂……"

"您得明白,"① 艾尔莎后来说道,"在凌晨一两点为了告诉我'得拯救一个灵魂'而把我叫醒,就算是最清醒的人,也会很震惊。我很快意识到雷莫喝了酒,但并没有喝醉,只不过是喝兴奋了。是的,他非常兴奋,我很少看见他那副模样。"

"发生什么了?……告诉我。"我对他说。

"你完全醒过来了吗?……"

"是的。"

"好,你听我说……你得帮助我拯救一个灵魂。艾尔莎,今晚我看见了多么可怕的东西啊!一个没有名字的东西,一个陷入地狱里的灵魂。那……想象一个女孩,被一群醉鬼包围着,被他们嬉笑着灌醉……而她却悲哀地看着我,仿佛在对我说:'看到了吗?都怪你,怪所有的男人,我才会这般堕落。'艾尔莎,我对你发誓,那番场景令人恐惧。假如你认识她,你将会非常同情她。她大概有二十四岁,是的,二十四岁,她某天曾告诉过我。是个妓女……但不是在妓院里,不……'站街',她们那样称呼。那比整天被关在妓院里要体面一些,站街就是在街上走来走去,寻找男人,你明白吗?她很漂亮,她的双脚由于走了太多的路而受伤。你瞧瞧,她曾在笔记本上写道——当时的她并不知道我会遇见她……因为我们见过一次,就再没见过面。你瞧,她在笔记本上写道:'雷莫,高尚的灵魂,你在哪儿?我日日夜夜都在想着你。'你意识到了吗?一个妓女?她像

---

① 后来,随着事情的发展,在故事的后面一部分,我与艾尔莎当面交谈过,因此,我在这一部分以直接对话的方式呈现,让读者对事件的发展拥有更直观的感受。——评论者注

盲人一样行走，近视得很严重。你等我说完。某天下午，我在一间咖啡馆，像通常一样悲哀，突然看见她经过。她看起来像在梦游一样，那样……就是那样……她走路的姿势像在梦游，走过去，走过来。我看着她，对自己说：'真是个奇怪的女人！'于是我走到她身边，对她说：'女士，我可以陪您一起走吗？'她对我说：'好。'我感到有些奇怪，问她：'您为什么这么自然地答应了我的请求？'她回答说：'您没意识到我是一个……'假如你可以想象我当时有多么难过！

"我非常同情她，我看见她孤零零一个人，十分悲哀，游走在一只又一只手之间……可以说，我是个铁石心肠的人，但在有些时刻，我会被路上碰见的第一个不幸者击中。我们一起度过了一下午的时光，我痛苦地听她讲述。为什么生活要如此对待那些可怜的人们呢？为什么要把他们彻底击垮？我心想，当那个女人还只有五岁的时候……她一定也和其他女孩一起玩耍，在那时候没人会想象到等待着她的命运。你意识到这有多么恐怖了吗？我曾多少次看着在广场上玩耍的孩子们，心里这样想到！几年后，他们中的哪一个会成为杀人犯？她们中的哪一个会成为妓女？……老天啊！……有时候我真想杀死自己。"

"那个女孩呢？……"

"后来我没再见到她……过了大概十五天，某天早上我在收款的路上碰见了她。要是你瞧见她有多么愉快，多么高兴！……她把我带去她的房间……你想象一下，在位于自由街的一间妓女和小偷光顾的旅馆里的一个狭小的房间。我们上楼的时候碰见了黑人劳尔，他正拿着痰盂下楼。黑人热情地跟我打招呼。要是你瞧见劳尔那副模样：巧克力色的脸，裹着一件恶心的'睡袍'！我们上了很多阶楼梯，到了顶楼，一个刷成蓝色的小房间，天蓝色，有些脏。一个角落里摆着她的小床。眼前的情景让我感到不安。我可以向你保证，我们没有上床，没有。我们的关系非常纯洁。你别怀疑地摇头。非常纯洁。我侧躺在床上，她也一样。她就是在那一刻把笔记本拿给我看的。她开始记录生活的日记，你无法想象当我读到那句话时是什么样的感受：'雷莫，高尚的灵魂，你在哪儿？'她跟我讲述她的生平。她的父母是巴斯克人。曾在修道院生活过。你瞧，她受过教育，读过《堂吉诃德》。从那天起，我们每天下午都会见面。她过的是什么样的生活啊！你瞧，我见过她走在各种男人的身边，从未感到过不舒服；但今天晚上，当我看见她在埃斯梅拉达街上一间小咖啡馆里，被一群流氓围着灌醉时，我感到异常难过。于是我对自己说：必须得拯救这个可怜的灵魂！因为她是个好人，艾尔莎，她是个好人……你瞧瞧，某天下午我在旅馆对她说：'我想喝马黛茶……'"

"那个女人叫什么名字？……"

"奥罗拉……奥罗拉·胡安柯……好了，就像我跟你说的，我对她说：'我想喝马黛茶。''稍等一下。'她回答道，然后离开了房间。我依旧躺在床上。面前有一个闹钟，约莫两点半的样子，她每天都在那个钟点起床。过了很久，她也没有回来，这引起了我的注意，为了打发时间，我翻看起一本杂志。与此同时，我在心里想着你。我再次看了眼闹钟，三点。我问自己到底发生了什么，然后在三点十分的时候，她出现了，瘸着腿，手里捧着好几个包裹。你瞧瞧，她的脚因走路太多而受伤，长了很多溃疡，想要脱掉丝袜必须先把袜子浸湿。好了，她为了满足我想喝马黛茶的愿望，跑去买了一个烧水壶、一根吸管、茶叶和点心，她的脸色因双脚的疼痛而苍白。一切都是为了我。艾尔莎，你明白吗？必须得拯救她，你必须得帮助我。"

我在听他讲述时是什么样的感受？他，我的丈夫，来跟我讲述他与一个妓女的关系，最严重的是他爱上了她，我不管那个女人是不是腐化堕落。在他讲述的同时，我对自己说：这个男人到底想要从我身上获得什么？他不满足于侮辱我，因为他已经侮辱我许多许多次了。他甚至告诉过我他曾试图在火车站引诱一个女孩，现在又带来这部关于"一个必须获得拯救的灵魂"的新小说。然而，从他叙述的语调来看，我意识到他爱上了她。我不太清楚他对那个女人的感情到了哪种程度，但可以确定他是坠入了爱河。否则的话，他又怎么会跑来跟我讲述这一切呢？

"你想从我这里得到什么？"我对他说。他思考了一会儿，答道：

"你看，拯救那个灵魂唯一的办法是带她离开她所处的世界。如果放任她在那里，她会迷失自我。相反，假如你允许我把她带来这里，她将会协助你做事，一点儿一点儿地……"（讲到这里时，埃尔多萨因的妻子再也无法抑制住自己，愤怒地大喊道）您意识到我丈夫有多么疯癫了吗？哎，老天啊！……什么样的男人啊！……什么样的魔鬼啊！一个魔鬼，是的，一个疯子，我找不到别的词。要是您知道我后来经历的所有的事情……而人们却说女人欺骗丈夫！然而，我在那种时刻却能够很好地控制住自己。我明白自己与埃尔多萨因的关系已经走到了尽头，也明白我作为妻子的幸福取决于我即将对他做出的回答，因为他正疯狂地爱着那个女人①，于是我对他说：

"你想把那个女人带来这里，带到这个家里来，对不对？"

"对。"

对他说"不"会给他的激情火上浇油。我不认识那个女人，也许是个好人。帮助他"拯救灵魂"是基督教的职责，嫉妒"那个女人"只会表现出我自认为低她一等。我在一分钟的时间里把所有这些都想了一遍，想到我卑微的幸福，想到我的家，回答他说：

"好吧，把那个女孩带回来吧，我会把她当妹妹对待。"

要是您亲眼瞧见那幅场景……他感激地亲吻我的双手！

他说他永远也不会忘记我帮助他"拯救一个灵魂"的行为。接着，他便上床睡觉，但我却无法入眠。那是我经历过的最悲伤的夜晚之一。我们已经走到了尽头。

把一个妓女带回家！您意识到了吗？为了不失去理智，我

---

① 故事的记录者（即评论者）认为，艾尔莎坚信埃尔多萨因爱上了那个妓女是很荒谬的。艾尔莎从来都不曾了解过她的丈夫，埃尔多萨因——这里引用她的原话——在能够造成令他人惊愕难忍的怪诞情形时会"感到非常愉快"。埃尔多萨因在谈到关于妓女的那件事时，解释道："艾尔莎认为我爱上了那个女人，真是大错特错。我非常同情那个女人，当我们的关系变得反常时，那种同情变质为欲望。假如我能够稍微控制住自己一点儿，那么那个表面上看起来卑劣的行为就会变成纯粹的基督教行为，但想要做到纯粹太难了！"

开始热诚地祈祷。有那么些时刻，我想要抛弃他，留下他一个人，但内心告诉我，假如抛下他，他将会迷失自我。是的，后来他迷失了自我……然而，又该如何抵抗？……您瞧瞧后来都发生了什么！……

第二天，雷莫一早就出了门，我整个上午都心绪不宁。他大概会在两点左右回来，因为他会去找那个女人，提出帮助她的意愿，尽管我怀疑他是否能成功。但在下午三点的时候，他和她一起回到了家。

女孩给我留下了糟糕的印象。我站在家门口，看着他们俩走过来。女人很瘦，中等身材；她穿的鞋太大了，走起路来有些瘸，而且双脚也被磨破了；黑裙子的边沿镶着紫色的饰带，待她走近后，我发现裙子又脏又破。随着女人渐渐走近，我可以清晰看见她的面孔，她的长相很平庸：长鼻子，鼻梁很高，双眼仿佛笼罩着一层薄雾，头发乌黑，她的肤色很白。埃尔多萨因拘谨地走在她的身边。我安详地等着他们，在他们距我几步之遥时，我走上前迎接他们，冲女孩伸出手。从那一刻起，我不再把她当妓女看，而把她当作一个需要我帮助的不幸的人。女孩看起来很腼腆，事实上，她为自己反常的境遇感到羞愧。当她在饭厅坐下时，露出带有一丝慌张的微笑，我对她说：

"姑娘，您的双脚问题有点儿严重，是不是？"

"是的，夫人。"她回答道。

"好，您等一下。"我立即走去厨房，在盆子里装了热水，拿到饭厅。尽管她感到难为情，我还是亲手脱掉了她的鞋子，袜子也没脱就把她的双脚放进了盆子里，脚上的溃疡把袜子全弄脏了。

我的行为让她动容,她想要亲吻我的手,但我没有容许她。女孩很感动。我完全略过她从前的生活,对她说:

"雷莫跟我解释了您的现状。我们也是穷人,但您在这里会过得不错。没多少事可做,您尽量帮助我就可以了。您有内衣吗?"

"没有,夫人……"

"好吧,那我先把我的借给您穿,直到您自己做一套。我这儿有缝纫机。"

"就按您说的办,夫人。"

"想喝点儿什么吗?"

我料到她可能会来,提前准备了巧克力。看着她的模样,我觉得她应该是营养不良。

雷莫找不到言语来感激我对他的受保护人的殷勤款待。当我们俩走出房间时,他抱住我,对我说:

"艾尔莎,你真是个伟大的妻子……"

您将会看到他后来是如何对我"伟大的妻子"的行为做出回应的。

与此同时,女孩终于能够把袜子脱下来了,我被吓得毛骨悚然。她脚后跟的皮肤完全脱落了,露出鲜红的嫩肉。这个女人究竟是如何在这种情况下走路的,又是如何继续那臭名昭著的职业的,真是令人费解。后来她跟我解释说,她每天平均要走十至十二个小时的路来"寻找男人"。她以为穿宽松的鞋就不会让脚感到疲乏,于是买了那双短靴,最终把两只脚都磨烂了。

我去商店给她买了一双舒适的鞋子。回到家后，我让她脱下穿来的裙子和内衣，递给她我的睡袍和内衣，那即是我在那个时候能够为她做的全部，是仁慈的义务让我不得不那样做。

随着时间的推移，女孩渐渐恢复了生气。我丈夫再次出门工作，于是我开始全方位地研究她。我想要知道她是否值得我们伸手相助（因为我完全做好了援助她的准备），还是说那不过是她利用我丈夫情感上的脆弱而进行的冒险，目的是介入我们的家庭并为我们带来巨大的灾难。

在短短几天内，她就把生平往事都告诉了我。她是送奶工的女儿，在牲口圈周围长大。她在很年轻的时候就和接近她的男人们发生了性关系，卖淫这件事在她内心看来一点儿也不重要。我记得某天下午，在她刚来我家两天的时候，她在聊天时对我说："结了婚的女人跟我们一样。"她同时也在观察我。我意识到这一点，于是我虚情假意地（当然了）让她明白她说得没错，因为我想要看看她究竟能走到哪一步。我们全部时间都在聊天，我渐渐发现她对雷莫一点儿敬意也没有，恰恰相反，她认为他是个疯子。而且，我意识到，假如她早知道我——雷莫的妻子——是个理智且自信的女人，她根本就不会陪他进行"拯救灵魂"的冒险了。于是，我试图弄明白她究竟更喜欢当下跟我在一起的平静生活呢还是在街上的生活，但我很快发现就她的标准而言，反常的生活与诚实的生活是一样的，甚至还要更好。她在谈论过去时，在提到客人的私人习惯以及她那下流生活的细枝末节时，洋溢着热情与兴奋。如果说这个职业让她感到"烦人"的话，那是因为其中可能遭遇的危险，仅此而已。

就道德方面而言,她根本没想过还可以有另一种养活自己的方式。在她看来,结了婚的女人都是"为了能够不用工作地过一辈子而假装爱上了某个男人的伪善者",尽管她在我家所看到的一切显然都正好相反。

我问自己,她待在我们家究竟是为了什么呢。她完全不在乎改过自新这件事,做正直体面的工作就更不在乎了。在我丈夫下班回家后,我小心翼翼地避免让他们俩单独待在一起。奥罗拉从不错过任何机会,在我们的谈话中(有时候以一副漫不经心的模样)总是站在我丈夫那一边。她非常谨慎地称赞他,拍他的马屁。没过几天,不可避免的事情终于发生了,雷莫进退维谷。他会跟谁生活,跟她还是跟我?我琢磨着这个问题,因为埃尔多萨因在回到家时,如果奥罗拉在场,他会避免亲吻我,总之,他像对待一个与之没有亲密关系的女人那样对待我。

在那段日子,发生了一件有意思的事,女孩开始在地里工作。我们家的里院有一块地,奥罗拉在来到我家三天后,早上很早起床,问邻居借了一把铁铲,当我醒来时,其中一部分的地都被翻好了。她是如此投入地工作,双手都被铁铲磨出了水泡。但这也并没能阻碍她把里院的地全都"过一遍"——我由此觉得她大概对肉体的痛苦有些麻木。她说这么大块地不种点儿西红柿和生菜多可惜啊。除了那件孤立的事件之外,她对于所谓的日常家务都表现得非常懒惰。在修道院的生活让她喜欢上了刺绣,即使眼睛近视得非常厉害,她也几小时几小时地用非常短的针脚刺绣,其精湛的技巧让我大为惊叹。最终,我开始怀疑她之所以刺绣是为了避免与我交谈,因为她并不想让我加深对她的了解。

我在她身上只发现了一件真正令人担忧的事：她想要学习黑魔法，从而成为女巫。不知道她是在哪里读到过一些招魂术的东西，尽管她是个缄默腼腆的人，但在谈到这个话题时脸上却热情四溢。她提到一个当神父的表哥，他懂得符咒和魔法。有可能是真的。很明显，那个女孩中了邪，假如她全身心投入到那些我完全无法理解的伪科学当中，那么她仅剩的一丁点儿脑水也会被耗尽。不仅如此，我还记得某天下午撞见她在黑暗的卧室里盯着一个水杯，陷入催眠的状态。我问她在做什么，她回答说，如果长时间目不转睛地盯着一个水杯，组成一个人的未来的事件将会以图像的形式显现。

我让她别再说傻话了，赶紧去厨房泡壶茶。那是什么样的日子啊！是的，我表面看起来很平静，但内心却极度不安。那场冒险最终会如何收场？雷莫想着给她找工作，但那个女孩无法忍受挣一份卑微工资的正当生活。"有什么好处？"她说。我在夜晚几乎无法入眠，她把床铺在饭厅里，我们的房间不可避免地相互连通。即使我用钥匙锁上中间那扇门，也无法阻止我在每个夜晚来临时心绪不宁，极度悲哀。有很多次，我在即将睡着时，惊讶地发现那个女孩的眼睛出现在我的眼前，她看着我的模样仿佛想要伤害我似的。当我盯着她时，她薄薄的嘴唇露出腼腆的微笑。有时候她会安静地待在一个角落，她凌乱的头发、长鼻子和仿佛笼罩着一层薄雾的眼睛让我觉得站在身边的是一个少女杀人犯。

在她搬来家里一个星期后，发生了那件令人恶心的事。我们都已上床睡觉了。已经过了午夜。我突然醒了过来，仿佛有人在叫我似的。在想起那一刻时，我依然感到十分寒冷。我伸出胳膊，雷莫却不在床上。从另一个房间传来微弱的呻吟。我不知道我是如何控制住自己的。心脏在胸腔剧烈地跳动。过了半个钟头，雷莫再次走进房间，不紧不慢，悄无声息。我一句话也没说。一动不动。他很快就睡着了，但我却睁着眼直到天亮。我异常平静，仿佛等待着死亡随时降临。雷莫很早起床，那天早上那个妓女也起得很早。我意识到他们俩将会在厨房碰面，她以给他准备咖啡为借口，他得喝了咖啡才去上班。厨房的墙壁是中断的，还没有完工，因此从外面可以听见那里的动静。我光着脚走出房间，躲在墙后面。我觉得他们俩在拥抱。接着，他们说了几句话，我听见她说：

"雷莫，你得做出选择……我无法这样生活。我觉得她昨天晚上听见了我们的声响，那个女人非常狡猾。"

我不想再听下去，于是转身回到卧室。雷莫在出门前过来跟我告别，给了我一个吻。我困惑地看着他，那是我的丈夫吗？那个想要"拯救一个灵魂"的男人？在生命中的某些时刻，最神圣的话语会变得如此荒诞，让人不知道究竟应该哭泣还是大笑。

没过一会儿，妓女走进我的房间，端来一杯加了牛奶的咖啡。我注意到她不敢看我的眼睛，我一句话也没说。她颤抖着靠近，把托盘递给我，于是，我沉着地接过杯子，微笑地看着她，什么也没说就把牛奶泼在了她的脸上。

她惊讶地往后退了一步，盯着我，接着她埋下头，说道：

"夫人,您说得没错,您的丈夫是个疯子。"我看着她,一句话也没说。她走出房间,我听见她在洗脸,换了衣服,然后走进我的房间,说道:

"夫人,对不起,您的丈夫是个疯子。我走了,对不起。"

于是她走了。

中午,雷莫回到家。我依旧躺在床上,发着烧。他没瞧见妓女,问我:

"奥罗拉呢,哪儿去了?"

"她离开了。"我回答道。

他从未像那一刻那般让我惊讶。我以为他会愤怒,会质问我,但没有。他哈哈大笑起来,同时说道:

"真不简单啊。总之,艾尔莎,你做得很好。那个女人迟早会为我们带来极大的灾难。"

您可以理解这个男人吗?他在某个晚上绝望地几乎哭泣着求我"拯救一个灵魂",而在一个星期后却对那个行为所造成的不幸耸耸肩、表现出彻头彻尾的漠不关心?我抱着头,请求上帝帮帮我。

然而,我好奇地想知道他那天晚上的行为是出于什么动机,他解释得十分清楚,让我毫不质疑他叙述的真诚。

雷莫在深夜里"突然"醒来。突然醒来这一事实让他印象深刻。由于他通常要花很长时间才能入眠,于是在他睡着时即使身边发出响亮的声音也无法吵醒他。

"我突然醒来,仿佛梦已经结束了,然而我却睡了还不到两个钟头,我感到非常疲倦。

"我突然醒来，机械地坐在床上。接着，仿佛有人在召唤我似的，我毫不犹豫地站了起来，一点儿也不担心被他人听见，打开连接着奥罗拉卧室的那扇门，走了进去。她，坐在床头，在黑暗中伸开双臂等待着我，仿佛跟我约好了见面。我们俩一句话也没说，热切地拥抱在一起，我差点因幸福而昏厥过去。"

而我却为这般的三重巧合而惊异，如果说雷莫反常地醒来，遇见了处于同样状态的妓女，那么我也仿佛被人呼唤似的突然醒了过来。后来我常常想起那个女人，对自己说，我在看见她时把她定义为"少女杀人犯"一点儿也没错。也许天性赋予了她一种她所了解的强大磁场。在她离开我家三天后，我反复思考着："难怪她会对黑魔法和招魂术那么感兴趣啊！"尽管我并不迷信，但我相信雷莫说的是实话，于是就原谅了他。在这件事过后，埃尔多萨因表面上看起来似乎冷静了两三周的时间。他每天上班下班，没给我带来什么麻烦。然而，我有时候观察着他，在心里自问："这个禽兽又在酝酿什么新的暴行呢？"

艾尔莎·埃尔多萨因闭上双眼，坠入某个夜晚的一场凄凉对话。如果不是她丈夫雷莫的罪过，又该怪谁呢？

她依然可以隐约看见用红色的光芒照亮埃尔多萨因憔悴侧影的锥形烟蒂。魔鬼手持红色的炭火缓缓切过层层黑暗。言语生硬地从他看不见的嘴里涌出来，在黑暗的表面摇晃一阵子，接着便像带有腐蚀性的水滴一样落进艾尔莎的灵魂：

"是很可怕，但是我们彼此相爱……然而，我认为我之所以让你受苦是因为我爱你。而我之所以爱你，是因为我感到侮辱你的必要。当我折磨你的时候，内疚感让我靠近你……"

艾尔莎努力抑制住内心惹恼她灵魂的暴怒,故作冷漠地回答道:

"没用……你不得不掉进一口井里面。那时候你才会想起我……想起你所做的一切……但那时我已不在你身边了……不……不在……"

艾尔莎后来说道:您以为我的回答打动他了吗?恰恰相反,他冷静地反省道:

"这个问题我已经想了很久了。我必须得掉进一口无名的井里,你以为我不知道?我当然知道,我很多年前就知道了!"

他的语调变得更私密了一些,说道:

"你看,我从未跟你讲过我在和你结婚前做过的一个梦。并不是一个梦,而是发生在大白天的幻觉,明白吗?我看见自己老了,抛弃了你,跟了另一个女人;接着,在一个暴风雨的夜晚,我独自一人回来了,像个二流子一样堕落……而你在等待着我……你已经等了我很多年了。"

"然后你便想尽法子让你的想法成为现实?你以为我不知道吗?"

埃尔多萨因很少这样敞开心扉,但这一次他却发现了自己灵魂里的一个旮旯:

"但你告诉我……为什么会这样……永远都是这样?是一种无法安抚的疼痛……一种奇怪的痛苦。无论在哪个女人身边,我都总是记起你。你看……就算是那些曾经爱过的女人……她们亲吻我……就在她们亲我的那一刻,你的面孔会出现在我的眼前……她们看着我的眼睛……我没有……看着虚无……在虚无中看着你的面孔,仿佛你的面孔刚刚在一片玻璃膜上被画了出来。"

"是的……是的……"

"假如有人问我为什么对你如此残忍,我会不知道如何回答。"

烟蒂的炭火在黑暗中划出一道鲜红的弧线,埃尔多萨因憔悴的侧影像红色的浮雕一样被照亮。他继续说:

"我需要折磨你。当我在你身边时,我对你的难过漠不关心;当我远离你时,我感到巨大的痛苦。我想到你独自一人,你可怜的支离破碎的生活;我想到你有丈夫,想到你会羡慕那些幸福的女人,那些挽着丈夫的胳膊散步的女人,那些拥有许多小孩的女人……呜,那些想法啊!……内心反复咀嚼的想法。你对我的生活了解多少?一无所知,一无所知。

"你知道什么?你无法想象我有多么爱你!我多少次幻想过你与别的男人结婚了,你将会成为一个幸福的女人!你会在经过我身边时看也不看我一眼……你会生儿育女……你会接待你的女友们;如今,则相反,你独自一人,像一只伤痕累累的野兽……难道你以为我没有意识到自己让你受了多少苦吗?但我情愿看见你受更多的苦,在我面前受到更多的侮辱,发出一声尖叫……那声你从未发出过的尖叫……告诉我……那难道不是我行为的秘密吗?你的尊严。什么也不说。对一切保持沉默。独自一人。你为什么不回答?为什么其他的女人都不爱你?为什么没人爱你?是因为他们感到自己比你低微,他们明白你与他们不一样。我甚至在你身边体验到了一些卑鄙的新鲜感受……即使你有一个情人,我也不会谴责你……我只会观察你。

我甚至期待你会有一个情人。"

"恶魔，你住口。"

"是啊……我想过多少次啊！我对自己说：她可能会比跟我在一起更幸福。但是，你为什么不说话啊？其他女人站在你身边都显得愚蠢不已。男人可以先随心所欲地凌辱她们，然后把她们抛弃……而不会感到哪怕是一丁点儿的内疚。相反，男人却不知道在你身上可以期待什么。告诉我，在你身上可以期待什么？……可以告诉我吗？……我问过自己许多次，你是否有能力杀死自己……也许你不会那么做……也许你的内心仍然怀有一丝希望……"

"某一天你会后悔的，但到那时候已经太晚了……"

"有可能，我相信。你以为我不相信吗？是的，艾尔莎……我当然相信，那为我带来新的痛苦，要是你知道我是如何想着你的！你瞧……有时候我独自一人走进一间咖啡馆……"

艾尔莎立刻再次看见埃尔多萨因出现在那间马车夫光顾的咖啡馆，坐在满是灰尘的玻璃窗边，悲哀地把脸颊撑在掌心。他看着对面屋子的飞檐……也许正在想着她，像他此刻说的那样正在想着她吗？

"……我点一杯浓缩咖啡，开始思考我们的事、我们的未来。我在那个未来中是什么角色？我不知道。也许是个流浪汉，也许是个堕落者……（他降低声调）你知道可能发生在我身上的最糟糕的事是什么吗？掉进一口井……认识一个可怕的女人，让我堕落，让我拖着一辆车，车里坐着一个生病的男孩。"

"我困了……让我睡觉吧……"

"我们再说会儿吧，能敞开心扉地聊天真美妙啊！……（他讽刺地说道）我们好像兄妹一样……我徒劳地想要研究你，我甚至留意观察你在谈论我的朋友时的音调。我知道你对其中几个人印象不错，因为你会提到他们的名字……对印象不好的人你在提到他们时会用他们的姓氏……那些你印象好的人……在你认识他们之前，我对他们的印象都不太好……我们俩看人的眼光不一样，这一点难道不奇怪吗？……之所以这样说，是因为当一个男人和一个女人相爱时，他们看人的眼光应该是一致的……正因如此，我前面才会说你不了解我的生活……"

"我跟你说了我很困……你可以让我睡觉吗？"

锥形的炭火在空中划出一条弧线。它重新燃起了一瞬间，绯红的光斜划出一道轨迹，眼睛死死盯着黑暗中的某个点。

"我不知道你是怎么想的。我有时候会犯错，但那不重要。有时候我不是我，而是你。我知道你想要什么样的生活、什么样的爱。然而，我们此刻却在这里，在彼此身边，仿佛敌人似的……监视着对方……"

"假如你在街上碰到我和另一个男人在一起，你会做什么？……"

"我会做什么？……会问你是否幸福。"

"但你相信我会幸福吗？……"

"我不知道。我知道什么？！我知道在你身边的我从来都很悲哀。像无名的悲哀那么悲哀。无法被定义的悲哀。"

"难道不是内疚吗？……"

"你知道这个问题很奇怪吗？内疚……内疚。我不知道，也不想知道。我已经感到奇怪很长时间了。这有点儿邪恶。你记得我跟你讲过的那个女孩吗……那个因为不尊重我而被我吐口水的女孩？……我前几天在有轨电车碰到了她。你一定得瞧瞧她在看见我时脸色发生了什么样的改变！电车上挤满了人。我自然地走到她身边，向她伸出手，她不敢拒绝，于是我对她说：'你记得我侮辱你的那天晚上吗？你像根甘蔗似的扭曲，就那样，朝一边扭曲……但你看……现在你有了一个报复我的机会。你为什么没有当着所有这些人的面打我一巴掌呢？真是天赐良机啊！你为什么不抓住这个机会？'"

"你当真这样对她说？……"

"就在那一刻，所有恶能量都在我的体内爆发。我感到自己仿佛上升到了一个奇妙的高度，灵魂在喉咙里漂浮，一轮轮巨大的光环在我眼前旋转。我抓住她的一只胳膊，紧紧握住它，说道：'你像根甘蔗似的扭曲。为什么不在此刻对我进行报复呢，懦弱的小女人？'我感到世界变得渺小起来。我从未体验过如此强烈的快感，动脉敲打着我的太阳穴，从眼睛里喷射出一道道光线。于是，她当着所有乘客的面，举起一只手，温柔地抚摸我的脸颊，对我说：'我非常爱你。'"

"那即是你在我身上寻找的东西……不是吗？……但你搞错了……"

"不……在你身上不……我很爱你。要是你知道我有多爱你！也许你是那个我永远都无法拥有的女人。我违反自身意愿地爱着你。告诉我，这是不是很可怕。我曾多少次试图离开你啊……都是徒劳。我甚至向一个黑女人示了爱。

"一个黑人,尽管你不会相信。是的,一个黑人。她惊愕地看着我,但由于我跟她说话时表情很严肃,她对我说:'先生,请您去跟我父亲说吧。'她的父亲是个邮差。我认识他。要是你知道我笑了多久!那个黑人竟然索要关于我的社会地位的报告。真是笑死人。"

埃尔多萨因在黑暗的卧室里哈哈大笑起来,艾尔莎反感地对他做出警告:

"你瞧……要是你不赶紧住嘴,我就立即穿上衣服离开。"

埃尔多萨因继续无情地说道:

"你看,我已坠入了所有的井里。没人知道邪恶的道路究竟有多长,但我无论是在哪个怪兽的身边——好看的也好,丑陋的也罢——都总会想起你不幸的生活,它们越是感到将我拥在了怀里,我就越感到自己更加靠近你……"

"别说疯话。"

"我跟你说的都是内心的东西,关于痛苦和眼泪。"

艾尔莎愤怒地爆发:

"你的眼泪是一摊脏水,你的痛苦是你自找的邪恶的快感。因为一切都是你自找的……包括我的堕落……为了体验一种新的情感,但你听我说……我永远都不会给你那种情感的,知道吗?……永远都不会,即使我不得不饿死。即使我不得不去当仆人,也永远不会跳进井里,知道吗,混账?……不会为了你,你不值得……不……而是为了我自己,为了自尊……"

埃尔多萨因不再说话。

那天晚上过去了,又过了一个夜晚,雷莫的性子变得比恶魔还要阴郁。某天，我几乎不由自主地失去了理智，我想要让他堕落，想要侮辱他，对他犯下的所有卑劣行为做出报复，寻找一个有勇气的人替我报复他让我受的苦。我不知道自己到底做得对不对，希望上帝能够原谅我。

艾尔莎就是那样说的。

在她叙述的三个小时里，修道院院长一直都僵硬地坐在会见室的中央，仿佛被一道电弧击得头昏目眩。在她那皱纹比核桃还要多的脸庞上，没有任何一块肌肉发生了颤抖。她的双手交叉放在腰间念珠上挂着的青铜十字架上方，嘴唇顽固地紧闭着，死银色的瞳孔一动不动地盯着女人发烫的脸庞。

在艾尔莎讲完后，她严厉地说道：

"您没别的地方去了吗？"

"没。"

"您需要孤独，是吗？"

"是的。"

"那么您可以待在这里，想待多久就待多久。跟我来。"她站起身，恭敬地向艾尔莎指了指那道连接会见室与修道院内部的门。

无政府主义者

埃尔多萨因与"占星家"穿过南码头①。街道看起来像是熄灭后的火炉口,每隔一段距离,就有一间德国酒吧的玻璃窗在黑暗中勾画出一个橙色的矩形。煤屑在两个男人的脚下嘎吱作响。

他们俩沉默地前行,把像巨人一样汇集在一起的水泥谷仓、超出车间支架的倾斜的吊车臂,以及绕着绝缘体、钢筋比"超级无畏战舰"的炮塔还要密集的高压变电塔抛在了身后。水煤气像箭头一样从高炉的嘴里喷出,链条的弧线切过两个钢铁平台之间的空间。淡芥末色的天空修剪在胡同小巷的上方,它们在远离商业中心的地方升高,仿佛想要融汇成一条由松树护卫的道路。

"占星家"提到"忧郁的皮条客"的死亡:

"没办法……俗话说得好:恶有恶报。"

埃尔多萨因差点哈哈大笑起来。"占星家"继续严肃地说道:

"'皮条客'的灵魂很善良。我记得:我们有一次聊到勇气,哈夫纳对我说:'我是个文明人。无法相信勇气。我相信背叛。'

---

① Dock Sud,布宜诺斯艾利斯省的一个城镇。——译者注

他的灵魂多么善良啊！又是多么喜欢报复啊。没人比他更残忍地打女人。那第一个为了追随他而放弃了家庭和打字机的女人，在他手下成为妓女。当然了，为了达到那个目的他肯定狠狠打过她。"

"那个女人没离开他？"

"没……根本不是那么回事……然而，这件事给'皮条客'带来了很大的撼动。"

"应该给她带来了更大的撼动吧。"

"您别说笑。当那个打字女第一次来到街上挣钱时，那个流氓正躺在床上。那是下午四点。我之所以知道这些细节，都是他告诉我的。女孩已经戴好了帽子，站在门槛，一只手扶着门框，悲哀地看着他，说道：

"'我走了？'……邪恶的流氓压抑住自己的情感，点头表示赞同……女孩出门谋生去了。但在'从妓'的第三天，她从马坦萨河的一座桥上跳了下去，脑袋在河底的石头上撞破，她浮肿的尸体跟被河水淹死的狗一起被发现。在一段时间里，这件事一直困扰着'皮条客'。事实上，女孩在走出家门时看向他的第一眼仿佛一道可怕的谴责，一直都刻在他的心里。他有时候会说：'生命的目的是什么？'您意识到那个邪恶的流氓所遇到的麻烦了吗？而且，他总是想起她在走上街前抛向他的那道目光，好似一声恳求。某天下午，他一句话也没说，也没有触碰摆在光线明亮的桌子上的三千比索，在思考了几分钟他所发现的真相后，'生命没有任何目的'，他朝着心脏开了一枪，但子弹撞到了肋骨上，改变了方向。两个月后，他在出院后做的第一件事，即是与一个名叫卡梅罗的那不勒斯皮条客合伙，在梅赛德斯①建了一家妓院。"

埃尔多萨因没有发表评论，"皮条客"死了关他什么事！他自己也有可怕的麻烦。而且，他在前行中感到有些奇怪，仿佛在穿过一座陌生的城市。有些屋檐被漆成了沥青色，看起来像是巨大棺材的盖子。在别处，闪烁的电灯照亮着漆成赭色、绿色和紫色的矩形窗框。在高于地面的位置闪耀着路灯的红色立方体，其鲜红的钻头凿进朝着乡间延伸的夜晚。

"我跟您说过，他的报复心很重……是真的。我跟您讲件事，我会把整件事完整地告诉您。一个龟公抢走了一个哈夫纳感兴趣的女人。尽管她还没跟他'谈成'，但很明显，另一个龟公速度更快，于是'皮条客'丢了一大笔收入。有些事情，不需要说出来，两个男人也会心知肚明。您知道的，那些储存在灵魂深处的东西恰恰是最强烈的。毋庸置疑，'皮条客'暗暗等待着时机的到来。另一个男人有些疑心，因为他在一段时间内都小心翼翼地避免前往哈夫纳可能会出现的地方。某一天，他们碰面了，'皮条客'假装已经彻底忘记了那件事，完全把对方当朋友对待，尽管后者知道那些花招是永远都不会被原谅的。他们一起喝了许多酒，但'皮条客'总是可以在需要的时候比实际情况提前一刻钟装醉。那个行为非常有用，可以隐藏自身的秘密，并研究对方。"

突然传来一声巡逻监管队的喊叫，在屋子的木墙上晃过一

---

① Mercedes，阿根廷东北部城市，属布宜诺斯艾利斯省。——译者注

名经过的巡查员骑着的马的影子。

"占星家"继续说：

"好了，接着刚才的说，在这件事发生两年后，他们两人同时参加了……那个叫什么来着……由皮条客及他们的女人在圣伊西德罗①低地举办的野餐会。我们底层社会的精华在那里汇聚一堂……拳击手经理、教练、汽车代理商，全是精英，跟哈夫纳更是走得很近。那个女人也在那里，那个差点跟'皮条客''谈成'的女人，没有任何细节预示到即将会发生的事。我想提醒您一个细节，这些混蛋们尊重彼此的女人，跟我们这些社会里的文明人士一样。"

"占星家"和埃尔多萨因在距离铁轨几步远的地方停下了脚步，一列货车气喘吁吁地缓缓驶过会让线。青蛙在池塘里呱呱鸣叫，列车的链环叮当作响。在更远的地方，一艘货船在油腻的水面摇晃。在一条平行于铁道的巷子里嵌着一个酒吧，大门半敞着，一个身材魁梧的女人走在煤炭堆成的小径上。她戴着圆顶礼帽，发髻刚好被帽子盖住，身后跟着一个消瘦的矮小男人，背有些驼。"占星家"继续说：

"在聚会进行到一半的时候，哈夫纳把手枪从套子里取出来，对准另一个龟公，脱下裤子，露出生殖器，冷冷说道：

"'叫你的女人亲吻它……否则我会把你的脑浆爆干。'

"您知道的，这种态度并不怎么友好。被'皮条客'拿枪指着的龟公一动不动。哈夫纳静静地等待着，他看了看手表，

---

① San Isidro，阿根廷首都布宜诺斯艾利斯的一个郊区。——译者注

说道：

"'你有半分钟的时间。'"

"对方呢？……"

"对方觉着'皮条客'会杀死他，觉得那是他去那里的唯一目的：杀死他……只有那个恐怖的凌辱能够拯救他……"

"然后呢？……"

"还没到半分钟，他就咆哮道：'伊蕾娜，亲它。'"

"然后呢？……"

"女人照做了。于是，哈夫纳在女人即将在他面前自取其辱之前，握住她的一只胳膊，对她说：

"'从今天起你就是我的人了。'"

"那个男人呢？"

"那个男人又能做什么呢？他离开了。朋友啊，这种关乎生与死的事情，复仇都是一个极其漫长的过程。假如是那个家伙从背后'干掉'了'皮条客'，我一点儿也不会感到惊讶。"

"'皮条客'没说过假如对方拒绝了他的要求他会怎么做吗？"

"会把他杀死……他在十天前开始策划这件事的时候，就准备好了一个伪造的护照。"

"知道吗？他真是了不起！"

"他是个不折不扣的马基雅维利信徒。他曾跟我说过，让一个人变得可怕的是对侮辱的记忆以及对复仇的耐心等待。他时刻保持着警惕，仿佛在战场中一样。在电车里，在咖啡馆，在街道上，您可以确定那个人永远都会处在敌人的手枪最难以瞄准的某个点或某个角度。他一眼就可以把人分类，凭借本能为身边的每一个人标注其危险程度，真有意思。他从所处位置的外围向自己发出进攻和防御的轮辐。空间的布局几乎会立即出现在他的心里，让他确信自己对他人拥有绝对的掌控。"

"占星家"沉默下来，观察着黑暗中一片几乎未开垦过的草地。草地紧邻着一片邪恶的村落，它们由比军营还要宽阔的大杂院组成。那是一片用锌板包裹起来的屋子，成百上千个不幸的尸体在那里昏昏欲睡，街上满是巨大的坑洼，连越野车也会在那里发生故障。"占星家"双手插在外套的口袋里，沉默地往前走。突然，他大喊道：

"你肯定想不到昨天晚上发生了什么事吧？"

"不知道……"

"我在被打了一巴掌后，脸上还被吐了口口水。"

"你说什么？"

"你没有听错。"于是"占星家"立即向埃尔多萨因讲述起发生在他与访客——律师——之间的事。

"而您？我无法理解您的态度。"

"占星家"揶揄地露出令人不快的笑容：

"亲爱的朋友，要解释这件事很容易。律师一直安静地听我讲述，直到扎根于他意识深处的资本主义情感的残余超越了他的自控力，发生了爆炸。假如那个男人当时有一把手枪，他会像杀死一条狗那样杀死我。而我，也完全可以把他杀死……我只不过把手肘挡在他的拳头上，他的手就骨折了；于是，我心想，杀死那个精力充沛的男孩一点好处也没有。出于原则，我只接受对社会有用的谋杀。当他的胳膊往一边垂下时，我完全可以做出反击，但又是为了什么呢？……反正那个人已经手无寸铁了。当他意识到自己在我面前毫无招架之力时，他试图逼我做出一个之后会让我感到羞辱的行为……于是他往我脸上吐了口口水。我继续冷静地看着他，他在那一刻一定深深为自己的态度而烦扰，而且，那个年轻人迟早会成为我们中的一员。他充满激情且端庄得体，在内心深处，他是个迷失了方向的理想主义者，是资本主义教育的产物。当那些被资本主义教育扭曲了的人们想要着手行动时，他们会感到内心的畸形，于是他们想要一切……一切，除了共产主义。"

"您恨他吗？"

"占星家"被埃尔多萨因的问题惊讶到了，回答说：

"恨！为什么？不，恰恰相反……我非常感激他给了我一个机会，让我能够在他面前呈现一个勇气超越了人性的琐碎反应的人。而且，假如我觉得自己在身体方面比他弱，我可能会恨他。但我并不比他弱，所以我们之间的账一笔勾销。"

他们脚下的步道穿过田野，撒满了煤屑，晚风时不时捎来一阵湿润的苜蓿味。随后，道路分叉，他们再次走进棚屋区，散发着血液、毛线和油脂的臭味；从工厂里逸出硫酸和硫黄燃烧后的蒸汽；在街道上的红墙之间，发电机和变压器奇妙地发出嗡嗡声，冒着热腾的油烟。金头发和红头发的煤炭工人塞满了东正教人的酒吧，讲着听不懂的来自捷克斯洛伐克、希腊或巴尔干的语言。

"占星家"总结说道：

"毋庸置疑，律师是个好人。换作别的时代，他可以完成伟大的事业，但那些社会理论他还没有完全消化理解。"

最终，他们在一个小农场的门前停下了脚步。支撑着木板门的柱子上挂着一个锌板做的指示牌，上面写道：

受卖鸡淡和姆鸡①

"占星家"门也没敲就走了进去。在阳台下面，两个男人在电灯下玩儿纸牌。其中一个很瘦，脸色苍白，颧骨很高，卷头发，黑眼睛。另一个人有些胖，下巴光亮，绿眼睛，金头发，穿着一件蓝色的机修工作服。两个陌生人的目光死死钉在埃尔多萨因身上，埃尔多萨因不知道为什么，感到有些拘谨。在院子深处，一个年轻女人抱着一个孩子，站在一道门槛上，也观察着埃尔多萨因。那些持久的注视让埃尔多萨因感到不太舒服，"占星家"说道：②

"这是'我们'中的一员，刚加入不久……"

那两个男人跟他握了握手，抱着孩子的女人拉过来一把草席做的椅子。瘦男人走进房间，拿着另一把椅子出来，四个男人在桌子边围成一个圈。

---

① 此处用同音字体现原文中的拼写错误，实际意思为"售卖鸡蛋和母鸡"。——译者注
② 埃尔多萨因在后来提到那次拜访——他在一开始的时候并不知道拜访的目的是什么——时告诉我，他后来想起那个绿眼睛的男人，觉得他有可能是无政府主义者迪·吉奥瓦尼（Di Giovanni），但他出于谨慎而没有对"占星家"提出任何疑问。——评论者注

"要喝马黛茶吗?"女人问道。

下巴光亮的绿眼睛男人亲昵地看着女人,说道:

"好的,把孩子给我吧。"

男人把孩子放在怀里,她朝厨房走去。

瘦男人从口袋里取出一沓钞票,说道:

"拿着,我数过了,刚好一万比索。"

"占星家"数也没数就把钱递给了埃尔多萨因,说道:

"收好了,"随即转向瘦男人,问道,"传单印好了吗?"

在怀里摇晃着孩子的金发男人回答说:

"已经寄过去了。"

"占星家"继续说道:

"还需要多准备一些,我收到了这封从亚松森寄来的信。"

"从巴拉圭来的?"

"是的。"

穿着机修工作服的男人读了读信,然后递给他的同伴;后者把头埋向桌面,仔细地阅读,然后把信还给"占星家",说道:

"意料之中的事。您依然坚持您的想法吗?……"

"是的。"

"真是荒谬……"

"伪造货币更荒谬……"

两个男人看向埃尔多萨因:

"您愿意协助假钞的流通吗?"

埃尔多萨因惊讶地看着穿蓝色工作服的男人。他思考了一阵子，盯着地面砖头的接缝，回答说：

"不。"

"为什么？"

"只不过是……因为我觉得流通假钞是件很荒谬的事。"

"这不是理由……"

"当然是理由。制造假钞和抢银行一样，都是要坐牢的。与其因制造假钞被捕，我更情愿因真正的盗窃……"

"您现在打算做什么？"

"没打算……"

"您知道我们正在……"

"别告诉我。我不想知道你们在做的和没在做的事。如果你们需要谈论机密，我就此告退……"

"您对学习印刷不感兴趣吗？"

"为了什么目的？"

"为了协助社会革命的准备工作……我们需要人手，在各地开展革命。一些人不加掩饰地坦率行事，您做不到这一点；另一些人则狡猾地进行地下活动，需要给农村的劳动者们发放传单，偷偷地分发。如果您学会了印刷，可以负责某个农村的印刷工作，明白吗，秘密地印刷。您想看看我们的吗？"

"好的，我很有兴趣。"

"跟我来。"

埃尔多萨因跟着瘦男人，他们走进一个房间。一个衣柜占据着房间的一个角落，正中央摆着一张双人床。

"给我搭个手吧？"塞韦罗说，并着手把床推向一侧。地下室的门露了出来。塞韦罗弯下腰,打开门,沿着楼梯往下走。他转动一把钥匙,一盏灯亮了起来。眼前的景象无法不让埃尔多萨因感到钦佩。在墙壁抹了石灰的地下室里安装着一套完备的打印装置,墙边堆着装字体和冲模的盒子、橡胶滚筒,以及一张被称作"驴"的三角形桌子。在木楼梯的一侧,一个砖石底座上放着一台脚蹬平压印刷机,另一侧则放着一台小型裁切机。装着一令令纸张的抽屉让这个地下小作坊变得更加完整。突然间,埃尔多萨因瞧见一把步枪,大为惊叹,枪管的末端是一个有三个口径那么粗的管道,长达十五厘米。他问道:

"那把奇怪的步枪是怎么回事?"

"是一把带消声器的步枪……"

"从哪儿弄来的?"

"走私来的。"

"射击的时候一点儿声音也听不见吗?"

"能够很大程度地减弱声音。您觉得这一整套东西怎么样?"

"非常不错。"

"这也是一个战场。一个隐蔽的战壕。您意识到了吗?"

"是啊……"

"我同伴就是撰写传单的人。"

"但这里不能制造假钞啊……"

"您怎么知道不能?"

"一眼就能看出来。"

"的确不能,但我们在等待一位专家的到来……我们将会伪造巴拉圭和智利的货币,而另一位同伴会从国外给我们带来阿根廷的货币。最好是让假钞流通的地方远离其生产地。"

"我觉得很好。"

"您持什么样的政治理念？"

"我是共产党。"

"然后会是无政府主义者……那不重要……在当下，这些都是不值得讨论的小事。噢，对了，'占星家'说您是炸药专家，看看这个，您觉得怎么样？"

塞韦罗打开一个抽屉，从里面拿出一根敷了水泥的白铁管子……做工十分粗糙简陋，一层铜囊将其红色的导管陷入灰色的滚筒里。

"一个炸弹……"

"那……"

"做工非常糟糕。"

"为什么？"

"很重。不规则。水泥总是会不均匀地粉碎掉。携带起来太不方便了……威力也很小。装的什么？"

"葛里炸药……"

"炸药不错……但那并不是破坏性物质的全部。"

"换作是您，会如何制造炸弹呢？"

"我不主张使用炸弹……我更喜欢毒气。你们这些恐怖分子在破坏性物质方面总是很落后。为什么不认真研究一下化学呢？为什么不制造毒气呢？氯气与氧化碳合在一起就能形成光气。你们坚持制造炸弹。炸弹在1850年还不错……但今天的我们需要与时俱进。你们手里的炸药包能够造成什么样的灾难？无法造成任何灾难，或者是非常小的灾难。相反，使用光气……光气没有声音。只会看见一层黄绿色的幕帘。一丁点儿腐烂的木头味。人们只要一吸入它，就会像苍蝇一样倒下。装在钢管里，可以是小提琴盒的形状、钢琴的形状……总之……什么形状都可以，装在里面的毒气足以消灭几公顷范围的人类。"

"那么说，打个比方，假如您需要抢银行……"

"毒气是理想的武器。糟糕的是，在我们的国家依然生活着粗鲁落后的人们。您瞧瞧美国，国库装甲车的护卫通常都配备了毒气面罩。不过话说回来，那里的抢劫犯行事也都不太谨慎。"

"用什么策略呢？"

"很简单，不过是通过橡胶管往任何一个天窗注入几升光气。当你们准备好开始'干活'时，需要戴面罩，不需要动手杀人，因为就连老鼠身上的跳蚤也会中毒身亡。"

"问题在于制造光气……"

"我在筹备一个家庭工厂，一个建在家里的工厂或实验室，可以每天生产一吨毒气。"

"一吨？这样一个工厂，可以建在家里？"

"一个四乘八的客厅……完全可以。"

"知道吗？这很有意思。"

"当然有意思……我想在南部进行试验。想建立一座小型化工厂。制造毒气。培养制造毒气的专业人才。仅此而已。成批地培养，像培养少尉和士官一样。炸弹已经过时了。手榴弹又是另一回事，但需要专门制造手榴弹的机器。而且需要大量生产。单单一个炸弹只能够造成一点儿声响。炸弹需要成批地制造。一个人接上导火线，另一个做准备。导火线的机器。外包装的机器。您知道的……所有那些都需要钱。需要做好准备。这里连技术手册都没有。"

他们不再说话，瘦男人做了个手势，示意他们离开。

当他们爬回卧室，"占星家"正同瘦女人以及穿蓝色工作服的男人聊得热火朝天。

埃尔多萨因以为他们会继续聊下去，没想到"占星家"用一句话结束了此行的目的：

"那就这么定了，好吗？"

穿蓝衣服的男人微微笑了笑，卷发的男人回答道：

"总之……我们走着瞧吧！……"

三个男人不再说话，他们看了看彼此。抱着孩子的女人留意着谈话，补充道：

"不足挂齿的区别。"

"得好好研究一下。""占星家"答道，与三名无政府主义者握了握手，就此告别。

埃尔多萨因沉默地跟在他的身后。一阵深切的痛苦紧压着他的心脏。

"无论如何，我早晚都会杀死自己。"想到这一点时，他稍微感到轻松了一点儿。

艾乌斯塔奎奥·埃斯皮拉的计划

尽管拉莫斯梅希亚①距五月大道仅三十分钟的路程，而且埃斯皮拉家距里瓦达维亚街区仅七条街的距离，但聋子艾乌斯塔奎奥以及埃米利奥已经两天没有吃东西了。吃东西意味着往胃里塞点儿东西，吞食一片干面包壳即是吃东西。好吧，艾乌斯塔奎奥和埃米利奥已经两天没有往胃里塞进任何东西了，哪怕是一丁点儿干面包壳。

被饥饿逼得走投无路的露西安娜、埃琳娜以及她们的母亲，投奔到亲戚家，将在那里待到暴风雨缓和一点儿的时候。埃米利奥和艾乌斯塔奎奥则留在了大本营，守护着剩下的家当。是的，他们有充裕的香烟，埃米利奥每隔五分钟点燃一支烟；接着，他在床垫上转身，转向墙壁那一面，"为了不看见那个耳背的恶棍"。聋子双腿悬在空中，坐在单人床的边沿，帽子遮住耳朵，愁眉苦脸地盯着房门，仿佛期待着上天派来的女神会提着一个装满了牛排、芦笋、香蕉和菠萝的篮子，从那里走进来。他饥饿的程度等同于一头没吃东西的老虎。

一盏电石灯闪烁的火焰照亮着沉默的两兄弟，那个由锌板墙组成的大本营是他们共用的卧室。

---

① Ramos Mejia，阿根廷东部城镇，属布宜诺斯艾利斯省。——译者注

聋子以自己在数学和化学方面的学识为特权,霸占了单人床。活到三十来岁的埃米利奥悲哀地沉思着,躺在一床铺在地板的垫子上,双手放在脖子下面,看着光秃秃的天花板,问自己在拉莫斯梅希亚有没有比他更饥饿的倒霉蛋……

同时,他有些愤愤地看着聋子,仿佛他应当为他们的不幸负责任似的。聋子无动于衷,像赌徒一般厌烦,使劲咳嗽,轻蔑地把痰吐在单人床的背面。接着,他用外套的袖子擦拭挂在胡须上的粘液,继续顾虑重重地盯着大本营的入口。

埃米利奥感到自己对聋子的愤怒愈发强烈,自言自语道:

"想到这头租能计算到非藏小的素字,好像'圣迹区'① 逃粗来的骗子。能计算到非藏小的素字又有森么用呢?"② 一阵风让他冷得哆嗦。

大风从那里吹进来,晃动电石灯闪烁的火焰。聋子的影子投射在锌板的波浪纹上,像蒙帕纳斯的布布③一样,奇特地摇曳着。

艾乌斯塔奎奥和埃米利奥已经闹翻很长时间了,他们已经两年没有说过话了。他们一起生活在作为庇护所的荒谬洞穴里——一个瘫在单人床上,另一个躺在床垫上——像聋哑人一

---

① la Cour des Miracles,旧时巴黎的街区,乞丐集中。乞丐们装成各种残疾外出乞讨,回区后即恢复正常,仿佛突然因"圣迹"而治愈一般,因此得名。——译者注
② 《七个疯子》中提到,"埃米利奥由于几乎没有牙齿,说话漏风,发音不准"。译者用错别字表现原文中的这种"不准",后文皆同。——编者注
③ 法国作家查尔斯-路易·菲利普同名小说中的人物。小说讲述一个陷入爱河的女孩,被男友逼迫从妓的故事。——译者注

样沉默不语。

他们行为的独特之处在于,到了晚上,两个人一言不发地出门到街上寻找烟头。聋子安静地从单人床上跳起来,戴上帽子,把破旧的披肩大衣的领边往胸口压压平,跟在埃米利奥的身后收集烟头。兄弟俩一人走在人行道的一侧,另一人在另一侧。回到家后,他们俩坐在地上,中间放一张报纸,将烟头的外包装去掉,把烟草堆在报纸上面,第二天把它们摆在太阳下晒干,让湿气蒸发。他们把烟草平均分成两份,卷起来,各自缓缓地吸掉。"吸烟可以匆饥。"埃米利奥这样说道。

在有东西可以煮的时候,两个人轮流煮饭。艾乌斯塔奎奥很贪吃,埃米利奥则吃得不多。艾乌斯塔奎奥像野兽一般贪婪,埃米利奥,则摆出贵族的尊严,要是流露出卑劣的情绪会觉得有损男子气概。但当埃琳娜和露西安娜用辛苦的劳作为他们换来粮食时,两个人都会痛快地狼餐虎噬。

艾乌斯塔奎奥有时会去探访一位画家,跟他一样也是聋子,画家和艾乌斯塔奎奥几小时几小时地喝着马黛茶,一句话也不说。

当埃米利奥看见聋子在大本营出现时,会在心里默默抱怨。他想一个人待着,然而聋子看也不看他,一头倒在单人床上,像托钵僧似的一动不动。他静止且漠然的举止让埃米利奥恼怒不已。

晚上,他们俩睡觉也不规律。艾乌斯塔奎奥在闭上眼睛前会大口大口地叹气。埃米利奥聆听他在黑暗中喘气,想要冲他大喊:"混蛋,你叹什么气啊?"但他什么也没说,而对方则继续像个病人似的在毯子下面翻来覆去。有时候他会打开灯，在毫无来由的情况下——因为并没什么着急的理由——偷偷摸摸地剃起胡须来。埃米利奥佯装睡着了，暗中监视着他，在聋子对着镜子挤眉弄眼，或是带着充满兽性的愉悦嘲讽地将剃了一半的脸从镜子跟前拉远时，埃米利奥会感到愈加厌烦，"跟他一口气吃下两打橙子时的神态一模一样"。

在那种情况下，埃米利奥多么希望自己能置身远方；生活的疼痛像患病的腺体一样，在他身上留下一圈圈痛苦的沉淀。不知道为什么，他想到在一家位于河畔的木材厂当会计的快乐，也想到与女友见面并让她通过阅读海克尔①和毕希纳②的书而放弃宗教信仰。随后，他把自己裹在被子里，尝试着入睡，与此同时，半边脸刮了胡子半脸浸满泡沫的聋子发出愉悦的咔嗒声。

兄弟俩持有完全不同的想法。埃米利奥想要成为铸排工，在乡下过安宁的生活，在某个村庄愈合贫困在他的灵魂中造成的日益激化的创伤。

相反，假如艾乌斯塔奎奥遵循了内心的冲动，此刻的他会是个游手好闲的废物，纯纯粹粹的二流子。这并不妨碍他在朋友的推荐下向后进学生讲授高级代数。如果有人应许他几何学讲师的职务，他也不会拒绝，但那个捧着一盘作为俸禄的银子的神奇怪物从来都不曾出现。他躺在单人床上，构思着永远都

---

① Haeckel（1834—1919），德国生物学家、博物学家、哲学家和艺术家。——译者注
② Büchner（1813—1837），德国作家、革命家。——译者注

与数学相关的计划。比如，计算建立一座生产香肠的工厂可以赚多少钱。他根本不曾考虑过建立香肠厂所需的资金究竟可以从哪里筹来。

两个不幸的人就是以那样的方式度过每一个钟头的。

当绝望让埃米利奥在锌板做的大本营里感到忍无可忍时，他会走上街去"研究生活"。他所谓的"研究生活"是长达三个小时地张着嘴，观察一个流氓兜售奇特的小商品或绝对可靠的特效药。

但是此刻，埃米利奥像一只被困在洞穴里的猛兽一样受到饥饿的困扰，他愤怒地看着聋子。

而聋子，仿佛猜到了兄长居心叵测的想法似的，奸诈地挠了挠七天未剃的粗糙的胡须。况且，他知道自己吐那么多痰让埃米利奥厌恶不已，于是更加使劲地咳嗽，狠狠将痰吐在大本营的锌板上。锌板仿佛被石头砸中一般，发出回响。

埃米利奥感到十分恶心，他在床垫上翻过身，背对着聋子。

聋子看着自己插在发黄鞋子里的脚，显然很满意。同时，他像幼鲸一样呼气。单人床懊恼地发出吱嘎声，埃米利奥自言自语道："就缺啧个了，啧个禽兽把单人床弄坏，啧样我就不得不听他在我森边打鼾。"

他的愤怒和悲哀同时加剧。在胃的底部，他感到一阵呕吐发生前的温热的压力……心想："我的胃都被尼古丁搞坏了。"此刻，他把一条腿放在另一条腿上面，双臂交叉，两手放在脖子下面，数着天花板上波浪纹的数目，惊讶于自己在数到第三十七道凹纹时数错。在数错的那一瞬间，他斜眼看了看聋子，对自己说道:"那个混藏在计划森么?"接着重新开始:1、2、3、4、5、6、7……天花板的波浪纹像搭乘火车时窗外的电线杆那样飞速在他眼前掠过。

突然间,聋子的声音在大本营爆炸开来:

"喂,埃米利奥,我有个宏伟的计划。"

埃米利奥转过头。他们已经两年没说过话了。在那期间,聋子曾有过许多个计划,但从未告诉过他,只跟姐妹们分享。因此,眼下这个计划一定是非常非常重要,他才会打破两个人约定俗成的沉默,开口对他说话。

聋子再次说道:

"是个宏伟的计划,因为不需要资金,而且收益会有保证,绝对可靠。我们去乞讨。"

"乞讨?"

"我会乔装成盲人……但得是大木偶剧场①的盲人。我会在身前挂一个牌子,写道:

我是因为盐酸而失明的。
请看在科学的分儿上跟这位
残疾人买点儿糖果吧。

"你将会意识到,这种因科学而造成的失明至少会给他人留

---

① 这里指1888年建于巴黎的大木偶剧场,以上演强奸、奸杀、挖眼珠、疯癫等内容的恐怖戏而闻名。——译者注

下极其深刻的印象。"

"那糖果呢？……"

"问得好……糖果是用来伪装的，法律不允许乞讨。我们将会是糖果贩……官方意义上是糖果贩，但私底下是乞讨者。"

"你怎样伪装盲人呢？"

"我会戴一副深色的眼镜，什么也看不见，你得给我引路。我需要拐杖和眼镜……还得把那个手提箱弄整洁一点儿，我们将把糖果装在那里。还得买十二打绢纸做的小袋子，用来装糖，分两种包装：一毛钱的和两毛钱的。最好在牌子上写道：因献身科学而失明。你觉得怎样？是不是更好？在'因献身科学而失明'下面写道：硝酸挥发的气体灼伤了他的视神经。你觉得怎么样？不觉得很好吗？"

"寺啊……我觉得不错……可寺，我们哪里有钱来买眼镜、拐藏和糖果？……那个手提箱太丢人了。而且，还得打印牌子。"

"那个等生意好起来了再说，现在我得去找画家了。"

"那铜卒玫瑰花呢？……"

"什么玫瑰花！……以后再说，现在我们得填饱肚子。而且谁知道埃尔多萨因出什么事了呢，都不来了。"

"我们不要告诉露西安娜吗？"

"什么？……"

"要不要告诉露西安娜……"

"你改天去见她吧，现在你先把手提箱擦亮。"

埃米利奥与聋子在两年的沉默以及两天没吃东西后的第一

场对话就此结束。

聋子走向镜子，凝视着自己胡须茂密的面容；接着，他"四下子"扣上衣领，又用了三个动作系上领带，把无袖披肩大衣的领边往胸口压了压，朝楼梯口走去，看着乌云密布的天空。

聋子一走出门，埃米利奥就把手肘支在枕头上，脸颊撑在掌心。一绺乌黑的头发垂在他满是雀斑的额头，他没精打采地打量起那个手提箱。箱子的表面覆盖着一层灰，单人床的边缘垂下一个棕色的角：毯子的一端。

埃米利奥若有所思地卷起一支烟，用毯子盖住双脚，若有所思地看着天花板，悲哀地摇了摇头。在一家位于河畔的木材厂当会计的计划正离他远去。

在水泥穹隆下

埃尔多萨因在公寓前停下了脚步，与此同时，几步之外的一个男人打开自家的大门。陌生男人身旁站着一只黑白相间的猫，男人走进屋，但猫并没有跟着他进去，陌生人故意关上了大门。猫用一只爪子挠了挠门口的台座，于是等待着它的男人打开门，弯下腰，用一只手摸了摸猫的背脊。猫的尾巴硬了起来，陌生人抱起猫的肚子，关上了门。

埃尔多萨因痛苦地站在人行道的边沿，心想："那个男人很满足。他抚摸在门槛等着他的猫。猫也许是想要出门散步，谁知道它跑哪儿去了。猫都是那样的。在回家时，发现门关着，于是等待着主人。猫有那个男人……但男人，谁会为他开启那道神秘的大门？"

一堵无边的墙在他的心里筑起。墙壁像雾幔一样呈波浪状蜿蜒。他抛开那场景。墙面像号角的回声一样向远方蔓延。甚至有一阵飞驰的节奏依然驻留在他的肉体。然后，在更远的地方，雾幔般的城墙。他回到人行道的边沿。往前走了一步。又走了一步。一。二。一。二。

"那个男人是谁？我……"一，二，"那个男人是我，"一，二，"我？SOS，很明显。"一，二。

"猫发出SOS求救信号，男人在门后等待着它。他做了几个动作：其一，弯腰。其二，抚摸猫的背。其三，把手放在猫的肚子下面。其四，把猫抱起来。可是，对我呢？对他们呢？对我们呢？是的，对我们，可恶的上帝。对我们，我们呼唤了你，你却没有来。"

他停下脚步，心想："多么甜美的言语啊！"

"我们呼唤了他，他却没有来。我们呼……唤……了……他……他……却……没……有……来。前所未有地甜美。我们呼唤了他，他却没有来。某天我们可以这样回答：'我们呼唤了他，他却没有来。'"埃尔多萨因闭上双眼，任由一段黑暗的间隙穿过他的嘴巴和眼睛。黑暗的间隙裂开了口，让回答穿越而过。

"是我们的错。我们呼唤他，他却没有来。呃！……这有点严重了。计算过有多少人在夜晚呼唤上帝吗？即便是呼唤他来解决他们的个人问题也没关系。又有多少个灵魂在缓缓地呼喊：'上帝，求求你，别抛弃我！'有多少个孩子在睡觉前背着斜躺在床上的父亲或站在半开着的衣柜前的母亲，偷偷祈祷，'上帝，求求你，别抛下我们'？"

埃尔多萨因停下脚步，感到毛骨悚然。仿佛他的想法被引入了一个椭圆形的金属轨道，他离中心越来越远。越来越多的存在，越来越多的建筑，越来越多的痛苦。监狱，医院，摩天大厦，超级摩天大厦，地铁，矿井，军火库，涡轮机，发电机，地道，铁轨；底层的生命，生命的总和。

"在没有靠上帝的情况下实现了所有这一切。这位上帝，告诉我，你为我们做过些什么？"

埃尔多萨因的嘴里满是脏话。脏话让他的脸颊扭曲，牙齿穿孔、酸化……

咒骂终于爆发：

"混蛋！"

他闭上双眼。他闭着眼睛走路。他知道自己偏离了正道，再次走在步道的中央。他的背在燃烧。他重复道：

"一切都是徒劳。即使在地表打个洞抵达地球的另一端，在那里也是痛苦。涡轮机，监狱，超级摩天大厦。嗡嗡作响的发电机，矿井，军火库。房屋的门。温柔地抱起猫肚子的男人。"

他用拳头敲打一栋屋子的外墙。那里有一块猪肝色的板子，一定是某间杂货店的百叶窗。在油脂蜡烛之间摆着一袋袋大米、一块块肥皂，以及一串挂在抹了石灰的天花板上的洋葱。他用拳头敲打：

"即使我穿上礼服、戴上礼帽,也同样会感到痛苦。即使我能够以每小时三十万公里的速度飞行……数字……数字……那么……又能怎样?……"他皱了皱额头,紧紧挤压指头,让指骨咯吱作响。他摸了摸夜晚的黑暗,黑暗高高挂在城市的上方,仿若悬在被淹没的世界之上的海洋。"可能会走来一个女人,亲吻我……要是走来一个女人,亲吻我,亲吻到我的骨髓,我会更幸福吗?黄金,假设说,这条街上满是黄金。它有一百米长,二十五米宽,五米高。五乘以一百,五百,再乘以二十,一万……再乘以五……好了,管它是多少……实心的、立体的、沉甸甸的黄金。我将蹲在上面,摸着脚趾头大拇指。在我的脑袋旁,一台机关枪的枪口在冒着烟。我将悲哀地凝视着世界。男人、女人、老人以及驼着背拄着拐杖的人们都会到来,他们将艰难地靠近黄色的垂直线。在他们的上方,机关枪的枪管冒着烟。发明家、打字员,都饥渴地看着我,他们会说:

"'给我们一小块吧。'

"但我会装聋作哑,继续摸着脚趾头大拇指,与此同时,机关枪的枪管在冒着烟。也许我会在橘色的黄昏悲哀地看着世界的尽头。

"'给我们一小块吧,卑鄙的混蛋。'

"'俊俏的男人,给我们一小块吧。人面兽心的家伙。混蛋。'

"但我会装聋作哑,继续摸着脚趾头大拇指,与此同时,位于我脑袋左边的机关枪的枪管在冒着烟。

"所有人都会因为刮坚硬无比的金块而磨坏指甲,人筑的蛆窝犹如一道灰色的波浪,向前延伸:手握石锤的女人,拿着短得不能再短的折刀的男人。其中一些人会因为长时间地刮金块的根基而缺肢断臂,另一些人在金块的底部钻开了洞,暴露出生殖器官,像野兽一样用四肢行走,同时朝着黄金的表面一口口狠狠咬下。

"但我不会感到更幸福。你明白吗,上帝?我不会,其他任何人也不会。甚至连这个售卖变质的大米和掺杂了大理石粉末的白糖的男人也会痛苦地哭泣。甚至包括这个混账商贩,我在距离他脑袋十米的地方,他却在睡觉。假如我走进这个商贩——跟所有商人一样卑劣可耻的商贩——睡觉的房间,在他的床前弯下腰,剖开他的胸膛,将这个店主的心脏挖出来,他几乎叫也不会叫,喷出汩汩鲜血。

"假如我朝艾尔莎弯下腰,挖出她的心脏,或是对上尉下手,那个心脏也会轻声号叫,避免被有些耳背的上校听见:'我很痛苦'。假如我朝即将对我判刑的法官的胸膛弯下腰,那个心脏也许会流着汗说道:

"'即便我负责为他人判刑,但我也很痛苦。'

"混账上帝,你意识到了吗?任何一张扭曲的嘴都会翻搅诅咒的酸涩。呃……呃……呃……有什么喊叫声配不上人们肮脏的嘴吗?告诉我。另一声喊叫更尖锐,像刚出生的猫的叫声。咦……咦……咦……还有一声发自胃部的喊叫。另一声震耳欲聋,让面孔在一分钟的时间里因恐惧而扭曲。诶!你对此怎么看?另一声发自全身的喊叫,来自所有表面的巨大痛苦,犹如钉在身体两端、伏在脊髓之上的弓形薄板,一端钉在颈椎,另一端钉在脚后跟。

"还有来自腹部的喊叫,当心脏因痛苦而扩张从而震动胸膜时,来自腹部每一个角落的喊叫?以及在埋下脑袋时,从喉咙发出的可怜且缓慢的喊叫?啊……啊……所有那些来自肉体、肌肉、骨骼和神经的吱嘎声都在夜晚的沉寂中爆发,只需要把头埋向地面。你不想那么做,但你闭上了眼睛,慢慢弯下身子。所有的神经都变得麻木,身体变得僵硬,没有任何痛苦。你合上双手、紧压骨头也没用,即使把指头压断。没用,你感到痛苦……呃?你说什么?你把头埋向人行道的地面,站在屋子的台座旁,在小狗尿尿的地下室的方形出口旁,突然你闭上了双眼。你将会明白,生活让痛苦变得完美,犹如制造者让内燃机变得完美一般。"

一名警卫在埃尔多萨因的跟前停下了脚步,仔细地打量着他。警卫意识到面前这个人正处于幻觉之中,置身在一条空想的街边,于是他耸了耸肩,继续前行。

雷莫走进了公寓。他期待着对眼女会在房间里,但女孩却不在。她可能已经睡了。

此刻,他关在自己的房间里,觉得角落里好似有一只老鼠。在那只老鼠的后面,还有另一只,又一只。埃尔多萨因斜眼看着那些灰色的害虫,沉郁地微笑起来。

"如果跟人们讲述那些全身闪亮、额头紧压着一枝月桂的人,人们也会像那样跑开。那些人眨一眨眼,一束束光线就会像花儿般落下。他们的躯干弯曲,像柳条一样呈弓形垂下。还有那些躺平的女人,微微张开的嘴唇迎接着落下的花瓣。为什么没人谈论这些事？我悲哀地问自己，我身处的是我所属的星球吗？还是我来到了错误的地球？要是一个人弄错了星球的话，那可真是好笑。"

自言自语突然让他感到精疲力竭。埃尔多萨因看向一侧，瞧见数不尽的灰老鼠尾巴紧贴着地面，跑过来躲在他的皮肤下面。但它们没有占据多少空间，没有为他带来什么感受。

"还是说缓缓到来的死亡会安抚灵魂，慢慢将灵魂压扁在地面，让它渐渐习惯永久性的水平状态？"

他感到一个幽灵正紧紧按住他的胳膊，用钢铁做的衬裙将胳膊包裹起来。他使劲晃动身子，仿佛想要摆脱隐形的捆绑，在齿间喃喃道：

"恶魔，放开我。"

他微笑着喃喃道。

憎恶在他的肌肉里剧增。他想要变得强大，从而击溃那个逐渐将他压扁在地面的看不见的敌人。他皱起眉头思考着，好像需要立即做出反攻似的：

"没人能够捍卫我们的'生'或'死'。我们的身体和我们的双手是多么可怜啊！它们只能触摸到二维的事物。

"因为假如我们可以触摸到三维的事物，我们将能够穿越高山、铁矿、被黄色爵士乐队的'布鲁斯'震颤的砖石建筑，以及因歇斯底里而过热的发电机……噢！噢！……"

他每发出一声"噢！噢！"都静止不动。他在房间里踱步，感到一穗穗纸片在太阳穴附近，在脑袋周围呈波浪状抖动。一阵上升的风吹起纸片，他感到自己失去了理智。电流从他的发尖溜走，让他毛发耸立。

他看向远方。他的目光越过屋顶、晾着衣服的绳子、烟囱、花园，以及被压扁成实心的牛至和生菜园的水平景象。他观看，不再观看，仿佛在评估某个应聘者似的，非常严肃地对自己说：

"一定得真诚。你想要什么？"

他不由自主地摇了摇脑袋，好似被打晕的拳击手。有人冲他拳打脚踢，嗡嗡的风声蹭过他的耳畔。

"一定得真诚。你想要什么？"

他艰难地躲避开，丧失了对距离和光的感官；周围的一切都被罩上了一层薄雾。

"而你将会因为受到极度凌辱（这是秘密，秘密，埃尔多萨因的灵魂尖叫道），因为驼背走去厨房在沉思中洗碗……而获得快感。"

埃尔多萨因感到自己感官的好几根弹簧脱离了底座，牙髓在颤抖（这是秘密，秘密）。

"你的背会弯得越来越厉害，于是人们可以行走在你的身上，你将变成隐形的人，简直就像一席地毯一样。"

如果埃尔多萨因拉起内心憎恶的一端，线轴肯定会就此展开；但他不敢，于是他憎恶的端口挂在那里，挂在他胸膛的匣子里，与此同时，他不知道该做些什么。

他想起曾经体验过的通奸的幸福与光泽，再次提出那个问题：

"我是不是搞错了星球？"

他不想坦承自己是多么怀念那些布满小山丘的平原，多么怀念某个地区的人讲完全不同的语言、穿完全不同的服饰的国家。他将会穿着暗红色的长衫，手里拿着一个钵，在裹着毯子的蠢货和挥着耙子的女人之间乞讨。

他的痛苦加剧。他独自一人，一个人，置身于一个计算立方根的机器以及有声电影的时代。距离被青筋鼓起的后脑勺、压得紧紧的帽子以及颧骨凸起的面孔覆盖。埃尔多萨因心想："可以用机关枪和催泪弹把所有这些贱民一一歼灭。人是靠不住的。"突然，一个十分恐怖的念头出现在他的心里：

"地球上满是人。满是人们生活的城市。满是人们居住的家。满是人们的物品。无论走到哪儿，都会遇见男人和女人。行走的男人，以及跟在他们身后也在行走的女人。无论风景是红色的石头和绿色的香蕉园，还是蓝色的冰和白色的边境。抑或溪水在卵石和云母之间咕噜流动。人类和他们的城市已经渗透到了每一个角落。"

他心想，存在着无边无际的墙。安装了高速电梯和混合电梯的建筑——需要上升到如此高的高度。他想到有地下三层的火车，一层地铁，另一层，再一层，以及飞速吸入充满了臭氧和电解粉末的空气的涡轮机。人类……噢！……

"那一切有什么用？潜水艇、高炉和机器有什么用？每立方米里都有一只白猿，带着悲哀的目光沉思着它柔软肌肤的脆弱性。梅毒生活在漂浮着弧菌的咸乳液里。突然，白猿伸了伸懒腰，悲哀的眼睛发出光芒，睾丸像狮子那样悬在空中，手脚并用地爬向雌猿，雌猿骑在一台高耸的机器的钢管之间，悲哀地等待着他。一滴油沉沉落在地板上，泛白的阳光通过天窗的玻璃从高处照射进来,透出星球暮年邪恶的光亮。"

埃尔多萨因嗅探着他小小的幸福。某一天将会是那样。接着,他看见白猿再次回到石砌的立方米,坐下来,一只手肘支在膝盖上,下巴撑在掌心。与此同时,皱起的皮肤在额头移动,质疑着那滴油是从哪儿来的。这些想法让埃尔多萨因感到害怕,他惊恐地抱住脑袋。他的痛比大海愚蠢的波浪还要单调,灰色覆盖在灰色上面,黑色覆盖在黑色上面。他时不时感到惊讶,他对自己说这种痛在几年前并不存在于他体内,他的痛苦成倍增加,剧增的绝望在他醒来时重新出现,一直到入睡时为止。

他的身体没有任何休憩的片刻。他甚至觉得无论转到哪一侧,眼前都挂着这样一个招牌:

你必须得受苦。

他孩子气地摇头否认:

你必须得受苦。

时不时地,他的目光像高烧者那样被赋予了一层玻璃般的透明感。受苦的疯癫让他焦躁不安。他的疼痛永远不会结束。即使在睡觉时,他也会受苦。

他做的梦都很浑浊,像被阴影塞满的高屋顶的房间那般荒凉。他独自前行,不惊醒任何回声,与幽灵交换几句健忘的话语,那些幽灵依然求着他讲述自己在地球上的行径。

他感到自己的脚尖踮在跳板的边缘，即将被抛入虚无。

接着，他返回到自我的意识中，被抛弃的痛苦依旧在那里，更加炽热，灼烧他的太阳穴，沉沉压在他的眼睑上，将他的双手往下拉。

他想要反抗这股内脏发出的毒害他心智的臭味，想从他的肉体逃脱。他知道自己即使连在膝头放声大哭的权利也被剥夺了。

什么时候是个尽头？他不知道。唤醒他的每一天都跟前一天同样凶猛残忍，唤醒他的每一天都在他眼前勾画出一座监狱的高墙，在犯人眼中永远都是同一座高墙，在他睡着时被遗忘了的高墙。他带着对自身的怜悯触摸面孔，抚摸双手，摸摸额头，遮住双眼。他的怜悯不足以耗尽生活的痛苦，后者对他而言已经成为一种未被定义的惩罚。

消耗的火，缓缓在他的体内燃烧。

有时候他会想起过去的时光，于是对自己感叹那时真是无尽幸福。现在，撒旦掌控了他，缓缓将他烤干。

当他体内萌生出某个在他看来有些过分的词，他会自我纠正，仿佛在欺骗命运似的。于是他会在那一刻再次感到痛苦的确像一块微微燃烧着的炭一样，将他慢慢烤干。这般生死不如却又不是死亡，比终将到来的死亡更加糟糕。

他想起了瞎女人。盲人会感到痛苦吗？聋子呢？那些不能说话的人呢？火车车厢里那个面色苍白、绿眼睛、黑鬈发的女孩如今是什么模样？

孩子气的词语在他的腑脏里翻腾。有些词语让他不得不本能地闭上眼睛。比如：

大地。人。孤独。爱。

他的目光变得更加尖锐，对自己说道：

"人真的有那么害怕死亡吗？既然死亡是休息，它又怎么会让人如此焦虑呢？"

而在他这样想的同一瞬间，他对自己说：

"机械的现实用机器的巨大轰鸣让人们的夜晚变得聋哑，于是人变成了一只悲哀的猿猴。有时候，它们距离机器只三步之遥的身体躲在阁楼里，逐渐弯曲；双手把脚上的靴子脱掉，衣服落在地上；接着，身体走到镜子边，凝视一阵子；随后，它们拿起一块麻布，盖住身子，闭上眼睛睡觉。有的时候，身体的一部分会插进一个小孔，把精液清空，两具身体厌倦地分开，在自己的那一侧汗淋淋地入睡。然后，肚子慢慢变大……这即是全部。"

埃尔多萨因感到自己陷入了末日恐怖的齿轮之中。一道带齿轮的弧线垂直占据了天空的一半，直到顶点，它缓缓转动，在宽如建筑外墙一般的齿轮间将一具具身体吞噬，身体随即在齿轮的接合处消失。

"他不由自主地了解了多少事啊！其中最主要的一件：在全世界所有的道路上都有房屋，平顶、斜顶或双坡屋顶的，带栅栏的。在这些屋子里，蛔虫一样的人类出生，发出微弱的叫声，被一个苍白且龌龊的怪物喂养、成长，学会一门其他几百万蛔虫都不懂的语言，最终要么被他人压榨，要么奴役他人。"

埃尔多萨因的目光在黑暗中逐渐敏锐起来。让他窒息的压力变得邪恶且快活。他想要大笑，目光变得更加敏锐。他感受到大海的运动，脚下感到钢穹的冰凉……

力量……憎恶……

真相也不在大炮里……

他返回到基督教的深邃中。念出那个名字：

"耶稣……"

真相也不在那里。

他再往下坠了一些，感到自己仿佛在试探一间地下工厂的拱顶。十分巨大。人们穿着潜水员的衣服，防水的潜水服浸满了油，他们在绿色气体的薄雾中移动。大型的压缩机将毒气通过管道输入钢板的气缸里。白盘子般的气压计显示着气压的读数。升降机上上下下。当绿色的云雾挥发后，工厂就变成了黄色。在黄色气体形成的帘幔中，穿着潜水服的怪物们像黏在一起的灰鱼一样游来游去。

真相也不在那里。

他在暴怒中坠得更深，穿过一层层地质层。

他被高墙包围起来，最终大喊道：

"我再也受不了了。"

他倒在床上，像白痴一样呆滞不动。

星期天

神秘的访客

埃尔多萨因很少追忆起童年时光。这可能是因为他的童年缺乏属于自己的玩具,而且还有一个残暴专横的父亲,哪怕犯下再小的错误也会被他狠狠惩罚。

雷莫的童年几乎与外界隔绝。他从七岁就开始感到悲哀——但当时还是个孩子的他无法把那种逼迫他被困在家里某个角落的感受定义为悲哀。由于性格孤僻,他无法与其他同龄人维持友谊。他们的关系很快恶化,变为吵嘴打架。过度敏感的他受不了玩笑,任何稍微有些刺耳的话都会让这个沉默寡言的孩子以一种难以言喻的方式感到痛苦。埃尔多萨因印象里的自己是个阴沉、闷闷不乐的小孩,一想到上学就让他感到十分恐怖。他憎恶那里的一切。学校里有几个粗暴的男孩,他隔不了多久就会跟他们打一架。另一方面,那些有教养的孩子却回避他野蛮的举止，被他某些早熟的念头震惊，带着一丝掩饰得很糟糕的轻蔑注视着他。对他而言，这种来自弱者的蔑视，比那些强壮于他的男孩们的拳头更让他感到痛苦。那个小孩在不知不觉中渐渐习惯了孤独，甚至爱上了孤独。有教养的孩子的轻蔑无法钻到那里面去找他，更强壮的孩子令人厌恶的斗殴也无法进到那里。

埃尔多萨因记得还是个孩子时的雷莫轻盈愉快地在孤独里活动。一切都是属于他的：光辉，荣耀，胜利。从另一方面而言，他的孤独是神圣的；他并没有清醒地意识到那一点，但他已经留意到，在孤独里，即使是他父亲也无法剥夺他从想象中获取的快感。

然而，那个星期天的早晨，在慈悲教堂的钟声呼唤教民的同时，埃尔多萨因穿着衣服，侧躺在床上，将心思集中在某个童年的回忆上面。不知道是出于什么原因，这个回忆随着时间一分分流逝，在他的记忆中逐渐变得清晰起来。

一个穿着短裤、卷起衣袖的小孩，金黄色的脑袋十分挺拔，小心翼翼地打开了鸡圈的门。

男孩好奇地盯着母鸡看了一阵子，母鸡啄食着夜间撒落在地上的食物残渣。突然，男孩微笑起来。他捡起一个空罐头，装满了水。随后，他走到鸡圈的一角，用一根带尖头的棍子刨土，为了"修建城堡"而和泥。男孩的整个前臂直到肘部都沾满了淤泥。

小孩微笑着愉快地工作。他忘记了下午还要去上课；忘记了教室里架构如黄油布一般的光秃且污秽的墙壁带给他的恐惧；

他忘记了在月底对成绩簿"不及格"的担心,专注地和泥,筑起矮矮的墙壁。

城堡(通常指这种形状的建筑)是一个直径约五十厘米、高二十厘米的多边体。齿状的城墙上设有炮眼和垛口,围在城墙里的包括瞭望台、炮塔、碎屑搭成的桥以及牢房,并且通常都有地道。男孩耐心地用胳膊在城墙下的淤泥里挖出地道,这样一来,被围剿的人就可以成功逃脱。

三角形的炮塔守卫着城堡的每一个角落,塔尖使得"炮弹射击的靶心范围很小"。小埃尔多萨因经观察发现石头在城墙的斜面滑落,比在水平面的"摧毁性"更弱。

母鸡们认出了男孩,于是不再啄食,而是认真地盯着他。公鸡有时会拍打一只鸡的脊背。埃尔多萨因并没有太在意这个行为,但即便他对此十分漠然,也忍不住会偶尔带着一丝有些担忧的迟疑问自己:"公鸡为什么会那样做?"

七岁的埃尔多萨因十分单纯,他本能地憎恶那些满嘴下流话的男孩们。他不想因为听见那些话而感到羞愧,但只要有人说一句脏话血液就会上升至他的脸颊。

现在,吸引他注意力的是在阳光下晒干的城堡。他带着建筑师的骄傲凝视着它。接着,他陷入了沉思。什么样的人物可以成为城堡的居民?海盗还是将军?如果是将军的话,他得住在非洲的海岸。但将军不会是好人,否则他也就不会围剿城堡、用大炮摧毁它了。

事实上,埃尔多萨因一旦建好了城堡,他的乐趣就在于摧毁它①。

他从二十米的距离外,"用碎石瓦砾轰炸被围剿的城堡"。小雷莫在扔了十块十五块石头后,昂首挺胸地走近堡垒。他两眼放光、充满热情地研究瓦砾砸在淤泥筑成的炮塔上的效果。他仔细计算城墙对新一轮进攻的抵抗力,裂缝的方向,桥是在什么情况下塌陷的,瞭望台又是怎么被瓦解的。

这个游戏对于小雷莫而言意味着无穷无尽的一个人的快乐。

由于他通常把堡垒建在由两道砖墙构成的角落,那些没有碰到"城堡"的石头就会在墙壁上反弹,激起红色的尘雾,为堡垒覆上一层巧克力色的粉末。男孩在看见飘浮在空气中的红色粉末时,会想象那层薄雾实际上是由一个隐形"炸弹"的火药形成的,于是他加强"炮击"的火力,受到惊吓的母鸡们使劲拍打着翅膀,贴着地面跳来跳去。

堡垒在炮弹的攻击下缓缓被瓦解。

炮塔倒下后露出圆形的地基,木桥塌陷在地牢里,有的时候,尖塔会奇迹般地幸存下来,高耸在布满了红色粉末的坍塌的炮眼和堡垒之上。当城堡被彻底摧毁,就连用于"逃脱敌人"的地道的屋顶也被掀掉时,儿时的埃尔多萨因就会满身大汗地微笑着坐在堡垒边上,脸上溅着泥点,手臂一直到肘部的位置都呈巧克力色。他的眼睛死死盯着早晨的天空,目光追随着在光润的拱顶天空滑过的云朵。再次安静下来的母鸡们来到他的

---

① 我们可以在埃尔多萨因儿时的这个行为中找到成年后的他几乎总是会系统化地摧毁那些他最心爱的事物的相似性吗?——评论者注

身边,最勇敢的一只用一只眼窥视着小男孩,另一只眼看着碎石子,伸长脖子,在城堡的废墟中啄起食来。雷莫像上帝一样无动于衷,明白自己比母鸡们更高级,因此由着它们去,静静观看着。事实上,小埃尔多萨因发现在云朵的边沿,天空被装饰上了一条泛绿的流苏。他非常容易地想象到这绿色来自于某条河畔的野生苇塘,他可以在那里尽情玩耍,而不用去上学。哎!要是能够生活在云端上——小雷莫心想——就不用去上学,不用走进漆着棕白色石灰的可怕的教室,不用听粗鲁暴躁的老师用磨损不已的深色教鞭指着"尸体"的膝盖骨讲课了。

突然,一个刺耳的声音在他耳畔回响。

"傻瓜,你做作业了吗?"

一阵令人心碎的痛苦出其不意地侵袭了男孩,让他的灵魂颤抖。说话的是他父亲。

他在一瞬间变得渺小起来,被侮辱到难以言喻的地步,于是走去洗手。他感到挫败、孤独、忧伤,仿佛脊椎被踢断了似的。如果父亲能够侮辱他,那其他人又怎么会没有侮辱他的权利呢?他低下头,经过父亲跟前,感受到父亲凶狠的目光死死钉在他的后颈,不断加深对他的侮辱。

在别的一些时候,父亲会把他从他的游戏里连根拽起,拖他去清洗厨房的地板。柔弱的小雷莫在高大的男人面前,用因愤怒而颤抖的目光盯着他,而冷酷的父亲则死死盯着他的瞳孔。男孩弯着腰走到水池去找"擦地板的抹布"、一个需要装满水的大盆子,以及一把僵硬的猪鬃挫刷。

他一边擦着厨房的瓷砖地板,一边心想,要是班上的同学知道了表面看起来和他们穿着同样校服的他在自己家的厨房擦地板，一定会哈哈大笑起来①。

小男孩更不可能将自己的生活与其他同学的生活对比。那些孩子的父母会在放学时来学校接他们，亲吻他们。他的父亲从来不曾亲吻他。为什么？相反，他不断地侮辱他。为了辱骂他，父亲会动一动嘴巴，仿佛在咀嚼毒药，然后吐出残忍的凌辱：

"狗日的，你为什么没做这个？狗日的，你为什么没做那个？"

他总是在提出问题前使用"狗日的"这一称谓。

小埃尔多萨因的双眼因激动而放光，他在盆子前弯下腰，把双臂伸进水里，一直没到手肘，用发红的双手拧搓粗糙的抹布，抹布在他的皮肤上留下鲜红的纹路。

炙热的眼泪顺着红润的脸颊流下来，但这些泪珠的滚落为他小小的心脏渗入了一阵十分甜蜜的安慰。"我就是这样学会在泪水中找到幸福的。"他后来对我说道。

缓缓的钟声从慈悲教堂传到埃尔多萨因的房间，他一直侧躺在床上。回想起破碎的童年润湿了他的双眼。他喃喃道：

"多么可怕的生活啊！"他的额头皱起深深的沟槽。

他继续自言自语道：

---

① 在这些事件中我们可以找到成年后的埃尔多萨因与一个强迫他做极度侮辱他尊严的事情的女人联姻的欲望在潜意识中的根源。男孩的痛苦感，他唯一的"快乐"，后来在同样痛苦的男人身上因对童年时光的纯洁质朴的怀念而再次出现。——评论者注

"我没有童年，没有同学，没有父亲、妻子，也没有朋友。这难道不恐怖吗？"

心脏小心谨慎地跳动着，仿佛害怕会碎掉似的。他不再回忆悲伤的过去，而是沉浸在——他也不知道过了多长时间——一种比午睡更稠密的昏睡状态之中。

突然，他的意识返回到现实，某个偷偷走进他房间的人轻轻碰了碰他的肩膀。然而，埃尔多萨因还没决定要醒过来。他试图在不睁开眼睛的情况下弄清楚那股此刻出其不意地弥漫在房间里的蓖麻油气味来自何处。

召唤他的人继续轻轻触碰他的后背，想要叫醒他。埃尔多萨因非常缓慢地半睁开眼睑，那样一来，他可以悄悄窥视，但却不会暴露自己已经醒了过来。

他一动不动，尽管他感到惊讶不已。他的访客站在床边，结实的双臂交叉在捆了三重皮带的披风前，凝视着他。最引人注目的是那个陌生人穿着战壕服。他的头上戴着一顶钢盔，脸上罩着毒气面具。埃尔多萨因弄不清那个面具是用于哪种战争的。面具由一个黑漏斗以及位于眼睛高度的两个玻璃圆片组成，漏斗的最末端有一个小小的铝制水平圆柱体，两侧装有螺丝钉。从那里伸出两根环状的橡胶管，橡胶管插在一个通过三重皮带挂在胸前的小袋子里，皮带穿过后背，拴在腋下。面罩让陌生人看起来很古怪，像一个长着熊脑袋的男人。此刻，埃尔多萨因抬起头，用手肘支撑着身体，打量着将他的访客紧紧裹住的披风，披风因为浸过油而可以防御毒气。披风是如此庞大，它的边沿扫到短靴的后跟，靴子的磨损程度令人难以置信，而且还覆盖着干硬的淤泥。

雷莫并不太信服,摇了摇头,喃喃道:

"您为什么不把面具摘下来?这里又没有毒气。"

陌生人取下头盔,露出被面具的三条带子绑起来的头颅。他解开扣襻,小心翼翼地移开用几个夹子夹在鼻子上的装置,深深吸了口气。

埃尔多萨因打量着士兵精致的面孔,黄色的眼珠和咬紧的薄嘴唇透露出一个"贪婪与残暴的灵魂"(我在这里引用的是埃尔多萨因的原话)。然而,陌生人应该是病得不轻,他的嘴唇和耳垂都笼罩着一层薄薄的紫晕。

"您也可以把手套脱下来,"埃尔多萨因坚持说道,"这里没有毒气。"

男人艰难地从跟身上其他衣服一样也浸过油的手套中取出消瘦且呈深黄色的双手。

但事实上,陌生人唯一担心的应该是他的防毒气装置。他用目光寻找放置它的地方,后来好像终于找到了。他极度小心地对折橡胶管,调整固氧的螺丝钉,把机器当作玻璃似的谨慎安放在桌子上。埃尔多萨因看着陌生人弯向桌边的后背,发现他的腰带上挂着一把粗大的曼利夏手枪。

埃尔多萨因根本没想到要告诉那位神秘的访客他的制服有点儿过时了,因为战争已经结束了。相反,他觉得男人穿着跟战壕里的法国兵一样的制服是件很自然的事。

陌生人再次将钢盔架在脑袋上,像老虎般迈着迟缓且有弹性的步伐转向埃尔多萨因。埃尔多萨因明白自己应该接待一下陌生的访客，但他根本不想从床上起身。他把双手放在脖子下面，斜眼观察着对方，最终没能找到比用温柔的声音说出下面这番话更友好的欢迎方式：

"您看起来好像病得很厉害呢？"

对方埋着脑袋，用靴子的后跟磨蹭着地面，仿佛拳击手在拳击场的一角用鞋底研磨塑胶，等待着锣声的响起。钢盔的帽檐在他的脸上投射出一个半圆的阴影，直到嘴唇的位置。

"是的，我病得很重，不知道能不能熬过今晚。我中了毒气。"

"我恰好在研究毒气。"

"您想开启战斗吗？"

"我们得终结它。您不觉得时机已经到来了吗？您瞧见这个世界处于什么状态了吗？人类从未经历过像现在这样的憎恶危机。地球最近几年的样子简直跟一个好色者的临终没什么两样，两者都死死抓住所有唾手可得的快感。"

"您研究什么样的毒气来终结这一切？"

"光气。"

神秘的访客露出谨慎的笑容，微微皱起嘴唇，与此同时，他的黄眼珠发出老虎瞳孔一般的光亮：

"'路易氏毒气'可能更好。光气不错，但不太稳定。"

"您瞧，它的哈伯指数为 450 的毒性……"

"那不重要。我们最初使用的是光气，后来换用二氯乙基硫。在战斗开始后没几天，接触过毒气的肉体像麻风病人的皮肤一样裂开。我们也用过乙基氯磺酸，比火更具腐蚀性，沾了毒气的人就好像喝了硝酸一样，他们的舌头变得像大象的舌头那么厚，内脏仿佛用二氯化银进行过解剖似的。为了换个花样，其他人采用了氯丙酮。我记得我们中有一个人，他面具的玻璃碎了。二十四小时后，他的眼睛比肝脏还要红。那真是一幅悲伤又奇特的画面，在那个男人枯黄的面孔上，眼窝外挂着两个红色的肝脏，不断喷射出汩汩眼泪，即使往他的双眼敷上带蛋黄的卫生棉也无济于事，他消失不见的瞳孔流出潺潺泪水。当他抵达后方检疫所时已经完全瞎了。"

埃尔多萨因令人难以察觉地笑了笑。

"最奇妙的一点在于，所有那些可怕的毒气都是由正直的一家之父发明的。"

中了毒气的男人在浸满油渍的防水衣下面冷得发抖，回答道：

"的确如此，几乎所有化学家都结婚得很早，仿佛化学对组建家庭的趋势有所影响似的。"

埃尔多萨因强烈地感到想要嘲笑那个男人的欲望：

"您所说的是多么伟大的真相啊！组建家庭……他们和正经的姑娘结婚，一般会生三个小孩。"

中了毒气的男人严厉地补充道：

"我认识一位化学家，他的三个儿子分别叫作：氦、钨、钌。"

埃尔多萨因若有所思地辩解道：

"那些化学家难道没有想过，他们发明的毒气在未来可能会灼烧他们子女的肺部、撕裂他们的皮肤、挖空他们的眼窝？"

突然，神秘的访客严肃地问道：

"您有勇气把光气工厂的图纸交给'占星家'吗？"

埃尔多萨因完全可以用"关您什么事"来回答他，但他抑制住粗话，打了个擦边球：

"在化学的各个方面都可以找到关于毒气的数据。"

"是的……没错……"

"德国储备防毒面罩的仓库和这里的自动化酒吧①一样多。"

"你们会发起攻击吗？……"

"策略是攻击空军基地和军火库，掌控军火库……"

"无辜的人们会倒下……"

"在战壕里的你们犯下罪行了吗？"

"是的……"

"诶！……诶！……您在说什么啊？！"

"当然了，我们所有爬上过战壕的人都有罪。我们为什么要射击？为什么不让他们，让那些将军们射击？还是说您认为责任可以像支票一样转让给他人？不能。在战壕中杀人的士兵与在街上冷血杀死他人的人罪行同样深重。假如将军的数量多过士兵，就不会对此提出异议了。"

埃尔多萨因思考了几秒钟，说道：

"知道吗？那个残忍的游戏应当很好玩。"

中了毒气的男人焦躁地搓了搓泛蓝的双手：

---

① 自动化酒吧兴起并流行于20世纪初的阿根廷，由一排自动购买饮料和简餐的机器组成，机器背后是隐藏的酒吧工作者，而顾客则自行在机器上购买饮食，并在酒吧内的座位就餐。——译者注

"不,一点儿也不好玩,每个人都至少会时不时感到惊愕……我记得某天晚上,一个白磷手榴弹在我身边爆炸,爆炸将我抛到几米外的距离。当我转过头,看到一幅奇怪的场景,一块白磷嵌入了某个士兵的腹部,燃烧着白色的火焰,与此同时,那个士兵在空中大步地跳来跳去,试图把那些在胃下面光亮的洞口缓缓烧焦的肠子连根拔起。"

"你们'在那边'应该目睹过许多事情吧。"埃尔多萨因若有所思地推断道。

中了毒气的男人越来越频繁地按压防油披风的衣领。他说:"就连孩子也拥有战争的本能。"

埃尔多萨因拍了一下额头。他想起用碎石做炮弹击毁的堡垒。带着一丝顾虑,他说道:

"您说得有道理,但吸引孩子的是战争的诗意。"

中了毒气的男人拉了拉挂着曼利夏手枪的腰带。此刻,他咳了几声。很明显,那个男人身体并不太好,他的嘴唇被染成紫色,他的肺仿佛是由蜡铸成的。他担忧地看着他的防毒气装置。

"不应该问他这个问题。"埃尔多萨因对自己说,但好奇心在他的心里跳动。他终于下了决心,说道:

"您中的是什么毒气?"

"'蓝十字'[①]。"

[①] 在一战中,"蓝十字"代表刺激性毒气,"绿十字""黄十字"分别指窒息性毒气、芥子气。——编者注

埃尔多萨因对自己喃喃道：

"'绿十字'！……'黄十字'！……'蓝十字'！……噢，地狱的名字组成的诗歌！耶稣在每一个十字的后面：'绿十字''黄十字''蓝十字'……氰化物，砷化物……化学家们都是正经人，他们年纪轻轻就结了婚，生下孩子，教导他们热爱那个杀人成性的祖国。"

中了毒气的男人坐在扶手椅的边沿哆嗦着，仿佛置身于一间极度寒冷的房间。慈悲教堂的钟声呼唤教民去参加弥撒。埃尔多萨因悲伤地观察着他的访客，访客靠在椅背上，把浸满油渍的披风的衣领使劲按压在胸口。他的面孔完全变成了蓝色。

他的怜悯中掺杂进一阵强烈的好奇。他做出一副满不在乎的模样，随口说道：

"也就是说，你中的是'蓝十字'啰？"

对方用粗糙靴子的后跟磨蹭着地板，仿佛拳击手在拳击场的一角磨蹭地上的塑胶。他搓了搓双手，带着愕然的寒噤，缓缓说道：

"是在回击炮位战中。两天前，白磷炸弹在撒旦的夜空划出一道道雄伟的瀑布。土地上浸满了烟雾。水里浸满了烟雾。衣服浸满了烟雾。金属再也无法抵抗。甚至连步枪也被氧化了。润滑剂失去了柔滑性。我们筹备着回击炮位战。百分之七十的'蓝十字'，百分之十的'绿十字'。面罩的过滤层已被穿破。我们开始在棱堡的泥土中倒下，与此同时，白磷瀑布奇妙地在头顶绽放，倒在泥坡上的士兵们，双腿缠在一起，披风变得僵硬，看起来并不像死去了，而像睡着了一样。噢，毒气战的诗歌！"

埃尔多萨因听见对方重复他私密的想法而感到惊讶不已。突然，中了毒气的男人站起身来。他看起来异乎寻常地高大，让埃尔多萨因不禁战栗，仿若在仰望上帝一般。穿过陌生人胸前的皮带犹如一记威胁。他在房间里踱步，发射出一道残忍的目光，在头盔的帽檐下，映出老虎瞳孔般的黄色光泽……

他发疯了似的自言自语道：

"'黄十字'！……'蓝十字'！……芥子气……芥气……反击战的炮兵指令……百分之六十的'蓝十字'……百分之十的'绿十字'……天亮时，红色的太阳照耀在歪斜的柱子支撑着的铁丝网上方。风吹起有毒的尘埃，让它们在歪歪曲曲的战壕中几公里几公里地蜿蜒前行。土块被黄色的氧化物覆盖，红色的太阳缓缓上升，穿过尘土，铁丝网歪斜的柱子在沉郁的洞穴底部投影出错列的阴影。"他转向埃尔多萨因，再次问道：

"您会把工厂的图纸交给'占星家'吗？"

埃尔多萨因辩护道：

"那些数据在所有战争的化学中都可以找到。"

中了毒气的男人抽搐地咳嗽起来。他大概是焦虑症发作了，因为他在用肘部按住下肋骨的同时，缩紧身子，用拳头支撑着下颌。他本已失去了血色的面孔再次被染成蓝色，直到耳垂的位置。他忧虑地看着他那个带有环状橡胶管的防毒气装置以及熊一样的脑袋。他缓缓戴上手套，整理了一下腰带，一阵超凡的平静降临在他的身上。埃尔多萨因用因崇拜而失色的双眼看着他，他想要在那个了不起的男人面前下跪。

中了毒气的男人依旧紧闭着嘴唇，挺直身体，凸起的双眼

在头盔的帽檐下发出超凡的光亮,注视着一幅阴险的战壕全景图。在埃尔多萨因为自己无止境的伤心静静哭泣的同时,他缓慢地说道:

"我的同志们啊!我的同志们在哪里呀?

"他们粉身碎骨,遍布在所有的道路上,在壕沟里被烧死,被铁丝网撕裂,在漏斗底端被毒死。我的同志们啊!……比我的痛苦还要巨大的上帝啊!……"

埃尔多萨因默不作声地哭泣,用手臂支撑着脑袋。炙热的泪水从他的脸颊流下。

中了毒气的男人朝埃尔多萨因弯下腰:

"哭吧,我的孩子。你还需要流很多泪。直到你的心彻底碎了,直到你像爱上自己的痛苦那样爱上其他人。"

"我从来没有,"埃尔多萨因后来告诉我,"感受过比那一瞬间更奇妙的慰藉。我跪在中了毒气的男人跟前,握住他的双手,亲吻它们。他并没有看我,他的目光死死盯着可怕的远方。他将一只手放在我的头上,说道:'你小时候喜欢玩天真又残忍的轰炸堡垒的游戏。现在你长大成人,想要把小时候独自一人轰炸城堡的游戏换成毒气工厂的游戏。小屁孩,你还要玩到什么时候啊?'

"我亲吻他的双手,一阵猛烈的痛苦扭绞我的灵魂。

"我离开他的身体,亲吻他破旧的靴子。他一动不动,皮带穿过胸前,凸起的双眼发出超凡的光亮,看着远方。我对他说:'父亲,我的父亲。我孤独一人。我一直都孤独一人。饱受痛苦。我应该做什么?父亲,我从小就被毁掉了。从开始生活起。

一直都被毁掉。被拳头、被羞辱、被咒骂毁掉。父亲，我受了太多苦。'"

话语从埃尔多萨因窒息的抽泣中溜了出来。哭泣让他感到窒息。

"此刻，我再也受不了了。父亲，我体内满是瘀青、伤口。我像一头牲畜一样被击溃，跟在屠宰场一样。"

泪水像雨滴一样从埃尔多萨因的面孔流下来，落在地板上。

突然之间，一阵超凡的安宁进入埃尔多萨因的体内。当他抬起头，中了毒气的男人已经不在了。

他永远都无从得知那个神秘的访客究竟是谁。

不能提及的罪

巧克力肤色的女仆瘸着腿走进埃尔多萨因的房间。他看着那个黑白混血儿满溢着逆来顺受的温柔面孔，在那一刻问自己："这个可怜的小畜生的灵魂是什么模样？"

"一位女士找您，"瘸女人说道，"一位身材高挑的金发女士。"

"请她进来。"说罢，雷莫从床上起身。

露西安娜·埃斯皮拉走进房间，站在埃尔多萨因跟前。

他冲她伸出手，但她却没有理会。雷莫的胳膊悬在空中，露西安娜带着宁静的怜悯看着他，说道：

"那天晚上你为什么要那样侮辱我?你能告诉我我做错了什么吗?……爱你,因为你对我们很好……"

埃尔多萨因生气地站着,一句话也没说。他死死盯着地面,双手插在口袋里。

"你为什么不说话?雷莫,你怎么了?告诉我。我留意到你有点儿反常已经好一段时间了。你好像患上了什么病。然而,你却什么也不说。你比从前更胖了,然而,你看其他人的眼神仿佛在嘲笑他们似的。即使你没有意识到,我一直都在观察你。你有一个悲哀的秘密。"

雷莫撞出一声干笑。他的骄傲同女孩的话语在他心里激起的温柔在辩论。露西安娜缓缓闭上眼睑,坐在沙发边上,说道:

"我并非要求你爱我。不。爱或不爱都无法强求。要是这样,我们的心可真是可怜啊!"

埃尔多萨因惊讶地看着她。

"你再说一次。"

"说什么?"

"你最后说的那句话。"

"要是这样,爱或不爱都无法强求……你看看我们的心是不是很可怜!"

"的确如此……"

"告诉我,你对我们的态度为什么发生了这么大的转变?"

"我想一个人待着。"

"为什么想一个人待着?"

"我就是想一个人待着……我想要一个人……"

"你像小孩一样固执。告诉我,你为什么想要一个人待着?"

"呜呼,你这个女人啊……我就想一个人待着……告诉我,我难道没权利一个人待着吗?"

"为了什么?为了像你现在这样折磨自己吗?"

"关你什么事吗?……"

"我担心你,因为你很悲伤。"

"我不抱任何希望。那是最糟糕的事。我永远不会抱有任何希望。"

"说吧,我听你说。"

露西安娜不知不觉地跪在沙发边,手肘撑在埃尔多萨因的膝盖上。雷莫看着她,像某个亲临过的场景片段似的,想起河畔的木材厂①。他将负责会计,微笑地看着面目可憎的水鼠在河边大堆的木屑间露出尖嘴。

"你想让我说话?我能说的很少。我不抱希望。我无法再抱有希望。希望鼓舞着人们前行。一些人认为有了钱就会幸福,于是像野兽一样地工作,挣黄金。'死神'就是那样打他们个措手不及。另一些人认为'权力'能让他们幸福。他们一旦被赋予了权力,为了获得权力而施行的卑鄙行径则将毁掉他们对幸福的享受。

"少数人相信'荣耀',像奴隶一样创作毫无价值的艺术作

---

① 这则故事的评论者向埃尔多萨因指出,他"在河畔的木材厂工作"的梦想与埃米利奥·埃斯皮拉的愿望非常相似,后者也想要在河畔的木材厂工作,于是埃尔多萨因告诉他,很有可能是埃米利奥在某个情形下将那个梦想告诉了他,从而被他不自觉地据为己有。

品,末日的灾难会将之埋葬于虚无。他们会跟那些被'黄金'或'权力'困扰的人一样,咬紧牙齿,嘟囔着咒骂。但又有什么关系呢?他们在为了金钱、权力或荣耀而辛勤劳作的同时并不会意识到死亡的靠近。但是我,你想让我对什么抱有希望?告诉我。我朝一个女孩的脸上吐了口水。那个女孩过了一段时间回来找我。我于是问她:你愿意为了养活我而去街上卖身吗?她回答说愿意。我把她赶走了,她太令人同情了。我引诱过一个小女孩。被人打过耳光。偷过东西。没什么能分散我的注意力。我一直都很悲伤……"

露西安娜站起来,坐在埃尔多萨因的身边。她缓缓抚摸着他的额头。

"你为什么做那些事?你难道不知道作恶并不能获得幸福吗?"

"你又怎么知道我是不是在寻找幸福呢?不,我没寻找幸福。我寻找的是更多的痛苦,受更多的苦……"

"为了什么?"

"我不知道……有时候我会想象灵魂无法承受还未体验过的最大程度的痛苦,于是它会像锅炉一样发生爆炸。你瞧……我在这里成为一个女孩的男朋友。她十四岁。我把她买了下来……就是那个词。花了五百比索。我把自己拖进了一桩令人恶心的麻烦事。她的母亲会试图掌控我。与那个母兽斗争让我感到很有趣……会分散我的注意力。我心想着某天我将走进厨房,对她说:'伊格纳西娅太太,您女儿怀孕了。'那个可怕的老女人会对我说:'您必须得娶她。'于是我和她结婚……你意识到了吗？我不会反对结婚。"

露西安娜猛地坐直身体：

"你疯了吗？"

埃尔多萨因缓缓点燃一支烟：

"差不多吧，你说得没错。我没疯，但我很痛苦，都是一回事。"

他突然狠狠地哈哈大笑起来。

"露西安娜，你明白吗？我可以看见那幅场景。老女人，站在厨房，带着被触犯的神明一般的表情监视着正在加热的炸牛排，与此同时，在心里琢磨着给未成年的女儿打胎。相反，满脸惊愕的女孩则就那个塞在肚子里的东西产生奇思怪想。"

埃尔多萨因一边爆发出笑声，一边用双手摸着肚子。

露西安娜无法不惊讶地看着他。

"雷莫，你别笑……早点儿离开这里吧。"

他弓着背，站在露西安娜的跟前：

"离开？去哪儿？你可以告诉我吗？"

"去哪儿都可以……去北美……"

"你才是天真啊，你以为北美就没有一边加热炸牛排一边考虑着打胎的伊格纳西娅太太了吗？亲爱的，你太单纯了。无论你走到哪儿，都无法逃脱男人和女人的恶臭。"

此刻，他双手插在口袋里，在房间里走来走去。

"离开！你说得多么容易！离开去哪儿？在我更年幼时，我常常想着异域，那里的人们皮肤呈土地的颜色，戴着鳄鱼的牙齿串成的项链。那样的地方已经不存在了。全世界所有的海岸都被残暴的人们占领了,他们在大炮和机关枪的协助下在那里建立工厂,将奋起反抗的可怜的土著居民活活烧死。离开!你知道怎样做才能离开吗?……自杀。"①

露西安娜的胸腔发出一阵叹息。

"你之所以叹息,是因为我说出了真相。你瞧,另一个男人完全可以拥有你。你别否认。你处在生命的炙热时期。的确如此。我已经迈过了那条线。我是故意的——你要明白这一点——我故意走向恶的完善,换句话说,即是我不幸的完善。伤害他人的人实际上是在制造迟早会将他吞噬的怪兽。我被内疚困扰着。听我说……让我说完。我害怕夜晚。对我而言,夜晚是上帝的惩罚。我犯下过残忍的罪行。都要偿还的。我觉得自己还能再犯下两三桩罪行。最后一桩,可能会非常可怕。你瞧,我很冷静地在跟你讲话,是不是?通情达理地跟你讲话,不是吗?"

"在听他说话的同时,我对他无比怜悯,"露西安娜后来说道,"我觉得我面前站着的是地球上最不幸的人。"

"好了。没人能让我偏离我为自己规划的堕落的道路。总

---

① 埃尔多萨因在提到此般的残暴时说得没错。在这本书定稿时,法国的报纸刊登了以下关于中国的新闻:"共产党作家、《上海报》主编李伟森于1931年1月17日被英国人逮捕后转交南京政府,与另五名同志一起活活被烧死。他是《陀思妥耶夫斯基评传》的作者。在上海公共租界被英国人逮捕的作家冯铿被转交给国民党,于2月17日夜被处决。她是小说《重新起来》的作者。冯铿是在5月30日见证了一场英国士兵对学生的大屠杀后加入的共产党。柔石,作家,被英国人逮捕,交给国民党政府,并于2月17日夜被处决。"——评论者注

之,我的终点,我觉得很近了。你别害怕。我还不会自杀……我眼里的泪水都流干了。我通过让可怜的人们直到弥留之际都一直受苦而感到愉快,对,感到愉快,就是那个词,而事实上,那些人唯一犯下的罪不过是比我更卑微罢了。"

露西安娜入神地凝视着埃尔多萨因。他继续说道:

"我不记得听谁说过,《圣经》里提到过一桩不能提及的罪。神学术语是这样说的:'不能提及的罪。'我已经犯下了那桩罪。关于'不能提及的罪'到底指的是什么,神学家们还没有达成一致。只有异常敏感的灵魂能够为它分类……但却不能提及它,你明白吗?从那时候起我就生活在困扰中,仿佛我被驱逐出'存在'了似的。况且,没人能够理解我,你看看这是多么可怕的惩罚。假如我在这一刻被关进监狱,法官在我身上只会看见一张平庸憔悴的面孔。假如我走到一个女人的身边,对你所说的这一切一个字也不告诉她,她只会把我看作是一个可以与之'联姻'的男人。你来告诉我,背上扛着一个不能提及的悲剧是不是极其荒谬……没人对它感兴趣……即使连一个可能突然发疯大吼'我会永远爱你'的女人也不会对它感兴趣。"

露西安娜非常专注地聆听着埃尔多萨因的讲述。他在房间里踱步,说道:

"像我们这样的灵魂比一块硬化钢板还要硬。当有人对你说'我听明白了您所说的话'时,他其实并没有明白。那个人将反映在灵魂表面的东西与画面在灵魂中的渗入搞混淆了。它跟硬化钢板一样。在其光亮的表面映照出周围的事物,但事物的本质却并没有渗入其中……而我们,在外面的我们,能看见它。

可是，你为什么这样看着我？"

女孩羞得脸红到发根。她缓慢地站起来，走到门口，关上门，转动钥匙。房间的空泛变成灰色。埃尔多萨因靠在桌角。露西安娜抬起双臂，用手指抱住后颈。她的目光迷失在虚无之中。接着，她转向埃尔多萨因，对他说：

"我想让你看看我……你看。"她一下子扯下长袍，露出乳房的白色弧线。

埃尔多萨因凝视着她，一动不动。

衣服像旋风似的落在女孩的大腿周围。她的衬衫挂在一只手臂上，与脑袋围成一个斜三角形。她宽大臀部的乳白色为房间注满了壮丽的光芒。埃尔多萨因看着她圆圆的乳房，被紫晕环绕的乳头，从紧闭在僵硬的大腿之间的阴部露出来的一绺金色的毛发，心想：

"只有巨人才能授精给她。"

露西安娜斜靠在沙发上，双腿依旧并在一起，一只脚放在另一只脚上面。一边乳房侧面的圆形压在缩着的手臂上，那只手支撑着她的半边脸。她脸上的红晕逐渐变得苍白，让她松弛的嘴唇更呈紫色。她眯缝着眼，看着从下腹溜出来的铜色鬓发，说道：

"你看。你知道从多少年前起所有经过我身边的男人的眼睛都想要我吗？十五年，雷莫。看着我。十五年来，所有男人的眼睛都想要我。而你是第一个看见我赤身裸体的人。我也很冷静地在跟你说话。"

埃尔多萨因依然站着，靠在桌角，双臂抱在胸前。

"我把衣服脱了,是为了把我的身体作为礼物送给你。我不想让你再继续受苦。"

埃尔多萨因的目光越来越尖锐,越来越冰冷。从他的眼睛里滑落出阳光下金色的轨道,一片绿色的平原,风把几绺黑色的鬈发绕在一个女孩的喉咙周围。雷莫微笑起来,天真地说道:

"是的……露西安娜,你很美。"

他平静地走到女孩身边,用手抚过她的头发,再次喃喃道:

"你很美……你为什么不结婚呢?"

一阵羞耻将露西安娜的意识带回到现实之中。她从沙发上跳起来,仓促地拿衣服裹住身体。埃尔多萨因再次靠在桌角,观察着她,几乎带着嘲讽地重复道:

"你很美。你应该结婚……"

为了不让自己哈哈大笑起来,他不得不咬紧嘴唇。他突然想到一个问题:"假如伊格纳西亚太太在这一刻走进来,看见没穿衣服的露西安娜,会说什么呢?她会冲着天空大声尖叫。她会喊道:您这个不要脸的人,您曾因为那个天真的女孩把手放在男人的裤门襟而愤怒?而您却在房间里接见裸体的女人?幸好她去参加弥撒了,去把灵魂交付给魔鬼去了。"

露西安娜带着迫切的羞愧穿起衣服,回避着埃尔多萨因的目光。她的嘴唇因愤怒而颤抖。

埃尔多萨因继续说道:

"对不起,我不想要你。你应该去跟一个受人尊敬的男人结婚。"

"残忍"的恶魔迅速占领了雷莫的灵魂。埃尔多萨因不得不咬紧嘴唇，做出巨大的努力，才不至于对女孩说出下面这番话：

"是的……你应该去跟一个受人尊敬、穿法兰绒内裤、为了避免着凉而在上床前往鼻子里滴蜡油的男人结婚。"

然而，他控制住了自己，试图摆出严肃的表情，但讽刺却冒失地从眼睛里溜了出来。

露西安娜沉默地穿着衣服。在她与衬衫一样发白的脸上，双眼闪闪发光。埃尔多萨因明白在她的沉默中爆发的狂风暴雨，终于，他做出巨大的努力，控制住了内心的恶魔。他向对方道歉。

"亲爱的露西安娜，请原谅我，但我并不想要你。"

女孩红着脸，终于穿好了衣服。在离开前，她在埃尔多萨因的跟前停了几秒，她凝视他的模样仿佛眼睛里的光即将发生爆炸。接着，她将抽噎压制在齿间，颤抖着，打开门，走了出去。

魔鬼方程式

下午四点。埃尔多萨因依然挺直身子，坐在桌前。假如可以给他拍照，照片上将是一块薄板和一张严肃的面孔。那就是定义。埃尔多萨因依旧坐在桌前，在空空的房间里，亮着的电灯悬挂在他的头顶。

外面照耀着星期天的阳光，但埃尔多萨因却将房间关得严严实实,开着电灯。

他的双手撑在桌板上。但他并没有看向双手。

他看着前方。墙壁。然而,在某一刻,他把右手从桌板上收回。他收手的速度极其缓慢,仿佛象棋手把手靠近某个棋子却又不敢移动它。事实上,埃尔多萨因并不打算移动任何东西,甚至包括他的手,于是才会出现那么谨慎的动作。他垂下眼睑,瞳孔停留在移动的那只手上,奇怪地看着它。他觉得那只手是如此脆弱,为它没有被折断而感到惊讶。

一些别的感受被植入到他肌肉的夹层中。

在某些时刻,埃尔多萨因严肃的表情极度加剧,他甚至感到自己的肉体在灯光下逐渐变黑。电灯把散落在桌上的纸张染成黄色。

埃尔多萨因把双手撑在白色的桌板上,瞥了一眼那堆笔记,然后在一个方格的小本子上写道:

"用 P 来表示实验中使用的动物的体重公斤数,而 p 表示能够造成死亡的最少数量的毒气,于是我们有 P 除以 p 等于……"

雷莫焦躁地将写下的内容画掉,重新写道:"用 Q 来表示溶解在每立方米空气中的毒气量,单位是毫克,A 表示每分钟吸入的空气量,单位是立方米,T 为从吸入毒气到死亡所需的分钟数,于是就有:A 乘以 T 可以得到吸入的毒气总量(单位是立方米),也就是:

$$p = Q \times T \times A$$

"那么,战争中使用的毒气的毒性程度等于:

$$毒性 = \frac{p}{P} = \frac{Q \times A \times T}{P},$$

对眼女在门外叫他:

"雷莫,要不要过来喝马黛茶?"

埃尔多萨因若有所思地站起来,微微打开门。女孩站在他的面前。自从他在那天下午给了伊格纳西娅太太一大笔钱,那个女孩就成为他的相好了。这件事正好发生在他几乎与世隔绝的时期。他与"占星家"只见了少数几次面。为了避免公寓里的人冒失的提问,他合乎情理地以"沉思另一项发明"作为借口。事实上,他是在研究如何建立一座制造战争毒气的工厂。他想把这个项目递交给"占星家",然后他就会"前往"建在山里的营地。他有时候就是那么想的。这种举止为他赢得了其他房客的钦佩,他们自打从伊格纳西娅太太那里得知雷莫将他铜铸玫瑰花的"发明"卖给了一家电子公司后,就对他表现出毫无保留的鼓励。

那些人不仅粗鲁,还很无知,他们对沉思一无所知,但却被埃尔多萨因幽禁自己的房间的黑暗而震惊。他们在经过房间门口时是如此凝重,仿佛那里住着一位病人似的。埃尔多萨因在房间里吃午餐和晚餐,这样就更加剧了其他房客对他的这种敬重。当他们在饭厅询问伊格纳西娅太太埃尔多萨因在做什么时,她用极其神秘的表情低声回答说:

"沉思另一项发明……但你们别到处说,因为害怕被别人盗用。"

"那个家伙应该去北美,"一个在五金店做会计员的卡斯蒂利亚老头子说道,"在那里可以成为百万富翁……"

"有才华真好啊!"一个在咖啡馆工作的年轻人说道,"他,三两下子,就能发财,而我们辛苦地做啊,做啊,做啊……"

会计员用好色的目光盯着伊格纳西娅太太的臀部,在叹了一口气之后,再次沉浸于国王陛下出席加泰罗尼亚博览会的新闻中。①

"是的,喝马黛茶,雷莫。"

埃尔多萨因走出房间。

对眼女像通常一样穿着帆布鞋,在厚厚的玻璃镜片后面露出淫秽的笑容。她一见到埃尔多萨因就把领口敞开,抖动着乳房想要将自己交付给他,微微张开嘴唇,眼睛里很多眼屎。

埃尔多萨因安静地坐在厨房的一张凳子上。墙壁上浸满了油垢,刷过的浅口锅在黑乎乎的石灰墙上滴着水。伊格纳西娅太太黑色的头发卷成环,脚上趿着破旧的平底拖鞋,肌肉发达的脖子上系着一根黑色丝绒带,紧闭着嘴唇,用脸上所有的殷勤微笑着。

对眼女朝埃尔多萨因做出宠爱的举动。

埃尔多萨因不知所措地微笑着,与此同时,伊格纳西娅太太往茶壶里放进新的茶叶,将茶渣扔进垃圾桶里。雷莫心不在焉地继续进行着内心的独白。

"迈尔方程式……哈伯方程式……(Q—E)乘以 T 等于 I。在实验室进行的试验的确与在户外的情况不一样……但有什么

---

① 需要注意的是,小说的故事发生在1929年。——评论者注

关系呢，我们使用光气就够了。每立方米450毫克，双光气，每立方米500毫克。二氯乙基硫，1500，加起来，继续。由于一个人每分钟要吸入将近8升的空气……那么毒性的方程式就是……就是……450乘以8，再除以1000。"

埃尔多萨因呆滞地盯着空气中的某个点，他的嘴唇在做着除法计算。

"对。每单位重量使用接近4毫克……就能造成致命的毒性。那些学者真是狗娘养的！跟他们比起来，魔鬼变得渺小不已。我敢用脑袋做赌注，那些化学家在放下试管、取下面罩后，会回到家里拥抱他们的子女。在上床睡觉时，他们的女人一边脱衣服，一边在镜子里露出屁股，他们会对她说：'你一定得瞧瞧那个毒气的原子架构取得了多么大的进展！'真是狗娘养的！每立方米只需要4毫克，人们就会像苍蝇一样倒下。如果这都不算魔鬼经济，那么上帝告诉我，什么才算?！太理想了。用最少的剂量获取最大的毒性。'先生，请您发明一种毒气，只需一毫克就能污染10万立方米的空气，我们会为您竖一座雕像。'国家首领这样对化学家们说道。而那个在晚上温柔抚摸妻子屁股的男人，天亮后就到实验室埋头苦干，寻找新的原子架构，使用最低的成本最大化地消灭人类。真是混账至极！"

化学符号在埃尔多萨因的想象中盘旋起舞，与此同时，伊格纳西娅太太拿了一张抹布，擦拭被之前的残渣弄脏的马黛茶杯。

"CH_3-CO-CH_2。通过氯丙酮获得。通过芳香烃获得。狗娘……芳香烃。氯化苄，溴化苄，溴氰化苄，芳香胺……"

伊格纳西娅太太见他一副忧心忡忡的模样,问道:

"埃尔多萨因,怎么了?您今天一直在自言自语。"

"呃……啊……是啊,您说得没错,我有点担忧……"

"亲爱的,怎么了?"

"我在研究战争毒气,明白吗?战争毒气。没有比战争毒气更可怕的东西了,明白吗,太太?没有比战争毒气更可怕的了。对不起,亲爱的。"

埃尔多萨因从龌龊的厨房的一端走到另一端。墙上映出他头发茂盛的侧影。伊格纳西娅太太和对眼女惊愕地听他讲述。

"很可怕,仿佛是由魔鬼发明的似的,但那是一个专职憎恶可怜人类的魔鬼。你们瞧瞧:有些催泪弹会腐蚀结膜,灼伤瞳孔,刺穿角膜,造成无法治愈的溃疡。然而,它们却拥有天竺葵的美妙芳香。相反,另一些则会散发出康乃馨、木头或草地的芬芳。"

"真恐怖!"

雷莫无动于衷地在锅底发黑生锈的浅口锅之间来回踱步。表面看起来他是在跟伊格纳西娅太太和对眼女讲话;事实上,他是在跟自己说话,在为日夜积累的服务于"占星家"的可怕信息寻找出口:

"有简易的催泪弹、带毒性的催泪弹,然后是一系列具有起疱性或腐蚀性的催泪弹,能够在上皮造成沟槽并引起灼烧,生成水泡,使表皮层层脱落。接下来是令人窒息作呕的、带有刺激性的、催嚏的且有毒的催泪弹,有各种各样的颜色,绿色、砖色、泛蓝、黄色、淡紫色、乳白色、像海洋动物的排泄物那样的黄绿色。其中一些能够穿过最密质的面罩，同时攻击眼睛、呼吸道、皮肤和血液。受到攻击的人会吐出小块小块的肺，双眼失明，像麻风病人一样满身溃疡，一部分一部分地失去生殖器官……"

"亲爱的，看在上帝的分上，别说了。"

"是的，一部分一部分地失去生殖器官，那是芥子气的效果。"他继续无动于衷地自言自语，放大的瞳孔死死盯着虚无："迈尔方程式……哈伯方程式，液体，固体，气体，转瞬即逝的，半暂时性的，永久性的，半永久性的，渗透性的……哈伯方程式，迈尔方程式……""化学魔鬼"从地狱中跑了出来，无拘无束地走在人群中，用引诱的声音悄悄把秘密告诉人们，而那些欣喜的人们到了晚上，当他们的妻子一边脱衣服，一边在衣柜的镜子里露出屁股时，他们会说："我们很高兴，那个毒气的原子架构取得了多么大的进展啊！"

"太太，请您告诉我，是不是有摧毁地球的冲动。您知道某位化学家曾经写过什么吗？真叫人难以置信，只有撒旦才会写出这种东西。太太，您仔细听好了，作为学者的那位先生这样写道：'从化学和生理学的角度来看，氯气的反应机理是非常值得称赞的，它能够去除有机物组织里的氢，生成有害的化合物。'太太，您听明白了吗？您来告诉我，那个人是不是应该被绞死，但他却并没有被绞死，而是在为拜耳工作……"

突然，埃尔多萨因看了看周围，被人间喜剧的荒谬压得喘不过气来。他在跟一个以手工活为生的女人以及她的女儿讨论毒气的问题。他想要哈哈大笑，于是迅猛地靠近对眼女，用手指拉起她的下嘴唇，让它微微张开，像对待母马的下唇似的，观察着她的嘴巴，愤愤地抱怨道：

"你得刷牙。"

对眼女反驳道：

"我不喜欢……刷牙会挫伤我的牙龈。"

"您必须得听您男朋友的话。"伊格纳西娅太太严厉命令道。

他把马黛茶从一只手换到另一只手。伊格纳西娅太太懒洋洋地靠在椅子里，用之前把方糖塞进马黛茶里的指头解开油腻的鞋带。

雷莫搓了搓额头，好似神经痛即将在那里发作。

说道：

"穿上衣服，我们出去。我的脑袋像要爆炸了一样。"

伊格纳西娅太太回答道：

"这主意不错，您要是继续这样下去，可能会病倒。"

埃尔多萨因惊讶地看了看女人。他在她的声音里留意到一丝关爱的变调，他的心脏在那一分钟的时间里跳得比平常更快。

"出去透透风。成天把自己像犯人一样关在屋里是怎么回事？不需要搞那么多研究，有什么用？儿子啊，世界会一成不变地继续旋转。女儿，快起来……陪陪你的男朋友。"

"亲爱的，你很着急吗？……否则我先洗把脸。"

"没什么区别……打一点粉就好了。天已经黑了。"

散步

此刻，他们走在路上。

对眼女的衬衫和胸罩太过贴身，以至于乳头在长袍的红色丝绸上凸起。埃尔多萨因走在她的身边，一只手懒散地挽在她的胳膊上。

他们穿过街道，没有目的地漫步，沉默不语。他缓慢地思考，与此同时，对眼女就路上的交通做出天真的评论，埃尔多萨因对之不闻不问。脑子里想法的嘈杂让他双耳失聪，他对自己说：

"为什么我们在生活中会做出这么多无用、懦弱或野蛮的行为？"

屋子的外墙在他的眼前经过，像电影里的画面一样模糊。从远处传来一阵沙哑的警报声，是某艘正在驶入码头的船。埃尔多萨因闭上眼睛，内心的某个声音对他说：

"此时此刻，至少有两只船正在离开位于河畔的由木板搭建的码头。在被黑暗笼罩的小船上，厨房正生着火，安静的人们围成圈，聆听另一个拉手风琴的男人。"

埃尔多萨因挽着对眼女的手臂，机械地往前走。

他自言自语道：

"不能继续这样下去，不能。"

被挽住肘部的女孩好奇地看着在露台聊天的情侣们。她对自己说：

"雷莫为什么不像别人的男朋友那般亲切友善呢？妈妈一定不会错，但我情愿换一个男人。"

埃尔多萨因在沉思中前行。

他感到"体内有某个东西"正不知不觉地向着剧终靠近。埃尔多萨因明白自己"需要戏剧"，一出明确、固执、准确、具体的戏剧。他知道假如把自身的意志力放松到最低限度（等同于呼吸所需的微弱力量），那么他全部的生活都会倾覆在戏剧上。他的心思偏离了主道：

"世界上所有地区都有河流，以及载着安静的人们的船只。"

他想要把注意力集中在河流上。一条宽阔的河流，银色的河面轻轻拍打着茅屋、堤坝和汽车仓库。

他小心翼翼地离开他的戏剧，再次在内心说出这番话：

"有一些划过安静船只的河流……"

他以这种方式延迟必将会在他内心发生的爆炸。"……在河岸，奔跑着像狗一样巨大的老鼠。"

灵魂像脚扭伤了那般令他感到疼痛。此刻，他额头的皮肤动了动，他紧闭着眼睑，用双手的十根指头遮住脸庞。

"亲爱的，你怎么了？"女孩喃喃道。

"我头疼，神经痛。"

他迟疑着要不要走近关于艾尔莎的回忆。当他在心里念出"艾尔莎的回忆"的那一刻，他戏剧的立体内容随即靠近，仿佛一只狐狸精从侧轨绕道将一个巨大的货箱逐渐推近。埃尔多萨因清楚地明白货箱里装着什么,从任何一条裂缝都可以窥探到。他向后退了一步,拒绝观看。他小心地移动双脚,闭上眼睛,虔诚地召唤地球水平方向的转动朝他靠近。地球水平方向的转动靠了过来,于是他拒绝了它。不,也不是它。

他缓慢且谨慎地搓了搓双手。

"有载着安静的人们的河流与船只。"

他在一瞬间心想着逃跑。假如他逃到远方,过着不为人知的生活,住在河边,河畔有一间木材厂,像狗一样巨大的老鼠在那里奔跑,他躺在对眼女的身边——被木材味净化的对眼女——把脑袋靠在她圆润乳房的尖顶上。她将会让他的疲乏得到休憩。每天下午,安静的船只列队行驶,载着睡在木板货堆间的男人们。

"那么,她必须永远都保持清醒。"埃尔多萨因心想。

埃尔多萨因由于激动而颤抖着捏了捏对眼女的胳膊,问她:

"你难道不想和我一起,在一间位于河畔的木材厂生活吗?我负责会计,你负责把衣服晾在树枝上⋯⋯"

"亲爱的⋯⋯你知道的,只要跟你在一起,我都愿意。为什么?⋯⋯你找到工作了?"

"没,我想⋯⋯"

"你为什么不去找一份那样的工作?我想要拥有那样的生活。"

埃尔多萨因再次陷入沉思。

"我在哪里?我想要在哪里?是我自己本来就如此,还是这个世界,我一直奇迹般地聆听着这个世界的痛苦?假如世界的痛苦真实存在呢?假如世界真的一直在抱怨,一直在受苦呢?假如真的有可能听见世界的痛苦呢?载着安静的人们的河流,日落时分,疲惫的身躯。在阴暗的房间里露出生殖器的男人们,呼唤拿着一口锅走去厨房的女人。为什么那样……那样?('那样'一词像一个无法计算的可怕数字的对数一样,在埃尔多萨因的耳畔回响。)女人把锅放在地上,带着放荡的笑容躺上床,男人在逼仄且灼热的黑暗中射精。随后,他自负地倒下,女人安静地走进厨房,在锅里煎几片猪肝。"

那即是生活。但那真的可能是生活吗?然而,那即是生活。生活。生——活——

用什么方式来迈出那一步呢?

埃尔多萨因一把将一个路人撞到了某栋屋子的外墙上。对方困惑地看着他,女孩哈哈大笑起来:

"亲爱的,你眼睛瞎了。看看你做了什么。亲爱的,睁开眼。"

那个人咕哝着脏话走开了,埃尔多萨因摇了摇头,对自己说道:

"一股神秘、超凡、具有毁灭性且邪恶的力量支配着人们的存在。"

他留意到有个流浪汉一直跟着他,继续说道:

"是否需要自我侮辱、伪装一出戏来欺骗那股残忍的力量,以那种方式来将秘密除掉?"

突然,埃尔多萨因注意到那个流浪汉依然跟着他。在夜间散步的过程中,他的目光在三个街口的路灯下与他相遇。埃尔

多萨因粗暴地甩开对眼女的胳膊,走到那个人跟前,冲他严声呵斥道:

"如果您继续跟着我,我会把您的灵魂打断。"

陌生人惊愕地看着埃尔多萨因,他含糊说着"对不起",在下一个街角消失不见。雷莫抱怨说:

"你总是在街上招惹男人。"

对眼女出奇地看着他,她并不觉得被人跟着有什么问题。终归到底,她跟那些埃尔多萨因可以追求并让她们彻底堕落的良家女子一样粗鲁愚笨。

现在,她脾气暴躁地走在埃尔多萨因的身边。她不爱他,她也不怎么尊重他,但她母亲——根本不为她着想的母亲——用长篇大论说服了她,让她相信要是被埃尔多萨因摒弃,她会遭受无法形容的痛苦。对她而言,埃尔多萨因是唾手可得的,也即是说,是永恒的丈夫。

而埃尔多萨因,他可以感受到女孩子的态度,一直强忍着憎恶对待她,像对待一头只配得上拳打脚踢的牲畜。况且,雷莫私下里还非常愤慨。她很骚,淫荡地露出坚挺的乳房,哪怕是一点儿微风也能吹起她的衬裙,让店员看见她镶了花边的袜带。店员们站在昏暗的店铺半开着的门前,贪婪地看着女孩,一点儿也不知羞耻的女孩死死盯着他们,直到走过为止。

埃尔多萨因把双手插进口袋里,同时朝对眼女说道:

"你看,你要么好好走在我身边,否则今天晚上我们都不会好过。"

"亲爱的……但我做错了什么?别人看我也是我的错吗?"

"事实上,"埃尔多萨因对自己说,"别人看她并不是她的错。"他回答道:"你煽动别人来看你……但是,你看……我们最好还是别继续争论下去了。"

他们沉默地往前走,像一对老夫妻一样,埃尔多萨因不怀好意地微笑起来。

他想象自己娶了对眼女。他再次看见她在一间租来的房间里,没心没肺的模样,有点儿胖,在胀气与胀气之间①阅读一本街角的卖炭妇借给她的小说。她像通常一样懒惰,如果说之前是不修边幅,那么现在则完全不注意个人卫生,把经血弄脏在从不换洗的床单上。他们将会有个儿子,那是很有可能的事,当孩子脏着屁股在桌子上大声号哭的同时,她却在跟女邻居八卦某场口角,原封不动地照搬那些残忍的言语和难以置信的辱骂。而那场口角微不足道的动机可能是偷了一小把盐,或是不适当地使用了某根晾衣绳。

埃尔多萨因独自一人在黑暗中发笑,对眼女气冲冲地走在他的身边。

他再次看见她像豪猪一样全身汗毛竖起,满脸红霞,乳房在胸罩里跳跃,向女邻居讲述一小把盐或晾衣绳的故事。

他继续想到,这就是每天的饭食、城里工人苦味的甜点,包括煤气公司的收款员、互助社团、商店的售货员。一幅因所有那些工人女儿的白带而泛白的全景:贫血且患有肺结核的她们,其青春在结婚后三个月便像雨中的装束那样坍塌。一幅由

---

① 此处按原文直译,指对眼女经常胀气,带着胀气感阅读小说。——译者注

吓跑受害者的孕妇组成的全景：在晚饭后悄悄请求街角的药剂师给她们一剂堕胎药，芥末热水浴引起的不孕，然后不可避免地去找接生婆，那个"毕业于布宜诺斯艾利斯大学"的接生婆，她在苦笑中终于答应"装导管"，"但算是帮一个忙"，并顺便提到另一个街区的接生婆，"出于疏忽而让一个本来身体还不错的女孩丢了性命"。

埃尔多萨因目瞪口呆，他像死刑犯一样恐惧，让城市里的职员筋疲力尽的日常污秽堆积在他的眼前。他想象着对眼女那头母猪与对面的女邻居搬弄是非，为他制造出极其可怕的麻烦。那些小女人们愤怒地前来咒骂他，要求他就他妻子的那些流言蜚语做出解释。还有她们丈夫的介入、他们夫妻间的争吵在大杂院造成极大的轰动，以致于不得不寻求"官方调停"。

埃尔多萨因哈哈大笑起来，他亲昵地晃动着女孩的身体，对她说道：

"你还在生气吗？"

"放开我。你不让我生气不会罢休。"

雷莫陷入堕胎的情景之中，那是一个可怕的夜晚，对眼女也在场。她抖动着威斯特法伦火腿一般的大腿，流血的疼痛让她的面孔扭曲。她蹲在一个"脸盆"的上方，等待着排出那个该死的胚胎，像底层妓女那般消瘦的接生婆提出技术方面的担忧：

"胎盘能不能完全排出？"在想到可能需要手术流产时，埃尔多萨因全身发烫，缩紧了身子，女人的哀号与冲洗器的声音此起彼伏，冲洗器的针管此刻消失在了视野里。

他第三次询问接生婆：

"胎盘能不能完全排出？"他汗流浃背地想到，如果真的需要手术流产，那么他将不得不去借高利贷，每个月的利息会高达百分之二十。

可怕的细节比烙画的浮雕还要生动地跃现在他的眼前。

接着是接生婆的一句"好了"，看见一具黑血色的尸体时的巨大惋惜。接生婆带着乌鸦对尸体的热忱检查着胎盘，她把手臂直到手肘的部分伸进病人像牛腿一样被切断的阴道。在午夜，那个可怕的夜晚，所有警察都吹响哨子，与此同时，接生婆在检查犹如腐烂的猪肝一样的组织，用冲洗器冲水，将一块黑血色的、由丝状组织和红血球蛛丝组成的淤泥冲进盆子里。

他不停地流汗，仿佛被一股神秘的力量带到了热带的中心。

风暴过后，埃尔多萨因想象着流产后与对眼女的性生活，女人在把自己交付给他时的怨恨，害怕"那种事"再次发生。中断的性交，如同《圣经》里的俄男①，每个月末狂躁不安地想要知道月经有没有"来"，以及城市里成千上万名职员——靠一份工资生活并受上司管控的职员——的所有肮脏的现实。

当埃尔多萨因将这座城市一百八十万居民日常生活中的灾难堆积在一起时，他像一名从诊断室走出来并且刚刚证实了一项外科创新的医生一样，对自己说道：

---

① 按照《圣经》中的犹太习俗，在兄长去世后，俄男需要与他的兄嫂同房，生儿子传宗接代，在未来照顾她。但俄男却"故意中断性交，体外射精，从而不让兄嫂受精"。这里是指"体外受精"，尽管俄男一词后来延伸为"性交中断"或"手淫"之意。——译者注

"'占星家'说得没错。必须用毒气幕帘来扫除这一切,即便达不到目的,即便我们会被警察用棍棒打成碎片。"

他的心脏像一个位于雨林中央的椰子一样扩张。

他心想,先知们让假定的大火从天而降、在硫酸味中落在满是污秽的城市是有道理的。

此刻,他们已经离公寓不远了。埃尔多萨因的心情几乎完全变好,他挽起对眼女,第三次问她:

"你还在生气吗?"

女孩心里依然不高兴,坚持道:

"告诉我,为什么别人看我会让你生我的气?"

"你还在想着那件事?"

"当然了,别人看我,我有什么错?"

"好了,亲爱的,你想看谁就看谁,谁喜欢看你就让他们看好了。我们又能做些什么呢?!"

他们像两个学生一样十指相扣,走进了公寓拱顶的过道。

证明"看见接生婆的男人"并非清白的地方

那天夜里,在坦珀利,背对着装着密集铁栅的狭窄窗户,伊波丽塔、"占星家"和巴尔素特在聊天。灯光均匀地斜切过旧柜子赭石色薄板的纹路。"占星家"陷在他破旧的绿丝绒扶手椅里,跷着二郎腿发表着演讲,而巴尔素特则穿着上街的衣服,固执地想要保持香烟燃烧后形成的长圆柱体烟灰,不让它断掉。伊波丽塔没戴帽子,侧躺在吊床上。她绿色的目光死死盯着"占星家"卷心菜般的耳朵和愚钝的面孔……巴尔素特的目光时不时停留在年轻女人的红头发上,头发分成漂亮的两股,遮至她的耳垂。

"占星家"在梳理想法:

"我曾问过自己很多次,用什么方式可以获得幸福。我想告诉你们的是,我完全可以接受任何一种情形,即使它再过荒谬,只要确定可以通过接受它而找到幸福。然而,你们可以告诉我,你们做过些什么来获得幸福?……什么也没做过。那即是真相。"

"占星家"把脑袋埋下了一阵子,声音变得空洞洪亮,仿佛在远处讲话的先知。

"我发现了一个秘密。埃尔多萨因也发现了,但他并不知道自己发现了,他是凭本能发现的(他看着伊波丽塔)。您记得我曾告诉过您埃尔多萨因的直觉相当厉害吗?秘密就是强烈地让自己受辱。就连古人也怀疑过这一点。没有哪个圣人从未亲吻过麻风病人的溃疡。当然了,今天的目的不一样。但他们的目的也不一样。我们还未对许多有意思的灵魂的内在做过研究。有时候我会觉得,有些圣人其实是正儿八经的无神论者。他们不相信上帝,他们对神的不信任越强烈,对自身的鞭打也就越猛烈。然后,他们会说自己是受到了魔鬼的引诱……呵!呵!……"

"占星家"的笑声断断续续,搓着双手,仿佛向大家保证即将展现一出精彩纷呈的演出，继续说道：

"我跟你们说这些的目的是什么？啊！我就是想要达到这个目的。首先，你们非常懦弱；其次，想要获得幸福必须让自己受辱……当然……在那之后……我问自己，在这个世纪，谁会有勇气成为一个显而易见的圣人，自觉穿着破烂的衣服走上街。打个比方，巴尔素特，您是住弗洛雷斯街区的，那里的所有人都认识您。好了，我们打个比方，您在弗洛雷斯街区，那里的人都认识您，您衣衫褴褛，光着脚，拿着一个铁罐，走上街。你有女朋友吗？我们假设您有一个女朋友。好了，您经过女朋友的家门口，光着脚，在乞讨。您走去咖啡馆……您跟朋友们在弗洛雷斯的哪间咖啡馆聚会？"

"有时候在'圣保罗人'，有时在'巴西人'……"

"您光着脚，手持铁罐，走进'圣保罗人'或'巴西人'，对您的朋友们说道：'我不是来和你们辩论的，我是来告诉你们，如果谁想要受辱并像圣人那样找到平和的话，那就应该模仿我的模样，穿麻布袋，吃这些我从垃圾堆里掏出来的残羹剩饭。'"

巴尔素特愉快地笑了起来：

"我还没发疯……"

"占星家"高傲地斜眼看着他：

"亲爱的少年，您难道认为自己比亚西西的圣方济各[①]还要

---

① 亚西西的圣方济各（1182—1226），方济各会的创办者，知名的苦行僧。——译者注

明智吗？您享有他在佛罗伦萨的经济地位吗？亲爱的朋友巴尔素特，方济各是有钱布商家的儿子，就连城市里的年轻贵族也嫉妒他的典雅与奢华。然而，某天，他却穿着烂布，走上街去颂扬贫穷。那时候的他不比您现在年长多少。"

由于对面两个人惊愕地看着他，"占星家"抬起眉毛，嘲弄地观察着他们。与此同时，他把双手放在腰间，扭摆着胯部，仿佛他才是那个没听明白的人。他朝交谈者发出同情的笑声，摸着巴尔素特的下巴，意味深长地看着他的眼睛深处，说道：

"亲爱的，想要在生活中获得成功，有时候必须得要屈尊穿一下麻布袋。"

"难道我还没有舍弃我的财产吗？"巴尔素特心想。伊波丽塔的绿眼睛一动不动，双手撑在跷起二郎腿的膝盖上，观察着眼前的场景，十分镇定。一个持续的念头穿过她的脑袋：

"那个男人一直说啊说，他想要做什么？难道不是为了赢得时间？可是他为什么想要赢得时间呢？"突然间，"占星家"朝她转过身来。

"您在安静地思考着什么呢？您知道的，我一点儿也不喜欢安静的人。"

伊波丽塔极度热情地微笑起来：

"您为什么不喜欢安静的人？"

"聪明如您，肯定知道我为什么不喜欢安静的人。"

此刻，伊波丽塔更加坚定最初的想法：

"他在试图赢得时间。可是出于什么目的呢？这是怎样的一个人哪！"

"占星家"继续说道：

"超凡的圣人必须得到来。他将非常伟大，随时做好哭泣的准备……然而……为什么要跟你们讲这些东西呢？"

伊波丽塔焦躁地用手指敲打着吊床的扶手。

"这个男人只知道讲话，讲啊讲，像一只被困在玻璃罩里的大黄蜂。"她严肃地抬起头，阴险地看着"占星家"，对他说："您在嘲笑我们所有人。为什么您不穿上麻布袋，拿着铁罐去街上乞讨呢？"

"占星家"忍不住愉悦地哈哈大笑起来。待他冷静下来后，反驳道：

"我那样做不太好，因为我是个不信神的人，我会嘲笑那样的行为，但它却对其他性情的人有用。我的意思是，无论穿麻布袋还是燕尾服，我的人格都不会发生任何改变。也许我是处于过渡期的人，既不完全存在于昨天，也不完全置身于明天。那么，既然那些荒谬的冲动并不符合我的心理机制，又怎么能够要求我拥有它们呢？我只会隐约地看见道路。道路……我跟年轻人不一样。"

"占星家"突然用手摸了摸前额，仿佛被打了一拳似的。他用掌心按住太阳穴，光线撞在他瞳孔多变的轮廓上，仿佛他从那个位置干扰着远方某个画面的形状，他愉悦地呼喊道：

"这即是真相，我体内并没有生活的奇异感。我们所有人，所有老人，都未曾带着奇异感生活过，换句话说，我们好像从很多个世纪前就习惯了当前星球上的生活。

"年轻人则恰恰相反：您和埃尔多萨因；伊波丽塔不算，因为她是个老灵魂；您、埃尔多萨因和其他人不习惯生活中的事物和方式，你们痛苦地生活，仿佛昨天才被赶出伊甸园似的。嗯哼！……关于伊甸园，你们能告诉我些什么？即使他们想法荒诞也没关系。存在着一个真相，他们的真相，其真相是召唤一个新'地球'、新法规和新幸福的痛苦。假如没有一个不受老人侵犯的新'地球'，这些正在成长的年轻人类将无法生存。"

"占星家"的这番话让伊波丽塔和巴尔素特愕然不已，因为他并没有看向他们，而是缓缓地讲述，仿佛在复述某个幽灵在他右耳耳畔的听写。甚至遵循着某个节奏，注意力高度集中。他的面孔时不时被照亮，仿佛焰火在他灵魂的深处绽放。

就那样，当他说到"噢，噢，年轻人！"时，双眼燃起真诚的热情，随后，他用一个僵硬的表情把热情引开，在他们俩面前停下来，冷冰冰地中止了谈话。

"无论你们相不相信我，都无所谓。那将会到来，上百万个年轻人会强行让它到来。"

"占星家"满脸疲惫地坐进丝绒扶手椅里。他安静地休息，沉浸在刚才的激动中，仿若一名正处于中场休息的拳击手。两只手放在大腿上，下巴微微下垂，双眼变得模糊。他就那样待了几分钟。一道无声的嗓音在他耳畔喃喃："无可否认，你是个演技精湛的演员。"然而"占星家"知道自己说的话都是发自内心的，于是他不顾那些话语，说道：

"即使每一个人都反对秘密社会，我们也应该组建它。我并不会强行要求它一定得是这种或那种方式，但无论付出什么样的代价，都应该让它渗透进人性之中。你们意识到人是多么伪善了吗？我说渗透，但事实上我想表达的是：'我们应该让一个社会或一个秩序再次光彩熠熠，那个社会或秩序唯一且偏激的目的即是寻找幸福。'"

伊波丽塔抬起头，她不再用手指抚摸裙子的流苏，提出了一个不合时宜的问题：

"告诉我……那个男人是从哪儿来的？……"

"哪个男人？……"

"那个头发很多、眼睛像鸡蛋一样的男人……"

"占星家"露出微笑：

"为什么会想起问那个问题？跟我们的谈话有什么关系吗？"

"我对那个家伙感兴趣。"

"布纶堡？……布纶堡的故事很有意思。一个模拟罪犯，有点儿疯，仅此而已。"

"说说看……为什么叫他'看见接生婆的男人'？"

"占星家"看了一眼时间。

"我看看，您别误了最后一班火车……但还有一点儿时间……布纶堡，他从很小起，就十分反感接生婆。为什么？他自己也解释不清那种反感的来由。可能是某个被遗忘了的细节，一个小孩对那些女人所进行的神秘职业的想象，围绕在她们周围的看不见的残忍氛围。事实上，只要在他面前提起'接生婆'这个词，那个孩子就会因恐惧和恶心而颤抖不已。

"从小就伴随着这个男人的坏运气导致他家搬到了一位接生婆的隔壁，在那里发生了一件极其严重的事。某天晚上，男孩坐在自家的门槛。突然，一个白色的幽灵从接生婆家的大门跑了出来，张开双臂朝他奔来。男孩发出巨大的尖叫。那是接生婆的女仆，她是个黑白混血，想要吓着他玩儿。布伦堡昏了过去，他病了很长时间。直到今天，要是您留意观察的话，会发现他依然亮着灯睡觉，而距离那件事的发生已经过去了将近二十年。他在十六岁的时候，跟几个同龄人一起，受到警匪片的影响，与其说是出于恶意不如说是出于浪漫，与其说是出于聪明不如说是出于愚蠢，在街区里成立了一个小型犯罪团伙，从事盗窃。布伦堡是那个团伙的组织者。他不工作，也不想工作。他是个懒鬼，被手淫搞得筋疲力尽，什么也懒得思考。他在后来对我坦承道，那时候的他每天手淫多达七次。就是在这种情况下，他在某次盗窃中被捕……要是可能的话，也可以怪罪到接生婆的头上。真了不起。接下来您就会看到。某天晚上，他们一伙人闯进一户正在外地消暑的人家抢劫。屋子由一对西班牙夫妇负责照看，夫妇两人经常去看电影。布伦堡与同伴一起研究了那对夫妇的习惯，于是在某天晚上从一片荒地翻进了屋子的围墙。他们一进到屋子里就开始砸家具，拳打脚踢，毫无戒备之心，只差带个乐队去庆祝翻墙成功了。在盗窃的混乱中，布伦堡并没有注意到其中一个同伙，也许是为了开个玩笑，躺在了屋里的某张床上。毋庸置疑，这些奇怪的行为在犯罪新手身上很常见：在主人的床上睡觉，大声喧哗，吃盘子里剩下的食物，所有这些行为都是新手下意识的紧张的体现。他们希望能够表现出冷血的姿态、对危险的蔑视，以及对满足某种神秘且病态的渴望的需求。

"即使最老练的小偷，也会常常热切地谈起那些令人汗毛直立的可怕时刻,在那一刻,某个他们想要躲避的危险正在邪恶地靠近。

"我记得其中一人曾紧贴着阴暗的墙壁移动,若有所思地对我说:'您瞧,在我十八岁的时候,要是某天不出门偷东西,那一天的我会很难受,很不安。'好了,说回布纶堡,谁知道他在那种情况下在想些什么?!他想找一块布把偷来的东西包好,于是走进了卧室。在几秒钟前,他想到可以用枕头套来装他的战利品。他在床边弯下腰,突然,那个躺在床上的同伙静静拽住了他的胳膊。

"那个动作为布纶堡带来的惊吓类似于从接生婆家里跑出来的幽灵。在那一瞬间,童年的危机再次发生。异常尖锐的叫声和癫痫性的痉挛。经过那里的邻居听见男孩的尖叫,立即叫来在街角巡逻的警察。

"你们可以想象那栋屋子里的混乱。小扒手们不敢扔下布纶堡不管,他们知道布纶堡会被迫把他们全部告发。最终,警察在几位英勇路人的帮助下,也从围墙翻进了屋子——因为他们不敢撬开大门。想象一下他会捕获到什么!五个陷入绝望中的男孩,他们试图在狂躁中恢复理智,像野兽一样在大包大包的布袋上面走来走去:那是他们准备好要带走的物品。接下来的事不用多说,男孩们、打包好的物品,以及盗窃中使用的工具,统统都被带去了警察局。由于他们是来自贫困家庭的孩子,警督没多加考虑就按部就班地行事,把他们从分局带去了总部。吓坏了的孩子们把之前犯下的盗窃也都一并交代,甚至导致一位正直的做买卖的先生也被逮捕。男孩们在他那里销赃,负责少年犯的法官判决他们前往未成年犯管教所接受教育改造。

"在少管所待了一年后，堕落到底的布伦堡与两名更有经验的小偷一起越了狱，他们在梅赛德斯的公路上试图抢劫一名街头商贩。这一次，跟通常一样，霉运再次眷顾布伦堡。陌生人用子弹抵抗他们的袭击，而唯一一个受伤的人正是'看见接生婆的男人'。一颗子弹穿过他的大腿，他倒在了地上，也自然而然地被同伙抛弃了。他果然是没有运气。布伦堡再次被带往警察局。当他从少管所的医疗室出来后，同另一名罪犯发生了口角，对方刺伤了他的侧身，他再次住进了医院。伤口不算严重，但想要报仇的布伦堡等待了几个月的时间。终于，他在厕所里打了敌人个措手不及，让对方在自己的粪便中窒息身亡。新庭审：布伦堡从少管所转去了监狱；初审法院判他终身监禁。

"在监狱里，一名了解布伦堡前科的犯人建议他假装癫痫发作，像他在第一次被捕时那样。布伦堡无法假装发疯，但却可以紧张地重现受到惊吓的状态。我们倒霉的朋友就此开始演戏。在识别他的发疯是真是假方面，也许狱卒和看守要比医生更在行，但布伦堡用如此完美的痉挛来演绎受到惊吓时的发作，最终骗过了所有人。他是个完美的演员。我想要说的是，他热忱地收集能够激起他恐惧的回忆。他松开弹簧，立即就能变回那个受惊吓的小孩，恐惧像旋风一样将他扭转，把他的身体狠狠抛向墙壁或摔下楼梯。某天夜里，布伦堡受到的惊吓是如此强烈，以至于他把恐惧也传染给了另外两名患有癫痫的犯人。这两个人开始号叫。眼看着那一区的牢房就要变成疯人院，狱医决定把布伦堡送往梅赛德斯精神病院。最高法院还没有就初审判决做出终审，于是他在精神病院里继续假装饱受幽灵的纠缠，直到在某天晚上终于成功逃脱。布伦堡的逃亡生涯丰富多彩。他做过各种行当，甚至在一间灵修中心扫过地，我就是在那里认识他的。虽然在经历了这么多不幸之后他的精神有些失常，但他依旧保持着原初的天真，并全身心地投入到协助我的计划之中……可是，糟了……我的朋友，您误了火车。想留在这里过夜吗？"

伊波丽塔明白过来，对自己说："我没弄错。这个魔鬼想要赢得时间。"

她用扇形的目光包裹住"占星家"，假装温柔地微笑，回答说：

"我就觉得会误了火车。好啊！我留下来过夜。"

巴尔素特慵懒地站起身来。他额头的皱纹比通常更多。说道："我困了。明天见。"

走了出去。

他静静消失在花园的树丛之中，"看见接生婆的男人"赤脚跟在他的身后。

当屋里只剩下他们两人，"占星家"突然严肃地咕哝道：

"我们花了多少时间才终于摆脱了那个白痴啊！朋友，快，我们俩得好好聊聊。"

他朝挂着木偶的房间走去。伊波丽塔露出快快的微笑，跟在他身后。

假如某个间谍在星期一清晨五点半的时候守在屋角的门口，他会看见一个女人从屋子里走出来。她的脸上罩着一层青铜色的薄纱,身上裹着一件木头颜色的大衣。一个男人陪在她的身边。

她在木门前停留了几秒钟,蓝色的晨光将她照亮。"占星家"满怀爱意地凝视着她。伊波丽塔走向他,用戴着手套的双手握住他的胳膊,说道:

"亲爱的超人,明天见。"并把头靠近他。他温柔地亲吻她,隔着薄纱,亲吻她的嘴唇,女人快步走上被夜晚的露珠润湿的砖头小径。

对计划进行研究

从街上回来后,埃尔多萨因全身冰凉,太阳穴猛烈跳动。他精疲力竭地躺上床,闭上双眼。他的灵魂很困。感到困倦的几乎从来都是他的身体,但此刻,他的灵魂也想睡觉。他对肢体的末端失去了知觉,感到自己正溶解于一片薄雾中,薄雾的敏感中心是他的大脑。那片薄雾像煤烟形成的云朵一样,在世界的上方阴暗地蔓延,埃尔多萨因用一只冰冷的手抚摸炙热的额头。他无法对一个奇怪且支离破碎的生物产生更多的怜悯。

世界已经溶解掉了。他越过墙壁,走过宽阔的荒野,穿过由包着马口铁的木屋组成的郊区,跳过铁轨和平交道,在远方溶解。有时,一盏煤油路灯照亮一截砖头铺就的道路,他像云朵一样滑动,垂直切过树丛的冷漠,在身后留下红铅和沥青漆成的桥梁,被夜晚低矮的聚光灯照亮的外墙,霓虹灯的招牌。每当他停下来,一只神秘的手就会拍打他的额头,一阵寒战刺穿他的心脏。

他回到他那看不见的苦难中。即使躺在床上、眼睛藏在眼睑后面,又有什么关系呢?他在不甘愿的情况下溶解在了世界之中;每一个有生命的微粒,每一个屋顶,都朝他的感官抛入多重多样的神秘。他对自己说,即使海洋拥有心脏,也不会比他感到更加痛苦。他也曾对自己说过:"即使我注定得不分昼夜地行走在黑暗的城市中,走在陌生的街道上,聆听不曾相识的人们的恶言凌辱,也不会感到更加痛苦。"

他还对自己说:

"我活着,就好像随时都有人从不同的角落在召唤我似的。日日夜夜,夜夜日日。噢,天哪!白天和斜照的阳光又有什么关系?!我的脸颊被照得滚烫,仿佛发着高烧。"

埃尔多萨因使劲用双手挤压脸部,好似想要将一道无法从喉咙发出的喊叫从肉体中挤出来。

痛苦笼罩着他,类似于工业区的天空中飘浮着的从大烟囱排放出的云雾。当他想到心脏可能会炸裂成碎片时,一阵慰藉减缓了他的痛苦。死亡并不可怕,那是一种深情、甜蜜且柔软的休憩。此刻,他明白了死亡是什么。他可以永远地休憩,而他的肉体将在蛆虫滋长的寂静中挥发……

"太阳呢?"他的灵魂哀求道,"夜间的太阳呢?"

埃尔多萨因暗中监视着神秘。他清楚地知道有一场庆典。庆典安静地在夜间太阳的表面开展。夜间的太阳是什么?他不知道，但他却位于寒冷轨道的某个角落，在比彩色的星球、缠绕的植被以及带有欲望的树林更遥远的地方。

现代城市的尖顶，水泥，钢筋，玻璃，有那么一阵子搅乱了埃尔多萨因的安宁。那是尘世的回忆。但他想要逃离水泥、钢筋和玻璃铸成的监狱，它们比电容器的负载还要让人难以忍受。爵士乐队发出尖叫，一把锯开大城市的臭氧层。是烧红了屁股的猴人举办的音乐会。埃尔多萨因恐惧地想到那些每周挣五千美金的"高级妓女"，以及那些上颌骨因破伤风的疼痛而被刺穿的男人们。埃尔多萨因想要逃离文明；睡在夜间的太阳下，那轮太阳在一段旅程结束后阴险沉默地转动，而旅程的车票则由死亡出售。

他如饥似渴地想象着夜晚的凉爽，也许浸满了露珠。他可以一边因他可怕的痛苦哭泣着前行，一边乞求仁慈。兴许某个位于世界边界的人会接受他，让他在一间阴暗的卧室里休息。他会睡觉，一直睡到血管里疯癫的毒全部挥发为止。那将是栋大屋子，位于世界边界的唯一一栋屋子。门前站着一个高挑秀气的女人，她一句话也没说，用一个手势邀他进屋。没人问他任何问题。他躺在床上哭泣，哭了两天两夜。最开始是缓缓地流泪。他拿枕头盖住脑袋，用力地抽泣，当他的胸膛感到肺部已经不再有啜泣时，他再次哭了起来。高挑秀气的女人一直站在床边，但却一句话也没对他说。

一层非常高的黑暗掐死了埃尔多萨因的梦。没用的。那些东西是属于尘世的，高挑秀气的女人是属于尘世的，五十瓦的电灯照亮着所有的面孔，而同情的温床还没有制造出来。

埃尔多萨因像一头为了逃脱被屠宰的命运而用嘴拱猪圈栅栏的猪一样，在心里敲打世界可怕的栅栏中的每一根木头，那个栅栏尽管周长很长，但却比猪圈还要狭窄。

他无法逃脱。一侧是监狱，另一侧是疯人院。

在有些瞬间，他想要着手开始敲打房间的水泥墙。他时不时地把牙齿磨得嘎吱作响，想要蜷在一架机关枪的顶端。他将扫射整座城市。男人、女人和孩子们都会倒下。而位于机关枪尾部的他，则会轻轻托着子弹带。

埃尔多萨因往后退，像一个在转动的轮盘赌把钱输光了的人那样。它会一直转动……但他却无法在那里，在绿色的格子里，投注哪怕是一分钱。所有人都可以玩，或输或赢……他却再也不能玩了。他输光了。

女人们会为了别的男人而在房间里缓缓脱下衣服，红着脸微笑着走近。为了别的男人……埃尔多萨因拒绝了那个想法。他一下子变老了。他有一千岁。即使最令人作呕的妓女也会嘲讽地冲他挤眉弄眼，仿佛在对他说："老鬼，你可以滚进坟墓里了。"

埃尔多萨因从床上跳了起来，打开灯，走到桌边，大声说道：

"我最好是坐下来研究毒气。"

他用目光快速扫过在图书馆做的笔记，写道：

"福煦元帅[①]说过：化学战的特点是在最广阔的空间制造出

---

① Ferdinand Foch（1851—1929），法国陆军统帅。——译者注

最可怕的效果。"

"……在最广阔的空间制造出最可怕的效果……"

他瞅了一眼《莱茵河之谜》①，然后在房间里来回踱步。他缓慢地重复道：在回击炮位战中，百分之六十是"蓝十字"，百分之二十是"绿十字"。他缓缓地微笑。他看见自己置身于工业区。在炭堆和黑色的石油罐旁，勾画出轨道的弧线。装有铜制马掌和锥形烟囱的机车在轨道上运行，赤裸着上身的男人们整个手臂都被石油润滑，用力推动着装满石头的货车。桥梁在快车迅速经过时发出钢铁的吱嘎声，奴役们在被烟垢熏黑的棚屋进进出出。那个空间被螺旋卷和电线切割成三重十字的网状，来自各个方向的电线向远方延伸。埃尔多萨因观察着，准备着突袭。突然间，在他所处的一座信号塔的平台上，一段玻璃信号雷管发出绿色的光，就像克鲁克斯管②一样。那个氛围中充满了静电，突然，一道锥体的绿光直射在陶瓷的螺旋卷上，螺旋卷发生爆炸。一列机车从前轮上跃了起来，晃动了千分之一秒，在三个不同的高度炸成液态金属。位于铅玻璃制成的监控室里的埃尔多萨因微微转动玻璃信号雷管。射线撞击在石头上，房屋的地基被炸裂。他甚至观察到这样一个细节：在射线临近时，一个女人的头发立了起来，与此同时，她的身体却化为了灰烬。

"更高一点，"埃尔多萨因喃喃道，"发射射线……"

玻璃信号雷管用它的射线翻搅着城市的肺部。埃尔多萨因

---

① 书名为《莱茵河之谜：和平和战争时期的化学战略》，出版于1923年，作者为 Victor Lefebure。——译者注
② 克鲁克斯管又叫阴极射线管，由英国科学家克鲁克斯发明。——译者注

拿望远镜看向远方。毒气形成的云雾像城墙一般垂直，像画布一般波动，向着地平线蔓延。排成纵列的钢筒发出呼啸声，每隔三分钟，一道绿气含量更稠密的幕帘会猛地升向高空，向自身收缩，在地面的障碍物之间爬行，沉重缓慢地靠近。

埃尔多萨因写道：

"没有做好迎接毒气进攻准备的军队会发生大量死亡，百分之九十……"

一句话在他的脑中炸开：北部街区。那句话被补充完整：攻击北部街区。继而变得更长：用毒气攻击北部街区。

他看向房间的一个角落。重复道：北部街区。他仿佛可以看见仆人们在车库门前谈论着主人的权势。一股黄绿色的风出现在街口。幕帘越过建筑的飞檐。空气中弥漫着草叶腐烂的气味。系着蝴蝶领结的仆人们迫不及待地张开嘴巴。突然，一个人叫了一声，在空中倒下，身体蜷缩得比肚子被打了一拳还要厉害。绿色的云雾飘浮在仆人们的头顶。另一个仆人用变紫的双手痉挛地捧着肚子。仆人们的身体在人行道的瓷砖上打滚。他们的面孔紧紧贴着地砖，颌骨被压得脱臼，憧憬着已经不存在的空气。一道道鲜血流向瓷砖的边缝。云雾蔓延到种着红色茜草和非洲油棕的花园里。埃尔多萨因把一只手放在耳边。

发电机缓缓的呼啸声在他耳畔回响，那是正在生产许多吨毒气的无产阶级工厂的嗡嗡声。被塞进树胶制服里的工人，戴着橡胶和玻璃做的头盔，监视着压缩机的气压表和催化剂的高温计。制冷设备的管道逐渐被覆上一层棉絮状的冰冷粉末。

光气工厂在埃尔多萨因的眼前清晰可见。他需要高度集中

注意力才能够将目光从那个画面中移开,从而继续书写,他觉得应该以一种强调的方式写作:

"毒气学认为所有被毒气攻击的对象都会身受重伤……"

他强有力地写道,不自觉地在字母的拐弯点加重笔墨:

"使用毒气是如此重要,到了战争末期,生产的子弹中百分之六十都装有有毒物质……"

他时不时地中断书写,用手掌摸一摸额头。他感到有些发烧。迟缓的顾虑在他的意识里翻滚。毒气的秘密。死人。街上的人们像苍蝇一样倒下。谁可以阻止毒气幕帘的前进?光气。发光的物质。二苯胺氯胂。噢!魔鬼就是魔鬼!他摇晃着离开桌子,关了灯,头晕恶心地躺在沙发上。家具仿佛摇椅一般缓慢晃动。

夜晚的时光渐渐流逝。夜晚,他的"上帝的惩罚",不容许他入睡。埃尔多萨因双眼迷离地待在黑暗中。疑问和回答在他体内交叉穿行。他像块海绵一样,任凭自己被那摊神秘的黑暗之水摇晃着,那摊水在夜晚可以被称作高度集中的感官的百倍叠加。

他考虑过人类的各种可能性,明白——清晰无误地明白——做什么也没有用了。尽管生活可以移动,但它却像钢铁一般坚固。他想用一把锁匠的小钻头刺穿那个立方体。是不可能的。

埃尔多萨因继续摇晃着,睁着眼睑。他时不时把头埋进毯子,像胎盘里的胚胎一样蜷着身子。在那个钟点,上百万个人和他一样,膝盖并在一起,缩着腿,双手抱在胸前,像躺在胎盘里的胚胎一样。当太阳在小径上留下蓝色的阴影，在高高的飞檐投射出金色的光芒时，那些胚胎将离开它们的胎盘，打开水龙头，用一小块肥皂洗去脸上的油垢，喝一杯牛奶，走出家门，跳上一列黄色的电车或绿色的公交车……每天都这样，周而复始……

埃尔多萨因任由那摊神秘的黑暗之水在阴影中摇晃自己，那摊水在夜晚可以被称作高度集中的感官的百倍叠加。埃尔多萨因继续自言自语。这种现象发生在每一座城市里。无论它们的名字悦耳还是难听。无论是在澳大利亚海岸、非洲北部、印度南部，还是加州西部。在世界上的每一座城市，床垫商都会斜靠在梳理羊毛的机器边，用目光计算着收益，任双脚被雪白的羊毛覆盖。在世界上的每一座城市，床架制造商都会戴着眼镜，用鱼一样的眼睛看着搬运工人将轻便床搬上货车。突然，一阵尖叫不由自主地在埃尔多萨因的体内爆发：

"但我很爱你，生活。即使人类这般糟蹋你，我也依然爱你。"

他在黑暗中微笑，继而进入梦乡。

星期五

两个流氓

上午十点。

二十米外有两个男人,仿佛刚从医院里逃出来。他们肩并肩地前行。其中一人拿棍子探试着路边屋子的柱墩,因为他戴着邪恶的格栅眼镜,玻璃镜片从正面看起来是黑色的,而从斜面看则呈紫色。带油布帽檐的司机帽让他瘦骨嶙峋的脸显得更长,胡须上有一些灰色的点。而且,他看起来身体不太好,因为尽管天气温和,他却披着一件厚厚的无袖披肩大衣,棕色和红色格子的大衣几乎垂到他的脚边。他的胸前挂着一块纸板,上面写着:

因硝酸蒸发而失明
救救科学的受害者

盲人的领路人穿着一件灰色的罩衣。

一根皮带斜跨过他的胸前,侧身挂着一个半开着的手提箱。可以看见箱子里装着橙色、紫色和赭色的小包裹。

他们是埃米利奥和聋子艾乌斯塔奎奥。

"这是哪条街?"聋子喃喃道。

"拉拉萨瓦尔……"

"这条街在今天的路线里吗?"

"呜弗,你太烦人了……啧条街当然在今天的路线里。当然……呜弗。"①

黄色人行道和灰色车行道的马路在风和日丽的早晨蓝瓷色的天空下安静地延伸。枝繁叶茂的刺槐生机勃勃。

埃米利奥若有所思地看着那些房屋,几乎所有屋子的门前都有一个花园。领路人猜测那里面是幸福的人儿的绿洲。他们是如此幸福,以至于毫不在乎大量繁殖的美洲蓑蛾漫不经心地从茂密的树枝间用银色的丝带垂挂在人行道上方。

不远处传来钢琴声,一双初学者的手在键盘上重复弹奏着"哆——来——咪——发"。然而,迟缓的琴声却为清早蓝色的氛围注入了一股沉思的温柔。

一个十五岁的女孩,着粉色裙子,没有穿丝袜,趿着拖鞋,站在家门口。她愤愤地看着远方。

两个邋遢鬼慢慢走近。在来到她身边时,埃米利奥摘下帽

---

① 聋子艾乌斯塔奎奥每天都会制定一条路线,从而避免在同一条街重复乞讨。他认为如果不遵循科学原则,那么即使最有利可图的行业也不会获得任何收益。——评论者注

子，聋子停下脚步，像头骡子似的冷漠地站在门柱边。高个子男人邪恶的眼镜把女孩吓了一跳，埃米利奥说道：

"小姐……要不要买一包糖来帮帮喷个可怜的瞎子？"

女孩用奇怪的表情打量着面前的两个流氓。

她看了看纸板。

"您爸爸是瞎子？"

"不寺，小姐……他没有全瞎……但基本丧森么也看不见了。"

"是怎么瞎的？"她饶有兴致地问道。

"他在研究硝酸的反应，结果寺管破了，爆匝发粗的液体和气体迸进了他的眼睛。"

"真可怜，"女孩喃喃道，"他没有家人吗？"

"我寺他唯一的儿子。保险不愿意赔仓，因为他们缩没人要求他投森科学。小姐，我们喷些穷人都寺嗖害则啊。"

在说话的同时，埃米利奥的脸上露出难过的神情，仿佛世界上的邪恶都与他不相干似的。聋子依旧像骡子一般冷漠，僵硬地斜靠在门柱上，好打听的女孩也倚在那里。

女孩心领神会地摇了摇头。那个混蛋凄楚背诵出的最后那句话说服了她。她说：

"稍等一下。"她飞奔在走廊上，裙摆在她的大腿边旋起。埃米利奥贪婪地看着她，心想："看起来多天真啊！"他打心里感激女孩子说的话，在手提箱里仔细寻找一个最不寒碜的糖果包，打算送给她。聋子依旧保持沉默，像骡子一般冷漠，鼻子靠在门柱上。

女孩出现了，脸颊微微有些红润。头发在太阳穴被分成两股。她手上拿着一张一比索的钞票。

"给,上帝保佑您。"

埃米利奥把糖果包递给她。

"小姐,希望丧帝会报答您。"他接过钞票,塞进口袋。

"糖果您收起来吧,谢谢。"

"小姐,希望丧帝和僧母会报答您。"接着,埃米利奥像用缰绳拉一头驴那样挽起"瞎子"的胳膊,让他离开了门柱。待他们走远几步后,艾乌斯塔奎奥问道:

"她给了你多少钱?"

"两毛。"

艾乌斯塔奎奥不太满意地摇了摇头。

"问了这么多问题,才给了那么点儿钱。"

埃米利奥感到有些愤恼:

"你简子没良心。你对那些帮组你的人一点儿感激心也没有。"

由于埃米利奥是对着自己在发牢骚,聋子并没有听清那番话,他提出另一个问题:

"几点了?"

"应该擦不多丧午斯点吧。"

"好像要下雨了。"

埃米利奥非常愤怒,他冲着聋子的一只耳朵大喊:

"大混藏,天空比你的眼睛还要干净,又怎么会下雨?!"

聋子抗议道:

"看起来天色很暗。"

"你脑子里有大便吧?你想戴喷那副眼镜把所有颜色都看层奶色吗?你简子寺最奸匪的聋子!呜弗,跟你一起简子太糟糕了。我从没见过比你还要冒斯的人。"

他们在普通家庭居住的屋子门前停下了脚步。

大杂院里在分发食物。他们绕到一侧,埃米利奥忍不住大喊:

"那些废物在想些森么?人们寺在饿死,还寺养了一个租圈?"

聋子身体挺直且僵硬地前行,像真正的瞎子一样。事实上他几乎和真正的瞎子一模一样,因为他在眼镜内侧衬了一张紫色的纸,于是根本看不见早晨的光亮,而只能看见夜晚浓稠的昏暗。那股钻进脑髓的黑暗让他感到眩晕,他再次说道:

"应该快要下雨了。什么也看不见。而且简直要热疯了。"

"混藏,你在地狱里,因为你寺个坏人,魔鬼会把你烤焦,你又怎么可能不觉得热呢?"

"我的脑髓在出汗。"

"去死吧。为森么你永远都寺一副在预测赛马结果的模样?你做那些多位素的计算寺为了森么?为了在喷些街道上把我像丧帝的可怜鬼一样拿僧子酸起来?"

"我们现在要到多少钱了?"

"擦不多斯比索吧。"

"我不知道最近是怎么回事。之前到了中午的时候我们通常都会要到十到十五比索,现在几乎连一半都要不到。人们给……我觉得他们给你……"

"听好了……要寺你再从复一次喷句花,我会把你扔在路中央，叫来一名警嚓，告诉他：'您看……喷个混藏的聋子在骗钱。'你觉得怎么样？你觉得我在偷你的钱？你把我像可怜鬼一样拖到喷些丧帝的街道上，你还想责问我？你惭不惭愧？我们要来的钱都被你拿去赛马了。而家里的姐妹们，却森活贫苦。你寺个不孝子，更寺个坏人。你紫资道想一些花遭来骗人。你寺个奸匪的人，那就寺你的怎斯面目。"

聋子嘲讽地咆哮道：

"住口，住口，不要脸的家伙。"

"而且你恬不资此。你模仿僧病的意大利人。但你的血也会被变层糖。你别笑……你会看到……笑到最后的人，才能笑得最好。"

聋子摆出骡子一般的神态，身体僵直地在沉默中前行。埃米利奥感到压抑且悲哀。

"你按照路线在走吗？"

"丧帝保佑……你看起来像个将军一样。我对你的计划没森么意见。我们当然在按……"

"我的路线里有一个广场，我们还没有经过。"

"怪我吗？你想要我把广仓搬到喷里、搬到马路宗央来吗？"

一位妇人从市场买菜回来，篮子的盖子间挂着一只被宰杀的鸭子的头。她好奇地叫他们停下脚步：

"这么年轻就瞎了。你们是在乞讨吗？"

"不寺的，太太。我们卖糖果给那些想要帮组我们的好人……"

"他是怎么失明的？"

"他在研究硝酸的反应,结果寺管破了,爆匝发粗的液体和气体迸进了他的眼睛。"

"他不会说话?"女人继续打量着艾乌斯塔奎奥,他一动不动,像一只被吉普赛人出售的骡子一样冷漠。

"因为他还寺个聋子,太太,像土坯墙一样聋。"

"真是不幸啊!……你们卖什么呢?"

"卖糖果,太太……一毛和两毛一包的糖果。"

"没有五分的吗?"

"没有,太太……"

"那么下次吧。"

接着,那位健谈的妇人提起装着食物的篮子,怜悯地离开了。

埃米利奥站在那儿,嘴里咕哝着脏话。

"看到了吧,奸匝的聋子?看看你选的喷些街区。"

如果不对着聋子的耳朵大声说话,他是听不见的。他沉着僵挺地往前走。

艾乌斯塔奎奥朝他弯过身子,几乎将嘴唇贴在他的耳朵上,大声喊道:

"她给了你多少钱?"

"连五分钱也没给。"

艾乌斯塔奎奥回答道:

"没关系。每当有一个可怜鬼拒绝施舍,就会有十个傻瓜给我们钱。你别去找那些年迈的太太要钱,老太太都很吝啬,铁石心肠。人类的愚蠢是无止境的,去找卑微的女人,而不是资产阶级女人。资产阶级女人！资产阶级女人非常贪婪吝啬。去找穷女人要钱。穷女人平易近人，心肠很软。那些去集市买砍了头的鸭子的女人既不相信上帝也不相信魔鬼。去找女孩子们要钱。女孩很容易被打动，她们还没有什么阅历。你别说太多的话。一个话太多的领路人是没什么说服力的。你听见了吗？"

"寺的，我听见了，混藏。"

"你跟她说了我是因为对科学的热爱而失明的吗？"

"没。"埃米利奥吼道。

"记得要说是出于对科学的热爱。这句话能够说服人。这样开始：他因为对科学炙热的爱而失明。加上炙热这个词。然后再补充硝酸那句话。此刻，我觉得天空的确是布满了乌云。"

"乌云在你的脑袋里，无此的家伙。"

在对面的人行道上出现了一个吆喝叫卖的水果贩。聋子——可以说是出自本能地——听见了吆喝声。他对埃米利奥大喊道：

"喂，去叫那个水果贩过来。"

"他就在那儿，好瓷鬼。你一心紫想啧像大祭司一样森活。"

水果贩用一根皮带在肩上挑着两个沉沉的篮子，走了过来。他面容狡猾，仿佛发现骗术的奥秘一般打量着这两个邋遢鬼。三个无产阶级在街上争执了几分钟，最后聋子把两打香蕉塞进了大衣的口袋里。

此刻，两兄弟来到了路线里的广场。他们在树荫下找到一条长凳，坐了下来。埃米利奥的脚很疼。聋子哼唧了一声，乔装的失明让他感到眩晕。他喃喃道：

"喂,我可以把眼镜摘下来吗?"

"不行,那边有人。"

聋子挤了挤脸,开始吃香蕉。他把香蕉皮分三瓣剥开,把它们扔向身后的花坛,长凳就在花坛边上。

他狼吞虎咽地吃着,把嘴巴塞得满满的,口水从遮住嘴唇的胡须上的灰点之间流出来。

埃米利奥不悦地看着他,有些难为情地吃着香蕉,比聋子咬得更快,也更大口。

聋子开始他的高谈阔论。

"埃米利奥,你来告诉我,这样的生活是不是很美妙。说实话。没有焦虑,没有固定的工作时间,没有斥责你的上司。彻底的自由。你想要钱,就去要吧;你不想要钱,就不要。看见那天我们经过的那片田野了吗?你瞧,我有点儿想在那里用马口铁建一座简陋的小屋,过着像神父一样的生活,腆着肚子晒太阳。我将会带着一本《堂吉诃德》和一根钓鱼竿。工作、拼得头破血流的目的是什么?"

"你寺个懒鬼。那随来帮组姐妹呢?爸爸呢?妈妈呢?胡安缩得没错,你的确寺个不孝子,寺个糟糕的兄弟。如果有哪个人像你一样,那么他的全森一定会迅速爬满斯子。"

聋子不再说话,在心里琢磨着他游手好闲的理想。位于河畔的小屋、绿色的田野,等待着生命的流逝,仿佛一名病人在接待室等待牙医为他拔下那颗让他痛苦不已的牙齿。

广场上的守卫挥舞着警棍,完全是一副权威的模样,锐利的目光落在那两个男人的身上:

"是你们把香蕉皮扔在了那里？"他指了指花坛。

他们无法否认，因为聋子正在吞咽第十九根香蕉。

"快把这些香蕉皮捡起来，赶紧滚蛋吧。怎么，难道你们觉得这里是牧场？"

身材高挑的埃米利奥带着烈士般的忍耐摇了摇头。他爬上花坛，弯下腰，把聋子漫不经心扔在背后的香蕉皮聚拢在一起。艾乌斯塔奎奥猜到了埃米利奥内心的埋怨，嘲讽地微笑起来，剥开第二十根香蕉。

埃米利奥心想：

"而他竟然还抱怨我偷偷把要来的钱藏起来了一部分！照顾他比照顾一群小孩子还要麻烦。"

埃尔格塔在坦珀利

埃尔格塔在梅赛德斯精神病院随心所欲地装疯卖傻所享受的天真的愉悦，在离开精神病院后消失不见。在"占星家"的协助下，伊波丽塔为他办理了离院手续。[1] 随后，"占星家"把

---

[1] 经确认，伊波丽塔之所以能够这么快速地为埃尔格塔办好离院手续（同时她也成为埃尔格塔的看护），是受到了N医生的帮助……他在专业方面拥有十足的权威，其名字后来在速审中被隐藏了起来。N医生……在当时根本没想到，他的好意会对他曾经的朋友伊波丽塔造成怎样的后果。——评论者注

他带往位于坦珀利的庄园。

埃尔格塔同巴尔素特和布纶堡合住在马车房上面的一个房间。为了能够更有效地进行宗教性质的思考，他在白天睡觉。到了晚上，他研究《圣经》，用先知对抗世界的诱惑与肉体的懦弱的赞美诗来强化自我。他知道自己将很快承担起传教的工作，因为这些都在他与耶稣基督会面并备受赞赏后的计划之中。

在回想起那些"带着罪过生活"的日子时，他感到自己身上发生了一些异常的事，但此刻，与在想到自己不得不再次与人打交道时突然感到的冷漠相比，那种感受变得微弱起来。

不用说也明白，埃尔格塔并没有任何抛弃庄园里的孤独的必要。这里的枝繁叶茂在他看来像是南欧海岸的一部分，传教士保罗在那里经受了如此多的劳作。

巴尔素特后来说道，那个"受启者"从未想过要弄明白，自己的生活是通过什么样的方式在如此短的时间内发生了如此巨大的变化的。他生活的注意力被安置在别的地方：在耶稣显灵的那个夜晚"神"卸在他肩膀上的重量，也在此刻他即将开启的让人们了解"被揭露的真相"的非凡事业。

他不停歇地阅读《使徒行传》[①]，因保罗的事迹以及希腊民众给予他的关注而感到愉快，也因犹太人、叙利亚人和马其顿人为其设下的埋伏而愤怒不已。在野蛮大地发生的灾难以及过去异教徒的布道好似一面镜子，让他瞧见自己未来的工作。

[①] 《圣经·新约》中的一卷，介绍耶稣基督复活、向门徒显现、升天后，他的使徒们传道、殉道的事迹。——译者注

在这段时期，他没有表现出任何想要见到伊波丽塔的欲望。他把她当陌生人看待。把他的时间轮流用于研究《圣经》以及在庄园的野生花坛间进行冥想。他在星期四的下午对"看见接生婆的男人"说道：

"我必须出去传教。这几天晚上，我产生了一个无论从象征性还是预言性而言都与众不同的幻象。我看见自己在政府建筑的屋顶平台，一个黄色的天使陪在我的身边。这个细节很重要，因为黄色代表着瘟疫、战争、毁坏和饥饿。然而，尽管我站在一栋高楼的屋顶，却看不见其他房子的屋顶。整座城市都被蓝色的水覆盖着。水一动不动，一直到地平线的位置都安宁静止。突然，巨大的石头从河里跳出来，跃到空中，天使看着我，对我说：'看到了吗？……将会出现一个新大陆。'"

布伦堡把盘子似的眼睛微微张开，说道：

"很有可能您的确看见了那幅场景。我研究过《圣经》，为'耶稣的新教'找到了一种全新的解释。"

药剂师凶狠地转过他雀鹰一般的脸庞，几乎面带嫉妒地回答道：

"那一切都是虚情假意的蠢话。您对新教有多少了解？"

对方走开了。

埃尔格塔因让步于虚荣的冲动而感到愤恼，奇怪地信任其昂贵的真相。为什么要把秘密告诉他人？为自身的智慧寻找崇拜者难道不是假先知的虚荣心吗？况且，他在研究保罗生平事迹的同时，发现了他的存在与其他人的存在之间有趣的独特性。他在脑海里重现使徒在百夫长胡里奥的陪伴下前往克里特岛途中遇到的意外事件，胡里奥是保罗的守卫，正如犹太人布纶堡是他的守卫一样。他对自己说：

"想要成为像保罗那样的人，我还差些什么？他在前往大马士革的途中受到了天启，而我则是在梅赛德斯精神病院。他曾在凯撒利亚①坐牢，而我现在在这里，在坦珀利。审讯他的是阿格里帕②，身边围着精明的犹太教教士，而我，则被疯人院院长问讯，身边围着不识字且高傲的医生，他们连《圣经》里哪怕一个字也没读过。"

他无法不感到自己受到了启示，由衷感激"上天"让他如此地与众不同。

在读到使徒在地势严峻、气候险恶、生活着留大胡子且不信教的居民的海岸遇难时，他的隐遁就此被点燃。在对《使徒行传》的章节进行了冥想之后，古罗马安静且辽阔的夜晚进入他的眼帘。他感受到犹大沙漠③的干涸，其他一些像猪倌一样肮脏的先知在那里进行预言，他凝视着流沙地，当一场会让地平线变暗的灾难正在临近，最后的审判即将来临时，他对着打扮周正的男男女女布道，什么也比不上他在那一刻所获得的快感。

甚至连穿着麻布鞋走路也让他感到愉快，因为他认为麻布鞋比短靴更适合一个注定要成为先知的人。他知道《旧约》和《新约》里的人们靠晒干的龙虾果腹，赤脚走路，因此，他此刻

---

① 凯撒利亚是一座位于地中海东岸的古城，现属以色列。——译者注
② Agrippa（前63—前12），古罗马政治家与军人。——译者注
③ 又称犹大狂野，是耶路撒冷以东，下斜到死海的一个荒漠，位于以色列和约旦河西岸。——译者注

的牺牲根本不值得一提。这些小小的愉快同他工作的秘密所带给他的宽容与幸福叠加在一起。

他睡得很少。到了晚上,他下到花园里去,趿着鞋子走在被露水润湿的小路上,长久地思考着。花坛和枯叶用沥青的斑点为不太浓密的黑暗带来一丝生机,犹如睡着的牲畜。埃尔格塔感到在沉默的幕帘之间开启了一个空间。在更后面的地方,受尘世的情感左右的人们正在熟睡中,而他,在想到自身的强大以及耶稣对他说的话时,他缓缓抬起头,看向夜空里的繁星,心中充满了感激。

有时候他会从幻想中醒来,身边围着一圈蛤蟆。挂在洞穴一般的高空中的星体眨巴着银色的眼睑。一辆汽车像飞速的爆竹一样穿过路面。接着,重新出现的寂静变得更加深邃。于是他再次回想起保罗在以弗所①布道的身影,身边围着黄脑袋、长胡须的长者。蛤蟆沉重地跳跃着,离开埃尔格塔的身边;他跪倒在地上,双手合在胸前,沉默地祈祷。

"主啊,我应该做什么?你瞧,我已经抛弃了妻子、财产和所有的一切。我应该做什么?还没轮到我来传道吗?"

在别的时候,他认为应该在堕落的地方用神的言语来开始他的使命。他将走进科连特斯街上的任意一家歌舞厅,由于那里的人对《圣经》的用语毫无了解,他会这样对他们说:

"你们知道吗,耶稣曾经来到过地球?来拯救恶棍、坏女人、扒手和'龟公'。他之所以来,是因为他对所有那些在酒杯

---

① 古希腊人在小亚细亚建立的一个大城市,今属土耳其。——译者注

之间迷失了灵魂的'俗人'感到惋惜。你们知道先知保罗是谁吗?一个条子,一只狗,像'社会监管'一样。我之所以用青蛙街区①的语言跟你们讲话是因为我喜欢……我喜欢穷人、卑微的人以及干活的人讲话的方式。耶稣也很同情那些站街女。抹大拉的马利亚是谁?一名站街的妓女。仅此而已。言语有多重要?重要的是内容。言语悲哀的灵魂,那即是重要的东西,罪人。"

"看见接生婆的男人"顽固地寻求埃尔格塔的陪伴。他嘲笑他,因为他嫉妒对方在经文方面的学识。然而,那种嫉妒突然间变成了钦佩,两个男人之间存在着的那种尖酸的氛围在一瞬间挥发得无影无踪。

星期五的晚上,他们俩进行了以下对话。坐在一根树干上思考着自身的问题的巴尔素特听见了对话的全部。

埃尔格塔说:

"我会像耶稣那样,去山里冥想三十天。'魔鬼'一定会像诱惑'人子'那样来诱惑我,但我会抵抗……是的,我会抵抗,因为我已抛弃了一切。接着,我会传道三十天,然后我会被石头砸死。"

"可是……在山里怎么治疗困扰了您那么久的淋病呢?"

"上帝会将它治愈!……我这个是老毛病了,只有上帝能够将它治愈。我相信他。如果他无法治愈,也就证明我需要继续受苦,从而弥补我犯下的所有罪过。"

---

① 青蛙街区(las ranas)为布宜诺斯艾利斯的一个穷人街区。——译者注

布纶堡慌张地看了看四周；接着，他咽了口口水，几乎带着丝焦虑，微弱地回答道：

"那样的话，我可以陪您一起去山里。我们将会有山羊和母鸡，在您学习《圣经》的同时我会照看果园。"说罢，他盯着黑蓝色的天空，天空突然变成柔和的水蓝色。一棵桉树的树冠被染成含磷钢一般的紫色。埃尔格塔提出异议：

"《圣经》不是用来学习的，需要用神的恩赐来解读它。您懂得如何养鸡吗？"

"懂的。"

"我们需要多少只母鸡？"

"大概两百只。此外，我们还需要带去两头猪和一头母牛，这样我们就会有肉、牛奶和鸡蛋。如果住在河边，还可以钓鱼。"

埃尔格塔挤了挤一只眼，反驳道：

"是啊，但去山上或沙漠里做苦行并不是那么回事啊。先知们生活在草地、龙虾和树根的孤独之中，而并非生活在富足中。"

布纶堡贪婪地用舌头舔了舔干涸的嘴唇，接着，他焦急地反对道：

"那是发生在查理大帝①时期的事。在今天，先知可以吃得很好，直到他应当开始布道的那一刻。况且，耶稣也没说过不能享用体面的伙食。"

---

① 查理大帝（742—814）是欧洲中世纪早期法兰克王国的国王。——译者注

"是的,但他也没有让我过得像国王一样。再说了,这个问题也无足轻重。只有法利赛人①才会把时间浪费在这种细节上,这是耶稣所鄙视的。我们将会冥想《圣经》。我将会在某个洞穴里做苦行。"

青蛙在附近某个池塘里发出甜蜜的叫声,但埃尔格塔却并没有听见,他在黑暗中挥舞着手臂。布纶堡离开他两步,接着,他仿佛在讲述某个秘密似的,反省道:

"我们可以顺便带上一把猎枪、一只猎犬,以及一台无线电广播设备。音乐可以在高山的孤独中分散注意力。"

埃尔格塔回过神来,愤愤道:

"恶心的狗……你在嘲笑谁呢?我的确是要去山里,但并不是为了跟一个骗子同居。除了母鸡,我们什么也不会带,而那里唯一一头拱嘴的猪将会是你。"

布纶堡释然地喘了一口气。在观察到树杈间飘浮着的一个银色的坚果后,他用舌尖舔湿嘴唇:

"没错……我的确是在嘲笑您圣人般的举止。知道我为什么这么做吗?因为我有一颗邪恶的心,想要确定您是不是一个庸俗的骗子。"

"我的举止并不是圣人般的,一点儿边也沾不上。谁告诉你我是个圣人的?我犯下过太多太多的罪,仅此而已。然后,上帝召唤我走上他的道路,人们以为我疯了。我的行为的确很像

---

① 法利赛人是第二圣殿时期(前536—70)的犹太人宗派。这里取其衍生意,指"伪善,虚伪的人"。——译者注

疯子……可是，在亲眼见证了那些奇迹后，我又怎么能够不感到惊骇呢？你觉得我疯了，是因为我把财产都赠予了妻子，而她此时此刻可能正在十步之外跟另一个男人睡觉？不，白痴，她是《圣经》里的娼妓，出现在大灾难时期的'瘸女人'。我把财产都赠予了她，是为了让她堕落，或是自我救赎。关我什么事？我是被钉在十字架上的基督的门徒。我会在明天或后天出门乞讨，像身为王子的佛祖一样，也像身为工匠之子的耶稣一样。你明白了吗？我将穿上一件罩衫和麻布鞋，走上街去宣扬血雨腥风的日子即将来临，因为可怕的时期就要到来了。愤世嫉俗的犹太人啊，你可以贪婪地拿舌头舔过嘴唇，品尝撒旦的妒忌在你的胃里生成的毒药的滋味。财产，黄金，白银！财产关我什么事？百夫长胡里奥荒诞的复制品。我的内心满溢着对人类的怜悯。是啊，我的确变成了这副野兽般的模样。然而，触及灵魂的耶稣明白外表是不能代表灵魂的。流血的时刻已经到来。你听听耶利米①的这番可怕的话语，那是关于今天也是为了今天的预言：'我看见一个烧得滚烫的锅，锅口从北向南倾斜。必有灾祸从北方临到这里，打击这片土地的所有居民。我要召集北方列国的各部族……'百夫长胡里奥，你怎么看？北方已经在这片土地发起了进攻。你听听以西结②是怎么说的：'毁灭来临，他们想寻求和平，却徒劳无益。'还有这句：'时候

---

① 耶利米是《圣经》中犹大国灭国前，最黑暗时的一位先知，被称作"流泪的先知"。——译者注
② 以西结是《圣经》记载的祭司和先知。伊斯兰教的《古兰经》中提到过以西结两次，犹太教认为以西结是第三位大先知。——译者注

到了,日子近了,买的不必欢喜,卖的不用忧愁,因为烈怒要临到众人身上。'这句也是以西结先知说的。你尽可以嘲笑,但你的终点已经临近,这是我的内心告诉我的。"

树枝之间的黑暗发出夜晚的嘎吱声。一个橙色的点滑过令人目眩的弧线,落入沥青厚实的阴影之中。

"我没有嘲笑……"

"你有没有嘲笑关我鸟事。我说的是耶稣,'他'负责清洁所有肮脏的灵魂。当'他'看向人们,人们会意识到'他'的目光停留在他们灵魂的底部。就像泥瓦匠刮平墙面、捋掉指间的水泥、查看其中石灰与沙土的比例一样,'他'用手指捋开人们的秘密,告诉他们灵魂中欲望的沙土与罪恶的石灰各占多少比例。耶稣就是那样。'他'不会把心里所有的想法都说出来,因为人们并没有为此做好准备。你知道的,人们对'他'的生平了解极少,甚至一无所知。'他'走在流浪的道路上,在那里认识了偷山羊的小偷以及与逃亡的奴隶上床的女人。在那个年代还存在着奴隶。你想过'他'可怜的内心在那些人之间感到如此孤独所经受的痛苦吗?那些人每时每刻都在等待着折磨、绞刑、十字架、鞭子和炽热的烙铁。你坦诚地告诉我,你曾经想过耶稣吗?那个到处流浪闲荡的耶稣?"

"没有。"

"看到了吧?……你们每个人都一样。神父总是谈论一个距离人心很遥远的耶稣,于是人们不自觉地就疏远了耶稣。但耶稣也是个人……'他'说话的方式跟我此刻跟你说话的方式一样。'他'走在村庄的街道上,从半敞开的门嗅到炖菜的气味,看见女人们赤裸着胳膊在挤奶。'他'在同一时刻进入了世界上所有事物的内部。没人注意到'他'在傍晚时分因极度怜悯而在牧人和强盗的篝火边驻足。因为你也是个强盗。"

布伦堡贪婪地反复舔着嘴唇：

"无可否认，我的确是个强盗，但问题并不会通过侮辱我而获得解决，而是需要问自己：要是上帝不存在呢？"

布伦堡再次将目光固定在一个之前注视着的高度。

桉树被染成紫色的树冠渐渐变成蓝银色的珐琅，树顶看起来像一个铝制的穹隆。埃尔格塔迅速回答道：

"我在过去也思考过这个问题。我对自己说：假如上帝不存在，那么必须要保管好这个秘密。要是人们得知上帝并不存在，地球会变成什么模样？我们没有权利去思考这个问题。耶稣在同安静的牧人们一起蹲在火堆边啃面包时，一定问过自己很多次：要是上帝不存在呢？'他'一定也想过这样的问题，但当耶稣聆听着人们的对话，注视着人类犹如跳进无底深渊一般毫无止境的痛苦，'他'就把那个关于上帝的想法从脑袋里赶走了。"

"您会去到街上向人们讲这些话？"

"不，世界的力量并非在街上，而是在乡村。"

"但您相信'他'吗？"

"当一个人愉悦地想到'他'的那一刻起，'他'就存在了。"

"您用什么方式感知'他'的存在呢？"

"我的力量增强，我的生活获得了更广阔的意义，死亡对我而言微不足道。痛苦，滑稽可笑；贫穷，是个馈赠……"

"布纶堡!"黑暗中一个声音喊道。

埃尔格塔轻蔑地做了个鬼脸:

"是'占星家'吧?……"

"看见接生婆的男人"一边走开,一边回答说:

"是的,是他。"

埃尔格塔独自一人待在无花果树下面。于是,听见了整个对话的巴尔素特走到他的身边,说道:

"你们谈话的内容真是有趣。"

对方耸了耸肩,回答道:

"布纶堡被魔鬼缠了身。他的体内住着一个龌龊的小魔鬼,在他的心里激起阵阵嘲讽。小魔鬼摇着尾巴,而布纶堡的灵魂充满了痛苦的伤心,是那么地痛苦,于是他不得不像只狗一样不停地舔嘴唇,才不至于被体内的毒药腐蚀。"

"有可能……"

两个人迈起步伐,走在庄园的小径上……

一个赤裸的灵魂

此刻,他们在低处的黑暗与高处的繁星间漠然地走来走去。一阵油性的芬芳从被夜晚的露珠润湿的植被中倾溢而出,它升到高处,仿佛想要守护烟灰形成的薄雾的顶点。巴尔素特说道:"说回昨晚的谈话,就像我跟您说的那样,真是妙极了。"

他第十次撩开在拐弯处划过胸前的柳枝,继续说:

"至少听起来棒极了。同样的话,假如从另一张嘴里说出来,可能会很愚蠢,相反,我却有权思考它。而且,这种信仰让我的生活发生了深刻的改变。我知道什么都可以跟您说,因为人们觉得您疯了……"

埃尔格塔若有所思地点燃一支烟,磷火照亮他阴沉发黄的侧脸。巴尔素特的影子投射到一棵杨树的树干上,他吹灭了火柴,香烟的炭火明亮耀眼。他丝毫没打算为自己辩护,说道:

"人们一旦了解了我的事业,就不会认为我是个疯子了。"

巴尔素特耸了耸肩。

"您是不是疯子对我而言一点儿也不重要。'占星家'最近好像在研究埃尔多萨因关于毒气工厂的项目。'占星家'比您更理智吗?不会,所以呢?……然而……但回到我的话题,相信自己是个超凡卓越的人从本质上改变了我的生活。"

他一把拨开柳树的枝条,继续说道:

"改变了我的生活,因为它让我以喜剧演员的姿态面对他人。我常常在朋友面前假装喝醉了,但其实我并没喝多,我夸大了葡萄酒的酒劲,从而偷偷观察我假装醉酒给他们带来的影响。您不觉得我可以当电影演员吗?"

埃尔格塔没有回答。

巴尔素特把双手背在身后,继续说:

"我总是以喜剧演员的身份出现,无论发生了什么事。就像我昨天跟您说的一样:我对埃尔多萨因下了狠手,就是为了看看我是否可以出演被嘲弄的爱人一角。随后,我跪在他的身前,心想:'跪在被我们打了的男人面前是多么了不起的电影效果啊!'我甚至让他相信了是痛苦让我感到绝望。对我而言,真相有多重要?真相的目的是什么?真相对我而言一点儿也不重要。我做出了深入的分析,最终明白了自己是个粗鲁不堪且愤世嫉俗的人。唯一叫我感兴趣的即是演戏,我能够演绎最绝望的男人这一角色。我的眼眶饱含泪水,脸颊发红,双眼放光,而我却在心里嘲笑对方感动地凝视着我。我常常去埃尔多萨因的家里,我在他面前扮演一个沉默寡言、命运邪恶的男人的形象。而那个可怜的男人竟然相信了!我的确感到了一些快意……我的体内存在着某个我无法解释清楚的东西,那是在我演戏时掌控着我的感官的邪恶。

"于是,我感到灵魂行走在云冠上,神经被绷紧。我所处的境遇就像一个正踩着铁丝穿过深渊的人一样。当我以他人为代价而获得愉悦时,我观察到过同样的感受——因为艺术家必须得细心观察。埃尔格塔,我对您发誓,我曾演出过最荒诞的戏。

有的时候，我甚至无法分辨生活中的哪部分是做戏，哪部分不是。假如我抱有美好、诚实的感受，那么这一切都不算什么……但并非如此……最糟糕的是，跟演员在一起的还有一个心怀恶意的人格。您瞧，我曾有两个朋友，他们彼此憎恶。于是，我在一个人面前说另一个人的好话，在另一个人面前亦是如此。当我听见他们俩吵架，我会从中煽风点火。我不管谁有道理，我只想要调动起他们对彼此的恶意，越狠毒越好。很多人受苦，因为他们说自己在寻找真相。在那些蠢货面前，我把自己放在他们的位置。您觉得招魂师女儿的事是真的吗？不是。那个手握扫帚的幽灵呢？也不是。那些都是我为了演绎处在发疯边缘的男人而编出来的故事。有些人甚至建议我去做健康检查从而排查患有神经机能病的可能性，您无法想象我是如何笑话他们的！您怎么看待这一切？"

一颗星星的五个蓝色的角在一棵桃树粗糙的树桠间闪烁着。

埃尔格塔不由自主地回想起某个小庄园里的一匹失明的马儿，在牛至和生菜的孤独中拉着水车转动，他回答巴尔素特的提问：

"《申命记》①里有一段，第十三章，这样说道：'你也不可听那做梦之人的话。'在后面，先知又写道，'做梦之人必将死去。'"②

---

① 《申命记》是《圣经·旧约》中的一卷，含有耶和华对其百姓发出的有力信息。——译者注
② 埃尔格塔在向巴尔素特引用经文时居心叵测地对原文进行了修改，因为这两段经文都同时指诗人和做梦之人，而并非只指做梦之人。——评论者注

巴尔素特回答道：

"不过是经文罢了。在我身上也可以找到做梦者的灵魂，能够穿着粗麻布的衣服，手握铁罐，去弗洛雷斯街区乞讨，就像'占星家'向我建议的那样。您不觉得我能够做到吗？"

"觉得。"

"那难道不具备原创性吗？"

"不具备。"

"为什么？"

"在《路加福音》①里有一则关于耶稣的寓言故事，是写给书吏和法利赛人的，它这样写道：'没有人把新布补在旧衣服上。'又写道，'没有人把新酒装在旧皮袋里。'因憎恶而变得铁石心肠的灵魂钻进粗呢里做什么呢？这真是上帝对圣人和纯真的人赐予的恩惠的极大讽刺。"

"有可能……然而，您瞧，我可以把一切都告诉您。您是那种可以让他人在您面前把自身的污水一并倒出的人。是啊。什么都可以告诉您。我觉得我会坦白一切。我嫉妒心很强。别惊讶。我喜欢撒谎。当我结交到一个朋友时，我会帮助他患上恶习。我所有为数不多的朋友都有恶习。我喜欢刁难生活，并折磨它。我曾遇见过一些人，假如我对他们说出一个亲切的词语就能对他们做出极大的帮助。可是我却背信弃义地把那个亲切的词语藏了起来。一个亲切的词根本不费事，不是吗？但我却没有说出口。我曾有个朋友，他天真地以为自己是个天才。我

---

① 《路加福音》是《圣经·新约》中的一卷，四福音书之一。——译者注

缓缓地将他对自己的信任一点点瓦解。我偶尔会遇到一两个人，他们用尖锐的目光在我身上寻找隐藏着的恶习，我不明白他们为什么会带着一种愚蠢的同情心，试图向我提出建议。您无法想象我在聆听他们几小时几小时的演讲的同时私下里体验到的快感！我甚至假装自己被他们的话语深深打动！他们站在道德的制高点卖弄学识，而我则埋着头，双眼饱含泪水。您相信吗，其中一个白痴甚至还亲吻过我的双手？他的骄傲需要在我的内疚面前得以膨胀。我在心里嘲笑着他。我的原则是让事情顺其自然地发生，直到某个临界点，然后在某一天，我突然用嘲讽、绝望且侮辱性的粗鲁切断所有的建议。"

他弯下身子，拔起一撮扫到了他腿肚子的绿色茎秆。接着，他摸索着用指头紧紧捏住埃尔格塔的右肘，在黑暗中将面孔转向他，有些咄咄逼人地继续说道：

"一定得瞧瞧那些被嘲笑的人是什么模样！您别认为这是发生在昨天或前天的事。我很多年来就一直过着相同的生活。现在我二十五岁……我从十七岁就开始演戏了。我有时候会在家里做这样的事：爬上桌子，像佛祖那样蹲坐着，一坐就是两三个小时。某天，公寓的女房东被吓到了。她说要是我继续把桌子当沙发用，那她就不得不把我赶走。我除了嘲笑，还能做什么呢？我不仅是个演员，更是个无赖。是的，无赖加丑角。可是，其他人又会比我更好吗？天啊！我并非怜悯自己，不是……但是您瞧，某天，我起了爱情的念头。人们认为一个人愤世嫉俗的人是无法陷入爱情的，这一点当然不对。我陷入了爱河。我认真地爱上了一个女孩。她十四岁……您别笑……"

"我没笑……"

巴尔素特再次撩开在走到拐角处时掠过他胸前的柳枝。

一截黝黑的铝片切断桉树的树冠。巴尔素特若有所思地凝视着高空。银河里的胡同是如此深邃,犹如从飞机俯瞰摩天高楼间垂直落下的街道。

他继续严肃地、吐露秘密般地说道:

"我想跟她结婚。我把自身最好的东西都给了她——要是说我身上有好东西的话。要把自身最好的东西给予对方是件很难的事。而且还很慷慨。好了,我给了她。纯洁,梦想,激情。您别认为我是在跟您讲述电影里的人物。不是的。假如此刻有灯光,您可以看见我的脸,那我会演戏。但在黑暗中什么也看不见。在灯光里,会的,因为我会无法抑制以为自己站在摄像机前的冲动。但现在这样,则不会。我们在黑暗中,几乎连眼睛反射出的光都看不清。好了,您知道那个十四岁的女孩在跟我保持了两年的关系后对我说什么吗?是不是想象不到?"他停下脚步,挽起埃尔格塔的胳膊,继续说道,"您可以想象那个十四岁的女孩跟我说什么吗?……她说她把自己给了另一个男人。这难道不可怕吗?我感到自己快疯掉了。您没听错。在那一个月的时间里,我暴躁不已。我脸色焦黄,仿佛在番红花里沐浴过似的。好了,现在我想要获得胜利,知道吗?我曾经有一次瞧见她挽着另一个男人的手臂。我想要深深地侮辱她。我不会停止,直到最大限度地侮辱了她。必须得让那条母狗在每个街角的建筑都会看到我的名字。让她受尽内疚的困扰。您记住了,我某天会开着劳斯莱斯激起她家门前的尘土,像上帝一样冷漠。

人们会指着我,说道:'那是巴尔素特,艺术家巴尔素特,他从好莱坞回来,是葛丽泰·嘉宝①的情人哪!'"

埃尔格塔讽刺地回答说:

"当一个女人在路边招手时,一定会有个男人将劳斯莱斯停在她的身边。亲爱的朋友,用脚去踢针尖是件很艰苦的事。您是个冷酷无情的罪人。书里写道:'被自身的狂怒吞噬。'先知曾为您这样的人写过:'黑暗闯入了白天,在正午需要像在夜晚一样摸索着前行。'"

"Je m'en fiche.② 况且,如果说有一道黑暗已经将我彻底玷污,那即是她。"

埃尔格塔挤了挤眼,哈哈大笑起来:

"您编造的谎话真不错啊!没有人会玷污任何人。而且,您为什么想和一个十四岁的女孩结婚?为了清除她所有的罪过,还是为了将她彻底玷污?朋友,您可要注意了。我虽然读《圣经》,但却不是傻瓜。您在追求她的时候还持有贞操吗?"

"没……"

"那么您又为何大惊小怪呢?"

一阵沉闷聒噪的喇叭声从远处传来,狗吠渐渐变得轻缓,月亮透过树木渗出银灰色的光束。

巴尔素特往后退了一步,踌躇地回答道:

"知道吗?您说得没错……可能吧……让我想想……我之所

---

① Greta Garbo(1905—1990),瑞典著名女演员。——译者注
② 法语,意为"我一点儿也不在乎"。——译者注

以憎恶她，可能出于她在我身上施加的掌控力。您瞧，您想让我对您坦诚吗，但是是真真正正地坦诚？当她告诉我她已经把自己给了另一个男人时，我微笑着听她讲述。我的内心感到自己对发生的事一点儿都不在乎。但当我分析那种漠然较之她的罪过意味着什么时……我就是从那一刻开始恨她的。假如有可能的话，我一定已经把她活活烧死了。"

埃尔格塔安静地笑了笑。

"您不会把她活活烧死，不，不会，即使连她的照片都不会烧掉。您不过是喜欢说一些听起来很厉害的话语罢了。您的行为不过是所有庸俗的灵魂共通的行为。由于爱得太深而开始恨她。"

"那么一个高级的灵魂，会怎么做？"

"会立即将她从内心抹去。高级的灵魂具有那种特征。而且……为什么会想要结婚？佛祖曾说过一句非常睿智的话：'所有的家庭都是一个垃圾的角落。'那位王子所指的是像他所拥有的那种社会地位极高的家庭。"

"埃尔格塔，别再提佛祖了。我是个需要吃饭、生活和睡觉的人。佛祖可以想说什么就说什么。没人禁止他。我是一个拥有骨肉之身的人。我有心脏，有肾脏，肺……我的全身都想要幸福。发生在人类身上的问题是无法用言语来解决的。并非像电影那样，可以让专业人员检查一下，只留下完全正确的部分。我是一个拥有骨肉之身的人。我有需求，也有原则。我的故事，我在跟您讲述我的故事。我愤世嫉俗也好，心狠手辣也罢，又有什么关系呢？'占星家'坚持认为我需要改变我的生活。假设我听从了'占星家'的建议。我亲手制作了一套麻布袋的衣服，手拿一个铁罐走去弗洛雷斯广场乞讨，在垃圾桶边寻找食物。我在'圣保罗人'咖啡馆的角落里跪下来，用双手拍打胸膛。"

"'占星家'当真是那样说的？"

"是的。"

埃尔格塔思考了一阵子：

"我很高兴'占星家'对您说了那番话。'占星家'拥有对'真相'的直觉。他还没完全走上正轨，但已经不远了。时机已经到来，但'占星家'应该是从耶利米的书里获得麻布袋衣服的点子的。当然了。耶利米的书里写道：'因此，你们应当披上麻布，恸哭哀号，因为耶和华的烈怒还没有离开你们。''占星家'当真是那样对您说的？"

"是的，他相信我可以通过那个行为来改变我的生活。真荒诞。我的痛苦来自于我和其他人同样的生活。还是说您觉得我是那里唯一一个模拟器？不，朋友。像我这样嫉妒心很强的丑角和演员，在这座城市里还有成千上万个。我不知道世界上其他的城市是不是也像布宜诺斯艾利斯一样。我只谈论我了解的情况。假设我在'圣保罗人'咖啡馆的角落里跪下。会发生什么？我会被关进监狱。"

"或者会像我一样，被关进疯人院。"埃尔格塔抱怨道。

巴尔素特继续说：

"要是我早知道女人们会被我的行为打动！但女人算什么东西？外表，外表。移动的衣装。那么我该做什么？不能把自己交付给女人。就那一方面而言，问题没有得到解决。继续哪条道路？我还能做什么？去北美。加入电影行业。我十分确定自己会在有声电影界大放异彩，因为我的音色不错。事实上，当我向他人讲述我的梦想时，我的目的是为了让他人受折磨。有些人会在发现其他人成功的可能性时感到痛苦不已。有些人的嫉妒心是如此之强，他们甚至不允许他人异想天开。我在跟一些朋友谈到电影时，目睹了他们的脸色变得苍白。我告诉他们，一部有声电影将非常适合我，电影名叫作《威尼斯的船夫》。我将赤裸着胳膊，戴着花环，划着一艘贡多拉，徜徉在河道里。银色的月光为黑色的河水笼罩上一层橙色的箔片。我在叹息桥的某个阳台下唱着船歌。当然，为了那个场景我得学习声乐。桥下的歌声将会开启一扇窗户，一位年轻的女侯爵将跳上我的贡多拉，拔起盖在我胸口的玫瑰，将一把匕首刺入我的心脏。有一个人在我跟他讲述那个梦的那一天无法入眠。埃尔格塔，您意识到了吗？人类的邪恶是多么深邃啊！他们甚至憎恶那些让倒霉蛋分散注意力的幻想。要是那些幻想成为现实，会怎么样？我不知道。也许一旦有了杀人的机会，就会把他杀死。人可以那样生活吗？请您诚恳地告诉我：一个人能够以那种方式生活吗？不可以。埃尔格塔，您瞧，我不知道您拥有过什么样的生活。您是个好人，也是坏人，但从本质上而言，您是个真正的男人。一个真正的男人在哪里都会混得不错。但您不认识我所认识的那些人。咖啡馆里那些邪恶的、中了魔的人。您瞧，当'占星家'抢走我的钱财时，我感到巨大的愉悦。您知道为什么吗？因为我对自己说：'现在我陷入了贫困。现在我不得不为了成功而工作。我会像野兽一样奋斗，但我会获得我想要的.'所有人在获得成功之前都会表现出疯子的特征,正如所有的女人在分娩前都挺着畸形的肚子。现在的问题在于,我伟大的梦想并没有为我带来喜悦。我天性悲哀。有时候我如此仔细地观察自身的厌倦,仿佛可以看见一个皮肤透明的男人肚子内部的情景。"

埃尔格塔凝视着高空中的一颗大星星,它宛如一朵金色的夜来香。

"因为书上这么写道:'不信教者的道路仿若黑暗,他们不知道会撞上什么。'还有,'我也会笑话你们的不幸,在你们担心的事情发生时嘲笑你们。'我的朋友巴尔素特,需要寻找上帝。我以过来人的身份告诉您……"

巴尔素特对他思想以外的东西充耳不闻,继续说道:

"要是别人比自己好呢?那么问题就能够轻易解决了。有人建议我结婚。是的,我想过结婚,但却是和葛丽泰·嘉宝结婚。我喜欢那个女人。为了跟她结婚我得去美国,在那里成功……您瞧,我甚至都计算好了。用一年的时间获得成功,另一年来追求她……尊敬的埃尔格塔,在两年后,您会穿着麻布袋,手握铁罐在街角布道。人们会围在您的身边,在您引用《圣经》里的原文时合不上嘴。突然,我会把劳斯莱斯停在您的跟前,侍从打开车门,葛丽泰·嘉宝挽着我的胳膊从车上走下来。我会对她说:'看见了吧?……那是我的朋友埃尔格塔,在我被绑架时,某天晚上曾与他聊过天。'然后,我们会带您一起去美国……"

一阵嘶哑的声音叫道:

"巴尔素特。"

一个阴影从小径上走来。土地上传来脚步踩在上面的声音。巴尔素特看清是"占星家",于是拉起埃尔格塔的胳膊,害怕地说道:

"求求您了,一个字也别跟他说。"

一堆长满植被的石头被月光染成灰色,"占星家"庞大的身躯浮现在石堆上。他意识到埃尔格塔也在场,从黑暗里跟他打招呼:

"晚上好,埃尔格塔。请原谅我打扰你们。我可以跟巴尔素特说句话吗?"

"您找我有事?"

"是的,巴尔素特,走吧。我得告诉您一个好消息。"

埃尔格塔再次一个人待在无花果树的下面。他看着两个男人融化在树木间,喃喃道:

"上帝,你这句话简直说出了真相:'堕落者的道路弯曲且奇怪!'……弯曲且奇怪!上帝啊,你仿佛预测到了多少个世纪以来灵魂在夜晚的所有活动!"

埃尔格塔跪倒在草地上。双手在胸前合十,开始祷告。

月亮在他弯曲的背上落下束束银光。

"好消息"

他们走进屋时,写字台上方的电灯亮着。"占星家"对巴尔素特指了指绿丝绒扶手椅,后者在扶手椅坐下,做出期待的模样，而"占星家"则朝柜子走去。他从那里取出一个包裹，将包在外面的报纸扔在地上。巴尔素特注意到那是一捆捆钞票。与此同时，"占星家"把手伸进裤子后侧的口袋，拿出一把45口径的粗手枪，他把包裹和手枪都放在写字台上，正对着巴尔素特——巴尔素特惊愕地看着他——说道：

"拿着。这里是您的一万八千比索。您可以选择帮助我，或是离开。您有五分钟的考虑时间。手枪是为了向您证明我没对您设下任何埋伏。我去楼上，会在五分钟后下来聆听您的答复。假如您不到五分钟就决定要走，您可以自行离开。"

他看也没看巴尔素特就转过背，走进过道，巴尔素特听见他沉重的脚步声从楼梯传来，楼梯通向挂着木偶的阁楼。

只剩下巴尔素特一个人。一万个声音在他的内心尖叫："但这是真的吗？是真的吗？……北美！……"

他贪婪地朝包裹弯下身子。他放下钱，拿起手枪，滑动手柄上的枪栓。他从弹夹取出一半子弹，透过枪套上的孔能够依稀看见子弹底火留下的铜色圆点。他合上枪托，把武器放在桌子上，用两只手捧起包裹的两侧。有两小捆是由十比索的钞票组成，另一捆由五十张五十比索的钞票组成，剩下的则由一百比索的钞票组成。他看也没看周围就开始数一百比索钞票的一角。一个念头迅速掠过他的大脑："这不会是'滥竽充数'吧？"于是他将捆好的钞票拆开。把钞票散开。不！……我搞错了！那并不是"滥竽充数"。灯光像白热的尼亚加拉瀑布一样照亮他的双眼。内心的声音重复道：

"好莱坞！……好莱坞！……"

他快速推论道：

"那伙人把埃尔格塔的药房卖了，他们肯定威胁着要告发他……现在我明白伊波丽塔来这里的原因了。星期三的会议的推迟。二十三，二十四，二十五。好莱坞！……二十六……伊波丽塔把她的丈夫洗劫一空！……二十七……"

突然，巴尔素特全身颤抖起来。一阵令人不安的冷风让他背上的汗毛竖了起来，犹如一股泼在头皮上的冰水。他莫名其妙地被恐惧袭击了。他十分缓慢地抬起眼睑。在通往前厅的门留下的黑色缝隙中（"占星家"就是从那里走出去的），他依稀看见一个黄色的鼻子和一只发亮的眼角。

门不知不觉地被打开，鼓起的额头像一道黄色浮雕，垂直于黑色的背景，越来越明显。长在眉毛的黑线下的眼睛死死盯着前方，与此同时，像威胁着要咬人的狗一样紧缩着的嘴唇露出一排发亮的牙齿。

是"看见接生婆的男人"。他的脑袋伏在两个耸起的肩膀之间。布纶堡的右手臂成直角，拳头紧握着一把宽刃刀，刀与手平行。

"看见接生婆的男人"在暗中窥视着他。可是，既然"占星家"早给他设下了埋伏，又为什么要留给他一把手枪？巴尔素特有些惊异地观察着。

布纶堡并没有看向钞票，他闪烁的瞳孔牢牢地斜视着墙上的一个点。然而，被他握在腹股沟高度的刀越来越与地面平行。

巴尔素特凝视着。

在不知不觉滑向他的身体中，他只看得清两只迷离的眼睛上方的一对粗厚的眉毛。随着那个扁平的面孔在虚空中越来越靠近,他感到一阵可怕的软弱占据了他的双臂。他知道自己就快死了。他无法动弹。他完全忘记了贮存在他高大身躯里的力量……他的意志力只为了注视那个嵌在青筋突出的粗喉咙里的黄色且扁平的面孔而存在。挽起袖子、打着光脚的凶手非常缓慢地推开门。他的双脚还在过道里,而上半身却在房间内充满弹性地被拉长了。

"过了三分钟了。""占星家"洪亮地大喊道。

"占星家"的喊声滑过布伦堡的冷漠。他脚不离地地往前移动。巴尔素特的肌肉在皮肤下面强烈地收缩,一阵像被火鞭抽过的炽热的疼痛闪过他的双臂。

他迅速伸出一只手,在屁股不离开座位的情况下把手枪颤颤巍巍地举在胸前,紧紧闭上眼睑,盲目地,按下扳机,一下,两下,三下,四下,五下,六下……爆炸发出机械般单调的节奏。他再次按下扳机,撞针击打在虚空中。在爆炸声与爆炸声之间,巴尔素特期待着肚子会感受到刀刃的冰凉。一股令人作呕的气味将他笼罩在一层白雾之中。有人在他的耳畔尖叫:"噢!噢!"他从绿丝绒扶手椅的一只扶手倒在了地上。有人再次在他的耳畔发出遥远的呼喊,晃动着他的胳膊。他一句话也听不懂,更不想睁开眼睛。最后,他终于克服了铅块的沉重,睁开了眼睑。"占星家"背对着他,身体僵硬地用鞋尖踹了踹布伦堡后背肾脏的位置。倒在血滩里的布伦堡大腿紧缩,脑袋一侧的太阳穴被打爆,在地上哆嗦着。

巴尔素特困难地呼吸。房间里的空气像烤箱一样炙热,充满了火药爆燃后浓郁的干屁味。

"占星家"转过头，看着巴尔素特，对他说：

"我们真是逃过了一劫。我的朋友巴尔素特，您救了我的命。"

巴尔素特沉重地站起身，绿色的眼睛有些浑浊。他蹭了蹭手臂，看着"占星家"的上半截脸，用半睡着的声调说道：

"他好像受伤了。"同时避免看向倒在地上的人。"占星家"为了更清楚地观察布伦堡，把手指放在额头做帽檐状，哈哈大笑起来。

"好像？……他可全身都中了弹啊！……没瞧见他就要死了吗？"

"我们出去吧……我要窒息了……"

"走吧……呼吸点儿新鲜空气对您没坏处。"

"占星家"转动电灯的开关，房间陷入黑暗。巴尔素特摇晃着走到被棕榈树围绕的楼梯平台，在第一阶楼梯上坐下。他用手撑着额头，肘部支撑在膝盖上。

"占星家"愉快地喋喋不休：

"这一次上帝留意到了我的好心。我把手枪留给您，是为了让您感到更强大。我希望让您能够做出对您最有益的决定。"

他在巴尔素特身边的楼梯坐下，继续说道：

"我在今天早上就决定让您自由追随内心的感受。魔鬼，只有魔鬼才会让人产生这种想法。有一个念头在一瞬间引诱我：把子弹里的火药取出来。为什么会冒出那样一个念头？我不知道。但我不得不做出很大努力才抑制住了那个诱惑。应该是出于自爱……我怎么知道?!……如果说我通过大喊'过了三分钟了'救了您的命的话，那么您则救了我的命，也救了您自己的命。"

巴尔素特满身是汗，他冷静说道：

"跟一个持枪的人对战不会有好下场，但不得不面对一个持刀的野兽则更糟糕。"

"假如我在您因受伤而尖叫时下楼，赤手空拳的我能做些什么？事实上，是您避免了一场大屠杀的发生。"

"我看也没看就按下了扳机。"

"非常好。对于不会操作武器的人而言，那是击中目标的唯一方法。直觉是永远不会出错的。"

"现在我们该怎么办？"

"什么怎么办？把他埋了！我猜您不会想给那条狗涂防腐香油吧。"

在空中上升的月亮此刻正照耀在两个男人谈话的露台上。从那里看出去，树冠的地平线仿若黑雾形成的巴洛克浮雕，悬挂在蓝瓷色的苍穹之上。

巴尔素特说道：

"嗯……我觉得发生的这一切应该够您忙的了，是吧？我打算走了。"

"你打算拿那笔钱来做什么？"

"我不知道……可能会去美国。"

"想法不错。您会恨我吗？"

"我希望能尽快离开这里。"

"很好。去拿您的钱吧。"

巴尔素特走进屋里，只剩下"占星家"一个人在楼梯的平台。一副神秘的表情勾画在他的脸庞，在明亮的月光下呈浅灰色，犹如一张相貌愚钝的铅制面具。

巴尔素特走了出来。一手拿着钱，一手握着手枪。

"我的身份证件在马车房。"

"占星家"微笑道：

"巴尔素特，您跟我说话的方式，仿佛担心我会反对您离开似的。不会的，您安心地去吧。此时此刻的我拥有很多钱。比您想象的还要多。"

巴尔素特没有做出回答。他一步跳下阶梯，钻进了树林里。他没走几步就不得不停下来，用手臂扶着树干。一阵冷汗将他侵袭。他收缩起身子，然后开始呕吐。在感到稍微好受一点儿后，他走向马车房。那里一个人也没有。他走进那间他度过了与众不同的几天的房间，点燃蜡烛，朝衣箱弯下身子，从褶皱的脏衬衫里摸出他的身份证件。接着便离开了房间。

他缓缓走在树丛间，用手的侧面拨开树枝。在斜穿过在拐弯处长着一棵无花果树的小径时，他瞧见药剂师埃尔格塔跪在一床枯叶铺就的地毯上。

埃尔格塔埋着头，双手抱在胸前，在沉默中祈祷，月光把他的后背涂成银色。

一股巨大的沮丧将他侵袭。在那一瞬间，他非常羡慕那个受启者的疯癫。他加快步伐，当他走到屋子跟前时，"占星家"已经不在露台上了。

他犹豫要不要去跟他打招呼，然后耸了耸肩，继续往前走。庄园的大门敞开着。他深深呼吸，走上了街道。对他而言，生活是一项全新的恩赐。

光气工厂

在距离坦珀利车站两条街的地方，巴尔素特看见埃尔多萨因正穿过一间咖啡馆玻璃门前的白色斑马线。

他在那一刻停下了脚步。埃尔多萨因双手插在口袋里，走在人行道的边沿，一副不堪重负的样子。

他想过要招呼他，但他对自己说没有交谈的必要，于是他看着对方走远，在路灯下轮流走进光亮和阴影中，耸了耸肩，心想：

"让他去帮'占星家'埋葬尸体吧。"

他透过咖啡馆的玻璃门看了看墙上的钟，九点半。几个男人在狭长的、地面铺满了木锯的大厅里玩纸牌。他本打算进去喝杯咖啡，想到并不需要破开一百比索的钞票，因为他有一些十比索的零钱，然后毅然朝着车站走去，对自己说道：

"我先剃个胡子，然后去歌舞厅。"

相反，当埃尔多萨因抵达庄园时，"占星家"在屋子的门口迎接他。"占星家"并非像通常那样请他去书房，而是把他带去了隔壁的一个房间，这让雷莫感到一丝奇怪。那是一间阴暗险恶的房间，如巷子一般狭长，亮着一盏瓦数很低的电灯。房间里的每个角落都堆满了灰尘，其数量之多叫人难以置信。狭长房间里的家具包括一个桃花心木衣架和两把木椅（那种用于厨房的木椅），椅子上也铺满了厚厚的灰尘。在房间的一角是通向挂着木偶的房间的楼梯。

疲惫不堪的雷莫重重倒在不太舒服的座椅里。

"占星家"观看他的表情仿佛一个被不合时宜的到访者中断了手上的工作的人。

"我今天收到了您的电报，"埃尔多萨因说道，"我把毒气工厂的计划给您带来了。"

"啊，是吗?！拿来看看……"

雷莫把准备好的小本子递给他，"占星家"一边阅读一边念出声来。

埃尔多萨因把双臂抱在胸前，闭上了眼睛。他很困。再者，他对观察"占星家"阅读时的表情一点儿兴趣也没有，后者像做祷告似的喃喃道：

我并非是随意选择的光气，而是在研究对比了它与其他战争毒气在工业方面、制作的简单性、经济效益以及毒性上的优势后做出的决定。这种新型武器在最近一场战役中带给指挥官们的感受可以用福煦的话来概括："化学战的特点是在最广阔的空间制造出最可怕的效果。"

光气于1915年投入使用；化学战在1917年的秋天重新抬头，因为德国总参谋部在1916年开始实施兴登堡计划。毒气战的应用急剧增加，施瓦特给出了这样一组数据：仅在凡尔登的轰炸中就使用了十万个装有绿十字（即光气和甲酸乙酯）的榴弹。

在埃纳省发起的进攻的炮兵说明中，我们可以找到这样一份毒气资料：

在回击炮位轰炸中，77号、100号，以及150号的榴弹："蓝十字"70%；"绿十字"10%；爆炸性的榴弹，20%。

在步兵阵地的轰炸中，77号战争部件，105—150号的榴弹："蓝十字"30%；"绿十字"20%；爆炸性的榴弹50%。

在堑壕工事的进攻中，77号战争部件，100—105号的榴弹："蓝十字"60%；"绿十字"10%；爆炸性的榴弹30%。

总的来说，几乎所有交战中使用的毒气弹都要比爆炸性榴弹多出70%。

毒气的效果

通常会造成肺气肿，肺部分泌的液体会导致吸入毒气者窒息。而且，在极度稀释的环境中，其效果会被延迟，并且非常罕见。我们对受毒气攻击后没有任何症状的士兵进行审讯，在光气进攻后24小时，他们会立即死去。总的来说，毒气"学"通常会把毒气造成的轻伤看作是重伤，因为毒气的延迟效果非常惊人。

成分

其成分很简单：一份一氧化碳加三份氯气。这两种气体的结合形成一种被称为光气的液体。在室温高于8摄氏度的情况下，光气会在跟空气接触时发生沸腾——更准确地说，是挥发。其密度为1.452。

它被装在玻璃安瓿瓶或是电镀铅的铅制或铁制的储槽里保存。最好是用小口大肚的玻璃瓶。

非常经济。当它以1比800的比例被稀释在空气中时，其毒性立竿见影，也就是说，每800立方米的空气需要1立方米的光气。

制造

光气的制造很简单。氯气和一氧化碳这两种气体在一座高达十米的塔底进行混合，高塔里装着不断被水滴润湿的植物炭。一个重要的细节是，炭必须是大小均匀的颗粒，每颗直径为7—10毫米。这些作为催化剂的炭在被送入高塔前需要首先用盐酸仔细清洗，然后用水洗，最后在真空中烘干，这样才能清除炭灰和其他一切有机剩余物。

当两种气体混合在一起时，会反应生成四百五十度的高温。随着气体受压力的作用在炭塔中（炭塔用水平架置的铅条分隔开来）上升，温度逐渐降低，因此，光气在经过炭粒上升到10米的高度后，温度会下降到150度。接着，光气会经过一根浸泡在冰里的水龙管，气体将得以溶解。它的密度是1.455。每当那两种气体的合成物所占比例低于90%的时候，就需要往高塔里添加新的炭粒。

这个生产系统来自英美。

设备

一个能够生产一吨光气的工厂大概需要6000比索。它包括：一个钾碱洗涤机，用于让一氧化碳脱水。两台功率为七个半马力的压缩机。两个毒气计数器，用于控制有多少立方米的毒气通过，从而确保气体混合的比例始终一致。为了避免使用工人，在这个控制中将采用一个电子设备来操控那两个计数器。这样操作就被简单化了。

氯气和一氧化碳在压力的作用下被输入高塔，在那里进行混合。

高塔

为了确保毒气厂的稳定运行，最好是建一座高达10米的钢筋水泥塔，或者砖塔。高塔的内部会裹上一层铅。需要注意的是，操作流程中涉及的所有金属物件——比如水龙头、阀门、开关等——通常都是铜制的，它们的外部都应该用电镀镀一层铅。

高塔的顶部是一个铅做的穹隆。在穹隆下方有一根管道，从那里喷出高压水滴。水在抵达塔底时（塔底亦是气体进入的地方）会通过一根虹吸管流到外部。虹吸管允许水的通过，而不允许气体的通过，从而避免气体从那里渗入。

塔可以是方形的，也可以是圆形的。形状不重要。其水泥墙壁或砖壁的厚度对于整个系统的平衡和稳定至关重要。铅筑的垂直舱的内直径为60厘米，厚度为1厘米。水平铅条的厚度，2厘米。铅条上小孔的直径，5毫米。

当光气抵达塔的高处时，温度为150度。它将经过冷冻的蛇形管，直到溶解为止。

气压

一氧化碳和氯气在6个大气压的压力下通过管道进入塔内。为了达到这一目的，氯气罐和一氧化碳罐需要分别连接一台压缩机。压缩机的功率为7马力，两台压缩机通过两条轴在一台电动机的作用下运转，从而使得输入塔内的气体的比例始终为3比1，并且保持同样的压力。

将气体导入催化塔的导管，以及氯气和一氧化碳的压缩机，需要拥有相同的直径。而且，设备只能在干燥环境中工作，与气体接触的部分不能添加润滑油，因为氯气会去除油的润滑性。

控制

系统为电控。装在塔内不同高度的温度计将在气体上升的过程中提供其温度的读数，从而确保操作控制的准确性。

注意事项

设备在投入使用前需要用压缩气体来测试。工作人员需要佩戴防光气的面罩。市场上出售的柏林生产的设备是最优质的，也是最便宜的。

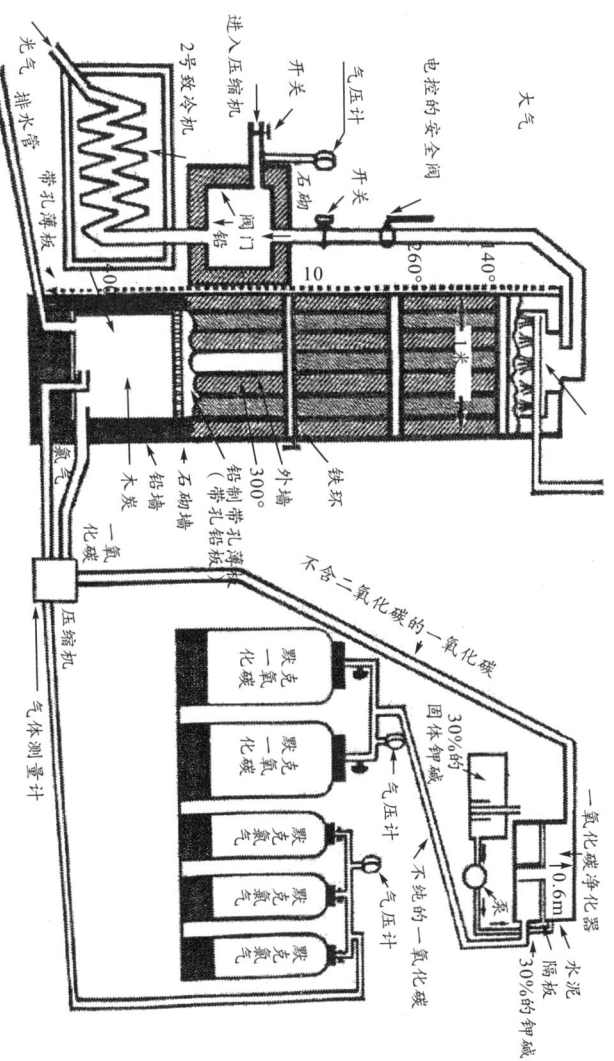

如果可以的话，工厂最好建在高山上，常年吹着不同方向的风。地面和墙壁由水泥建成，铁和金属制品都需要电镀一层铅，从而防止毒气的侵蚀。

毒气的策略

在稍微有些潮湿、少风、气温高于8度的环境下，毒气的效果最佳。操作毒气最好选择傍晚与午夜之间的头几个钟头。

在风速高于每分钟5米的情况下，最好不要投放毒气。最有效的风速为每分钟3—4米。

为了确定风速和风向，需要使用一个叫作风速仪的气象设备。

在阳光的温度还未退去时，请注意避免投放毒气幕，因为那样会形成垂直上升的气流，将毒气驱散。相反，需要在大地冷却的情况下投放毒气，因为在那种情况下会造成气流下降，从而避免毒气被驱散。

可以利用角度不超过40度的从进攻点发出的气流。低地、平原、草地、植被高度不超过人体身高的地区，都是毒气幕进攻的理想场所。相反，需要避免山区，那里地势的高度差和风速的变化几乎能够将毒气幕完全消除。

光气的进攻路线

理论上，在封闭的空间里，我们需要半克光气来让一立方米的空气变得致命。

我们将在每米施用40升的液态光气（德国策略）。在进攻前线比较窄、深度很浅的地方，可以把它降到20升。

假如进攻点距离毒气投放点 400 或 500 米,光气和氯气的幕帘(每一体积的光气对应 9 体积的氯气)将在 3—4 分钟内抵达。在通常情况下,如果风速为每秒 3 米,毒气云在同一时段内可移动 200 米。

第一轮和第二轮投放的时间间隔应该等于毒气云抵达进攻点所需的时间。将形成一道高达 5 米的毒气幕,它会在远离投放点的过程中逐渐变宽。效果将是闪电般的。

布洛克上校曾做过计算,500 公斤的光气理论上能形成 10 万立方米的体积,从而生成一道高 35 米、宽 30 米、深 100 米的云幕。即使被风吹到距离投放点一公里外的地方,这道毒气云幕也具备极其危险的毒性。

通常而言,在光气以 1 比 800 溶于空气中时,受到攻击的人会因窒息而暴毙。

光气的运输

革命进攻常常以突击战的形式发生,并且由少数人发起,运输光气的最佳方式是油罐车。每辆油罐车可以运输两吨液态光气。一个简单的设备能够在前线每米喷洒 20 至 40 升的光气。

由于光气随着温度的升高而膨胀,装光气的油罐需要特别设计,以至于能够承受每平方英寸 80 磅的压力。

油罐车司机的驾驶室必须完全与外界隔绝。司机呼吸的空气通过能中和光气的化学呼吸机进入,其材料与防毒面罩相同。

这样一来,10 辆油罐车,每辆运输 3000 升的光气,就能够为长达 5 公里的前线提供所需的毒气云。

进攻的策略

我们已经看到,战争中的空军,即使设备再少也能摧毁一支装备精良的军队,因此,所有的革命毒气战都应当同时向军火库和空军基地等发起进攻。

在通常情况下,毒气战中毫无准备的军队和平民的死亡率高达90%。

毒气进攻会造成对方严重的混乱,他们将不可能发起任何抵抗。我们可以十分确定地说,100个毒气专家通过突击战可以瓦解任何一支南美军队的主体。

在"占星家"阅读的同时,埃尔多萨因焦虑地呼吸着空气。

当他转过头,一道红色的反光斜射在他的瞳孔上。在将书房与前厅隔开的门的下方,一道被拉长的血渍像一条扁蛇似的在木地板上流动。

埃尔多萨因的思绪立即飞到了对眼女那里。

他脸色苍白,拽住"占星家"的一只手臂。后者抬起头,埃尔多萨因说道:

"隔壁死人了吗?"

"是的,死了一个人……但您的记忆力很好。真遗憾,早知道就委派您再设计一份图纸和说明,在毒气工厂的旁边同时修建一座氯气工厂和一氧化碳工厂。"

"死者是谁?"

"布伦堡……但真是了不起!我没想到战争中使用毒气的比例是那么高。回击炮位战中使用百分之七十的'蓝十字'。真是个庞大的数字。炸药的比重少得可怜。"

"您有什么打算?"

"离开。"

"去哪儿?"

"您会跟我一起吗?"

"不,我打算留下来。"

"我会去很远的地方。您得做决定。"

"已经决定了。我留下来。"

"占星家"用平和的眼神将他包围。

"您有什么荒谬的打算吗?"

"我不知道……"

"好了,"被阉割的男人站了起来,"埃尔多萨因,请回吧。我现在需要一个人待着……我再问您一次,您打算跟我一起走吗?"

埃尔多萨因的思绪飞向对眼女。

"我留下来……再见。"

两个人四目相对,紧紧握了握手。"占星家"明白埃尔多萨因已经为自己的命运做出了安排,于是不再坚持。然而,一股出乎意料的好奇心在那一刻突然出现在雷莫的心里。他说:

"您会见到'淘金者'吗?"

"这几个月都不会。"

"好吧,假若见到他,请告诉他我对他一直都持有非常好的印象。"

"好的。"

他们再一次四目相对，仿佛不得不说点儿什么似的。埃尔多萨因的嘴唇微微张开，露出茫然的微笑，转身走了出去。

"毁灭邪恶之屋"

当"占星家"听见大门的铜铃声——那声音意味着埃尔多萨因已经离开庄园了，他推开书房的门，打开电灯。

他站在那里，一只手沉重地扶着门框，眉头焦虑地鼓起。一绺头发黏在他汗淋淋的额头。布纶堡赤裸的双脚位于血滩的中央，他的尸体令人作呕。

"占星家"下意识地把握在手里的毒气笔记本折起来，塞进口袋。他用手背擦了擦额头的汗水。房间里的电灯投映出他的影子，将在三K党的领土上插着黑旗的美国地图切成两半。

男人想了想，大步跳过躺在红色水池里的尸体。很明显，他有些担忧。他的动作非常急迫。"占星家"打开装满一排排书籍的旧柜子，从一个角落里取出一个小铁盒，盒子上锁着复合密码锁。他转动密码盘，抬起盒盖，把盒子放在桌上。接着，他点燃一根火柴，把它扔进盒子里。一小簇蓝色的火焰冒出，纸张焚烧的橘色火焰映在他一动不动的瞳孔底部……

他一定感到非常疲惫。尽管时间紧迫，他还是重重地倒在了绿丝绒的扶手椅里，面对着镶了薄板的旧柜子。风从半敞开的门吹了进来，晃动着悬挂在天花板与装着密网的狭窄窗户之间的蜘蛛网。

他就那样待了几分钟,陷入逃跑前的沉思。

"晚上好。"

他抬起头,瞧见伊波丽塔的身影,她站在另一间屋的中央,踮起脚尖,裹着她牛皮色的大衣。她一动不动,精致,娇嫩,与此同时,从她绿色帽檐下发出的褪色且怀疑的目光轮流落在尸体和"占星家"的身上。

"我说,晚上好。今天肉铺开业吗?真是欢迎客人的美妙方式啊。"

"占星家"皱着眉,没有作答。他的半边脸被一只手掌撑着,眼睑一动也不动地盯着她。伊波丽塔继续说道:

"你总是这样没礼貌。到现在还没请我坐下呢。"

她如此说道,微笑着,但褪色且怀疑的目光却轮流落在尸体和"占星家"的身上。

在白炽灯下,赤脚且全身紧缩的死者看起来像是一个肮脏的包裹。"占星家"喃喃道:

"不是我杀死他的。"

逐渐朝房门走近的伊波丽塔用双手把手袋握在腰间,一边摇曳着腰身,一边微笑道:

"我相信你!我相信你!你那么聪明,当然能够让别人来为你从火中取栗。再说,我们也用不着继续讨论这种琐事了。"

"占星家"欣慰又惊讶地看着她。

"你会跟我一起走吗?"

伊波丽塔斜眼看着他,也因这个提问而惊讶:

"你还有所怀疑吗?"

"我们得走得远远的。"

"越远越好。"

"占星家"站起身来。他们之间隔着鲜红的水池，水池里躺着毛发浓密且全身收缩的尸体。"占星家"弯下腰，准备起跑，一个大步跳过了尸体，来到伊波丽塔身边。他扶着她的腰，在她身边显得十分高大。他弓起后背，在她耳畔喃喃道：

"你为一切都做好准备了吗？"

"是的。而且，我有钱，可以帮你。我把药房卖了。"

"占星家"把手臂从她腰部挪开，说道：

"亲爱的……你真是个非凡的女人……但我也有钱。"

"巴尔素特的钱？"

"亲爱的……我是不会欠债的。巴尔素特带着一万八千比索离开了这里。"

"你把钱还给他了？"

"是的……不过是假钞。"

"阿尔贝托，你真是个了不起的男人！你被枪毙的那天我一定会去礼拜堂用一个大大的吻跟你告别。我会对你说：'我的男人，你要勇敢！'"

"我会的，亲爱的……我会的……但我们别再浪费时间了……走吧。"

"你不拿行李吗？"

"还有比金钱更好的行李吗？……你在外面等我一下。"

伊波丽塔走到外面的楼梯平台，"占星家"三两步爬上楼梯，来到挂着木偶的房间。他在那里待了不到一分钟，搓着手走下楼，用钥匙将前厅的大门反锁了两圈，说道：

"亲爱的，走吧。"

后来，一位看见他挽着伊波丽塔离开的邻居把他误认为当地卫理公会的一名牧师。戴着平顶帽的"占星家"从背后看起来的确像一名新教牧师。

受启者独自一人待在庄园的马车房里。他没有听见枪击声，因为许许多多的启示和灵感占据着他的想象。

他坐在简陋的小床的边沿，把《圣经》摊开在膝盖上，读着《但以理书》。油箱上放着一个瓶子，瓶颈插着蜡烛，黄色的烛焰被风吹得晃动，但埃尔格塔根本没有注意到这样的细节，埋着头，专心致志地阅读。他脑袋的阴影时不时在白色的墙壁上移动，仿佛一只在水塘里漱口的犀牛的影子。

受启者第十次地阅读第十一章的第44和45节：

> 但从东方和北方必有消息扰乱他，他就
> 大发烈怒出去，要将多人杀灭净尽。
> 他必在海和荣美的圣山中间设立
> 他如宫殿的帐篷；然而到了结局，
> 必无人能帮助他。

药剂师半合上书，深信不疑地大声说道：

"上帝保佑。这是毁灭大英帝国的预言。毫无疑问。我必须去会见英国大使。"他用指肚揉了揉下巴，继续喃喃道：

他必在海和荣美的圣山中间设立

他如宫殿的帐篷……

"当然啊！英国是巴勒斯坦的保护国……也就是说，'圣山中间设立他如宫殿的帐篷'。'但从东方和北方必有消息扰乱他'。被扰乱的人不是国王，又能是谁？而且'从东方和北方必有消息'，如果不是印度，在甘地的带领下起身反抗的印度，又会是哪里？北方……北方是俄国……共产主义的威胁。'然而到了结局，必无人能帮助他'。说得再清楚不过了。事实上，直到今天依然有人对预言心存怀疑，真是荒谬。'他必在海和荣美的圣山中间设立……'"

阁楼的小窗户将一个红色的矩形映在墙上。埃尔格塔探头朝小孔观望，面色惊愕地把嘴巴微微张开。

在"占星家"居住的那栋房子的顶楼，长长的橘色火舌从阁楼的天窗蹿了出来。树枝在墙上摇曳着阴影，在黑暗的背景上闪耀着粉色的光芒。

埃尔格塔把双手叉在腰间，长长地挤了挤一只眼，一边摇头，一边说道：

"毁灭邪恶之屋！"

他的大衣挂在一颗钉子上。他取下大衣，把它披在背上，拿起《圣经》，一边下楼一边总结道：

"都是徒劳。'娼妓'出现的地方是不会有好事发生的。最好是离开这个邪恶之地。为鸟儿和鱼儿提供食物的上帝，是不会抛弃我的。"

他帽子也没戴，穿着麻布鞋就走上了坦珀利的街道。夹在胳膊下的《圣经》为他灼热的信仰作证。

凶杀

凌晨一点的时候，埃尔多萨因走进他的房间。他打开床头灯，从灯罩渗出的蓝光照亮背对着他熟睡的对眼女。被单塞在女孩的腋下，她的手臂缩在胸前。头发被脸颊压着，在枕套上勒出道道黑线。

埃尔多萨因从口袋里摸出手枪，小心翼翼地把它放在枕头下面。他心里什么也没想。巴尔素特，"占星家"，从门缝下渗出的血迹，所有这些细节都在同一瞬间从他的记忆中抹去。也许发生的过多的事情以那种方式挖空了他的内心生活。又或者是一个更浓稠的秘密念头，会很快被唤醒。

他缓缓地脱下衣服，尽管他时不时地停下来，观察乱七八糟堆在床脚的女孩的衣服。一条黑色衬裙的窄花边将红丝绸裙切成带齿状的二等分。一双丝袜挂在床边，垂向地面。

他愠怒地喃喃道：

"永远都这么没收拾。"

他慢慢钻进被单，避免用脚碰到女孩的身子。他关上灯，在几分钟的时间里不知所措地盯着黑暗。随后，他转身背向对眼女，把脸颊靠在枕头上，蜷起腿，双手勾在胸前，忽然就睡着了。他睡了两个钟头。他很有可能一整夜都不会醒来,但一只炙热的手将手指在他的下腹叉开。在他转身的同时,对眼女把他拉向她的乳房,由于他的手臂被压在枕头下面,在伸展胳膊时不小心碰到了手枪。一个过去的念头再次出现在他的心里。

"那个把女孩杀死的骗子应该就是那副模样。"他在心里想着,同时将注意力平分在两件不同的事情上。①

对眼女把嘴张大,仿若一条抽搐的沟槽,像吸盘一样黏在他顺从的嘴巴上。埃尔多萨因不由自主地寻摸着枕头下的枪柄。武器的冰凉赋予他一种冷漠的意识,让他身体的快感同另一个可怕的平行计划独立开来。

他抑制住杀人犯般磨牙的冲动,上颌骨的颤抖沿着手臂的肌腱往下传播,一直传到指甲根。颤抖发起反弹,撞在手指的关节上,犹如槽里找不到出口的水绕着自身回流。

在黑暗中,她的嘴狠狠压在他的嘴唇上。埃尔多萨因一动不动。对眼女仿佛坐在高高的脚凳上,带着一种奇怪的激情吻他,只动用嘴唇。埃尔多萨因由着她去。一阵巨大的悲哀在他的体内唤醒。某个久远的芥末色的暮光死死钉在他的眼前:饭厅的窗户敞开着,他心不在焉地看着一束黄色的阳光把艾尔莎极度苍白的双手一点儿点儿镀成金色。

他再次按了按手枪的枪柄。他感到自己像个死人一样被女孩子抱在怀里。她用舌尖在他腋下的皱褶中探索,当她把嘴巴移开去亲吻另一块皮肤时,埃尔多萨因感受到她温暖的哈气。

---

① 请查看"自杀者"(《七个疯子》第三章)。——评论者注

那一切都是徒劳！

但女孩似乎并没意识到埃尔多萨因处于异常的状态中。她沉重且炙热的身体在黑暗中忙活着，雷莫感觉自己被嵌在一个巨大的怪物灼热的肉体之中。

她咬住他的胳膊，像一只嬉戏的小狗。埃尔多萨因通过从她鼻孔呼出的气息得知她的脸在哪里。

他悲哀地由着她去。在众人寄居的屋子可怕的孤独中，他从未那般强烈地感到过自己是个孤儿，他自怜地闭上了双眼。就像电流从尖端流走，生活正从他的指头溜走。在这一场流血中，雷莫放弃了一切。在他体内出现了对死亡的接受，组成那道死亡的生活比真实的身体死亡更加恐怖。

女孩水平地黏在他的身边，娇惯地叹息：

"亲爱的，你怎么了？"

埃尔多萨因凶猛地拽过她的脑袋，长长地亲吻她。他很激动。他朝黑暗中的某个角落瞅了两三次，仿佛担心那里有个人正在窥视他。他的心脏强有力地跳动着。在他的腹脏深处旋起一股迅猛的风，拽着他的灵魂从嘴巴溜了出去。

他再次斜眼瞅了瞅那个看不见的黑暗角落。一分钟的时间。他温柔地爬到她的身上，双手搂住她的腰，感觉自己即将占有她。女孩亲吻他的胸膛，埃尔多萨因用力把女孩的脑袋按在枕头上。他的动作十分笨拙。女孩想要尖叫。他用一个吻塞住她的嘴，晃动她的牙齿，与此同时，他的手朝着枕头下的手枪靠近。她想要逃离那阵奇怪的压迫。

"亲爱的，你在干什么？"她呻吟道。

为时已晚,埃尔多萨因加快动作,把枪管伸进她柔软的耳窝,同时按下扳机。轰响声让他感到昏厥。女孩的身体在他的肢体下像钢穿般猛烈地膨胀。在好几分钟的时间内,埃尔多萨因一动不动,斜躺在她的身上,用一只手臂支撑着身体的重量。

当外面的寂静告诉他没人发现他的罪行时,他从床上下来,奇怪地对自己说道:"枪击的声音真小啊!"

他打开灯,眼前奇特的景象让他感到惊讶。

女孩平静地把头靠在红色的枕头上,仿佛睡着了一般。她甚至在某一刻拿右手挠了挠鼻孔,好像鼻子有些发痒。然后,她把手臂垂在身体的一侧,把脸转向灯光。

一股非同寻常的安宁让她面部的线条变得宁静。为了不让她着凉,埃尔多萨因拉起一床毯子盖在她的背上。

垂死的女孩困难地呼吸。血从嘴唇的一角流出。地板上能感受到像水龙头的滴水那般沉闷的压抑。

半裸着的埃尔多萨因匆匆穿上裤子,接着,他悲痛地摇了摇头。

"真奇怪!刚刚她还活着,现在却死了。"

在他刚穿好袜子时,发生了一件可怕的事。女孩突然猛地收缩起大腿,把腿从被单下挪出来,上半身挺直地坐在床边。埃尔多萨因惊恐地往后退。女孩的一个乳房完全被染成了红色,而另一个则像大理石一般泛蓝。

他在那一刻以为她会倒下,但她并没有倒下,垂死的女孩保持着平衡,并且身体异常坚挺。她睁大的双眼凝视着床头灯蓝色的灯罩。一道道血迹顺着她的红头发流下来,流过她的后背。

埃尔多萨因为了不让自己倒下而靠着墙壁,她忧伤地把头从右边转向左边,仿佛说道:

"不,不,不。"

埃尔多萨因颤抖着靠近她,他觉得玛利亚可能会听见,对她说:

"睡吧,女孩,睡吧。"

他非常温柔地抱住她的肩膀,但她却固执地带着难以言喻的悲伤把头从右边转向左边。

在那一瞬间,杀人犯的内心感到女孩在问他:

"你为什么那样做?我对你做错了什么?"

在寂静中,女孩微微张开着嘴唇,混着血迹的泪水沿着她的脸颊流下来,用顽固的动作说出那个无比悲哀的"不",埃尔多萨因跪倒在地上,亲吻她的双脚。突然,她弯下身子,拽着电灯线从一侧倒下。她的脑袋不声不响地撞在地毯上,灯灭了,她停止了呼吸。埃尔多萨因手脚并用地爬到了墙角。

杀人犯蜷在他的角落里,不知道过了多长时间。即使他当时心里想了些什么,也永远无法记起来了。突然,一个可笑的细节浮现在他的回忆里,他站起身来,愤怒地大喊道:

"你看到了吧?……看到把手放在男人的裤门襟上是什么下场了吧?这就是行为不检点的下场。你永远失去了贞操。你明白吗?你失去了贞操!你不感到害臊吗?现在上帝来惩罚你了。是的,上帝,因为你不曾听从师长的教导。"

埃尔多萨因再次蜷在他的角落里。有些时刻,他感到好像要把灵魂从嘴里吐出来似的。

一束清晨的阳光在一瞬间照亮他疯癫的黑暗,也照亮了房间里的黑暗。

他想起一只怀孕的南美兔鼠,许多条狗监视着它的洞穴,唯一的出口外面守卫着拿着棍子的男人们。在黑暗粗糙的洞穴深处,可以看见一个长着胡须的海豹似的嘴,一个毛发光亮的大肚腩,然后是一对像人类一样痛苦的恐惧的眼睛,与此同时,巡逻的猎犬喘着热气,露出白齿。

一阵令人尖叫的恐惧将他的神经打成结,旋风似的空气从他熔炉般干涸的喉咙里冒出来,他的身体被从两端向中间拧紧,脑袋任清洗过肉体的臭水味从鼻孔逸出。

寂静砍下墙壁和砖石的脑袋,萎靡不振的他角膜翻向眼睑的上方,感到自己因吸入氯仿过量而死去。在斜斜照进那个堕落之屋的夜晚的清晨阳光中,怀孕的南美兔鼠出现了。男人手里的棍子,竖起的头发,猎犬上了釉的白齿以及馋涎欲滴的褶皱的厚嘴唇!

从慈悲教堂的钟楼发出的四道稀疏的铜钟声在黑夜中蔓延开来。埃尔多萨因打着冷战。他踮着脚尖走到床边,拿起一床被单,把它盖在躺在地板的尸体上。他在黑暗中穿衣服。非常迅速。他把短靴拿在手上,穿过走廊,一道斜射过的月光照亮走廊上关着的门和虚掩的百叶窗。地板瓷砖的冰凉穿透他的袜子。

他走进厕所,打开灯。正对着盥洗池有一面镜子。杀人犯闭着眼睛,把它从钉子上取下来。他不想照镜子。对自己充满了恐惧。他仔仔细细地洗手。上了釉的洗手池变成红色。他随便擦了擦手,然后飞快地摸索着系上衣领和领带。他穿好鞋子,在将厕所的灯关掉后,小心翼翼地走向卧室。他点燃一根火柴,因为他不记得把帽子放在哪里了。他拿起帽子离开了房间,让房门半掩着。那是凌晨四点半。他犹豫着,在塔尔卡瓦诺街和科连特斯街的交汇处停下了脚步。路口的灯光像快速播放的电影画面一样在他的眼前滑过。

他匆匆沿着堪加约街往西面走。在早上六点半的时候,他来到了弗洛雷斯。他走进一间乳品店。坐在椅子上,一动不动,直到早上八点。

当在地板上缓慢滑动的黄色光束照到他的脚上,照得他的皮鞋发烫时,他走出乳品店,朝我家走来。他在我家待了三天两夜。在那期间,他把一切都向我坦白了。

我记得我们在一个巨大且没有家具的房间里谈话。我家人去了乡下,留下我一个人照看屋子。而且,由于那个房间非常阴森,我母亲把它封了起来。那里几乎没有光线。事实上,那个房间很像一间大牢房。

埃尔多萨因坐在一把椅子的边沿,弓着背,手肘撑在大腿上,指头伸开在脸颊上,目光死死盯着地面。

他不声不响地讲述,从不中断,仿佛在背诵一篇被高压冷冷印在他黑暗意识中的课文。无论讲到哪段情节,他的声调都永远像时钟的摆动那样整齐划一、有条不紊。

他在被打断时也从不生气,只是再次从头开始叙述,把我追问的细节补充起来,总是埋着头,凝视着地面,手肘撑在膝盖上。他聚精会神地缓慢叙述,生怕没能把事情讲清楚。

他冷漠地讲述着一件又一件可怕的事。他知道自己会死,知道司法机关会不惜一切代价寻找他。然而他却坐在那里,口袋里装着他的左轮手枪,手肘撑在膝盖上,脸颊藏在手指背后,双眼死死盯着空旷的房间地面的灰尘,冷漠地讲述着。

他在仅仅几天的时间里消瘦了许多。发黄的皮肤贴在扁平的面骨上,看起来像是得了肺结核似的。

发生在他生命最后一段时期的奇怪细节:埃尔多萨因断然拒绝阅读那些几乎占据了所有日报和晚报第二和第三版的标题耸人听闻、内容过分详尽的新闻。

巴尔素特因在科连特斯街的一家歌舞厅用五十比索的假钞付款而被逮捕。在巴尔素特被捕的同时,坦珀利的庄园里被烧焦的尸体也被发现。巴尔素特立即告发了"占星家"、伊波丽塔、埃尔多萨因和埃尔格塔。埃尔格塔的逮捕非常顺利,他没戴帽子、脚踩麻布鞋、裹着一件大衣、胳膊下夹着《圣经》,在前往拉努斯①的路上被捕。对眼女的尸体在星期六的黎明被发现,使得我们叙述的这些事成为 1929 年末最血腥的景观。警察不惜一切代价地寻找埃尔多萨因,多个侦察队被派往城市的各个方向。

毫无疑问,这是一个组织严密的团伙。哈夫纳的谋杀(这则故事的叙述者认为它独立于其他犯罪事件)也与坦珀利的悲剧联系了起来。巴尔素特的供词占据了各家报纸的专栏,他的

---

① Lanús,阿根廷城市,由布宜诺斯艾利斯管辖。——译者注

清白毋庸置疑。

新闻的标题覆盖了一两页的篇幅。

从早到晚，负责犯罪版的新闻记者一刻也不离开打字机地工作。到了星期六，几乎所有晚报都变成了印满阴森恐怖的照片的相册。记者们晚上吃冷餐，在嚼食的间隙为案件添加新的细枝末节。埃尔多萨因的照片出现在所有的页面上，并配上人类想象力可以创造出的最夸张骇人的传奇故事。

埃尔多萨因不仅断然拒绝读报，甚至连瞅也不愿意瞅一眼那些耸人听闻的页面。

如果可以对他在那几天的特点做出标记，那即是他的严肃。当他坐着讲累了，就会从房间的一端走到另一端，像口授一样叙述。事实上，杀人犯在房间里走来走去，迈着缓慢的步子，仿佛面对着一台口述录音机，头也不转地叙述，那真是一幅奇特的场景。

在我家里的那三天，他一口东西也没吃。他很口渴，一直不停地喝水。他问我要过一个柠檬，仿佛乞求天大的恩赐似的。他很有可能在发烧。

他的耐力令人叹为观止，一天甚至可以讲述十八个小时。我飞快地记笔记。我的工作很艰辛，因为我得在半昏暗的状态下记录。埃尔多萨因受不了光线，光线对他而言难以忍受。

星期一的晚上，他仔细穿好衣服，请求我陪他去弗洛雷斯车站。那非常危险，但我没有拒绝他。我记得他在出门前留给我一封写给艾尔莎的信，我在一段日子后见到了她。

我们在九点半的时候走上街。我们安静地走在树木葱茏的

人行道上。我注意到他点燃了一支又一支香烟。而且,他在走路时身体挺得笔直,脚步重重地踩在地上。在某段路上,他说道:

"我感到阴暗潮湿的坟墓正在临近,但我并不害怕。"

我们从玻利维亚街来到火车站。我们走在建筑背后那条用来运车厢的石子路上。透过公园里的树丛,能依稀看见街角两间咖啡馆玻璃窗的灯光。一台收音机的喇叭嘎嘎尖叫道:

"最优质的用于给地板打蜡的带香气的蜡。请在桑切斯公司购买家具。戈麦斯和戈麦斯是好裁缝。好裁缝是戈麦斯和戈麦斯。"

我们在建筑的东面停下脚步,那里形成了一栋塔楼,塔顶是双坡板岩屋顶,一楼有一个石灰粉刷的阳台。在阳台的三角支架下面,塔楼的每个角都像监狱一样,悲哀地亮着两盏电灯。从一道褪了色的绿门散发出煤酚皂溶液的臭味。

"您等我一下。"埃尔多萨因说道。

我留意到自从雷莫来到我家,这是他第一次没用"你"来称呼我。

他走进售票处,很快又走出来。说道:

"还有三分钟火车就要进站了。"然后再次沉默起来。

我找不到任何话语回答他。他用坚定的目光看着周围,但却一副心不在焉的模样。他张了张嘴唇,仿佛要说什么,然后把嘴微微闭上,缓缓地摇了摇脑袋。在那一刻,我感到尘世间所有的言语都是徒劳。

他的脸色十分苍白,每一分钟都变得更为消瘦。为了打破那令人难受的沉默，我问道：

"您买票了吗？"

"买了……去莫雷诺①。"

我们再次陷入沉默。灯光在我的眼前曼舞。埃尔多萨因突然说道：

"请回吧。您这样陪着我让我很难受，我需要一个人待着。对不起。在见到艾尔莎时，请告诉她我曾非常爱她。感谢您对我的照顾。"

我紧紧握了握他的手，然后离开了。

他一动不动地待在石子路的花岗岩边。

一个半钟头后

与此同时，在这座城市几乎所有报社的地下室：

铅制的坩埚在烟雾弥漫的氛围中（烟雾在天花板的吊灯周围变得稀释）散发出加热到五十度的热气的弧线。铣床垂直的钻头咬住铅页，咝咝作响。银星号像雨水一般，敲打在工作人员的眼镜上。汗流浃背的男人们翻动着半圆形的烙铁，把它们放在金属架上，用雕刀把边缘修平。像远洋渡轮一样高大的轮转印刷机，让车间里回响着海水撞在防波堤上的沉闷声。大沓

---

① 莫雷诺是西线的最后一站，而弗洛雷斯是那条线的第二站。——译者注

大沓的纸张令人目眩地在黑磙子之间滑动。墨水和油垢的气味。走过满身硫酸味的男人们。光刻工作室的大门敞开着。紫光的鞭打从那里溜了出来。

正在准备午夜的定稿。秘书挽起袖子，嘴角叼着一支已经熄灭的香烟，站在一张铁桌旁，向一名穿蓝罩衣的工人示范印刷版应该放在版框的哪一部分。咝咝的印刷机在冲压样稿时发出白色的蒸雾。秘书在过道里走来走去，两侧的桌子上堆满了银色的铅字。

电话铃声在一个角落微弱地响起。

"秘书，找您的。"一个男人大声喊道。

秘书快速走了过去。他把电话贴在耳边。

"是的，我是秘书。我在听……请讲……请大声一点儿，我听不见……啊？……啊？……埃尔多萨因自杀了？……请讲……我在听……对……对……对……对……我在听……稍等……在抵达莫雷诺之前？……火车……火车车号。稍等，"秘书在墙上记下 119 这个数字，"您继续说……我在听……稍等……您说……停下机器……请说……对……对……马上就过去。"

领班对机器主管做了个手势。后者按下一个棕色的按钮。车间里的波浪声逐渐削弱。纸张缓缓滑落。轮转印刷机停了下来。机械的寂静。

秘书快速走到车间的书桌旁，随便找了一张纸，写下：

凶残的杀人犯埃尔多萨因在

九点四十五分的火车上自杀了

他把标题递给一个男孩,说道:

"放在头版,占满整个篇幅。"

他飞快地在另一张肮脏的纸上写道:

"在本报即将定稿时,我们在莫雷诺的通讯员通过电话告诉我们,"秘书停下来,点燃烟,继续写道,"警察全力追捕的杀死女孩玛利亚·平托斯的残忍凶手、煽动者兼造假者阿尔贝托·列津的同谋在即将抵达莫雷诺的119号电车上用一颗子弹击穿心脏自杀。目前还无法得知其他任何细节。首都和行省的高级侦查员以及拉普拉塔的刑事法官都已前往事发现场。我们将在明天的报纸中详细介绍这位悲惨罪犯的死亡,将他拘捕是早晚的事……"

秘书把"将他拘捕是早晚的事"一句画去,画上句号,然后补充道:

"希望这个事件能够帮助警方解开关于坦珀利可怕团伙的秘密。我们将在明天详尽报道相关细节。"

他把纸递给穿蓝衣服的男人,说道:

"黑体,正文十二号字体,缩格。"

秘书拿起内部电话:

"您好!……请问是谁?……是您吗?……您瞧,请立即带一名摄影师前往莫雷诺。埃尔多萨因自杀了。带上瓦尔特。对火车的警卫和司机进行报道,还有那节车厢的乘客。哎!……喂……喂……拍一下车厢、司机和警卫。马上去……是的,有必要的话就乘车过去……多拍点儿照片。"

他挂上听筒,点燃叼在嘴角的烟。

销售主管的帽檐扣在眉毛的位置,肌肉发达的脖子上歪歪系着一条围巾,慵懒地拖着双脚,从犬齿往外吐痰,走了过来。他用左手仅剩下的三个指头挠了挠右脸颊上一道巨大刀疤两侧的胡须。接着,他嚼了口口水,同时把两个手肘撑在一张金属桌上,像撑在食堂柜台上一样,用嘶哑的嗓音问道:

"埃尔多萨因自杀了?"

秘书用一个迅速的微笑将他包裹。

"是的。"

对方推敲了一阵子想法的幼虫,最终用这句话结束了他的反刍:

"好极了。明天我们加印五万份报纸……"

尾声

在分析了与埃尔多萨因搭乘同一节车厢的乘客的证词，以及速审卷宗后，我大致比较准确地重现了他自杀的场景。

杀人犯坐在第一节车厢的七号座位，那也是司机所在的车厢。他把头靠在车窗的玻璃上，一直保持着那个姿势，直到列车抵达维拉路洛站，检票员在那里叫醒了他，请求查看他的车票。

从那时起，直到自杀，他都一直保持着清醒的状态。夜晚的凉爽也无法阻止他打开车窗，他一动不动，用面孔迎接从窗口吹进来的风。

一位与丈夫同行的女士注意到埃尔多萨因这个持续了很长时间的动作，她对丈夫说道：

"瞧，那个年轻人看起来好像是病了。他的脸色多么苍白啊！"

两位年轻女士在阿埃多上车，坐在他的对面。他看也没看她们。两位虚荣心没能得以满足的女士在后来记起了那位冷漠乘客的那个细节。埃尔多萨因的双眼一动不动，在黑暗中始终与火车的速度斜切而过。两位年轻女士在梅洛下车，车厢里只剩下埃尔多萨因和那对夫妇。

突然，杀人犯不再靠着椅背，眼睛依然盯着黑暗，把手伸进口袋里。他的脸上呈现出因骇人的决心而导致的肌肉收缩。坐在座位上的女士惊恐地看着他。她丈夫的面孔被报纸遮住了，什么也没看见。那一幕发生得非常之快。

埃尔多萨因把手枪举到胸前，按下扳机，伴随着枪声往左边弯下身子。他的头撞在座位的扶手上。那位女士吓得昏了过去。

男人扔下手中的报纸，沿着车厢的过道跑开。在他遇见检票员时，依然因恐惧而颤抖着。另一节车厢里的两名乘客加入这两位面色苍白的男人的队伍，一起走向自杀发生的车厢。

即使已经过了一分钟，埃尔多萨因好似依旧保持着意识和意志力。否则也就无法解释他为什么会拥有奇迹般的力量让自己坐回座椅里，仿佛希望能以体面的姿态死去。那个面色苍白的小组走进车厢时，发现他的脑袋靠在车窗的扶壁上，深深呼吸，紧闭眼睑，一个拳头猛烈地收缩着。在列车抵达莫雷诺之前，埃尔多萨因就已断了气。

在他的口袋里发现了一张写着他名字的卡片，以及少量的零钱。

警察以及乘客在得知那个消瘦苍白的年轻人竟然是"凶残的杀人犯埃尔多萨因"时，他们的惊讶难以用言语来形容。他在六个小时的时间内被拍了一百五十三次照。

好奇者的数目持续增加。所有人都在尸体前停下脚步，他们的第一句话都是：

"但他真的可能是埃尔多萨因吗？"人们都不由自主地持有龙勃罗梭"天生犯罪人"[①]的概念。

一阵无限的安宁让那个曾在疯狂和痛苦之间如此绝望地辩论过的男人的面部线条最终变得平静。

然而，发生了一个有意思的插曲。当尸体被带到警察局，一位穿着得体、受人尊敬的长者（后来我听说是分局局长的父亲）靠近躺着死者的担架，朝他脸上吐了口口水，大喊道：

"狗娘养的无政府主义者！胆量都用到邪道上去了！"

那场景有些令人难堪，无关紧要的围观者被驱散开来，与此同时，尸体被抬到一间牢房里。

艾尔莎比埃尔多萨因多活了没多少时间。她因被怀疑与犯罪团伙有牵连而被捕，但由于大量事实证明她的无辜，她很快被释放。我带着埃尔多萨因留给她的钱和信去见她。那个我曾经认识的充满活力且自信的女人如今只剩下一具悲哀的鬼魂。我们聊了很多，她认为自己对埃尔多萨因的死负有责任，在几个月后，艾尔莎由于心脏病发作而去世。

巴尔素特在短短几天的时间内名声大噪，被一家电影公司雇佣，参与拍摄一部关于坦珀利事件的影片。在最后一次见到他时，他非常高兴地向我炫耀他的运气：

[①] 这里指意大利犯罪学家、精神病学家、刑事人类学派的创始人切萨雷·龙勃罗梭（1835—1909）强调的生理因素对犯罪的影响。他提出"天生犯罪人"的概念，认为遗传和进化因素对罪犯的影响大过社会环境。他的观点最初几乎受到所有欧洲国家的批判，但后来被应用在对疯狂犯罪行为的治疗所进行的改革中。——译者注

"现在人们的确可以在每个街角都看见我的名字了。好莱坞。好莱坞。我会通过这部影片成名。道路已经向我敞开。"

伊波丽塔和"占星家"没有被警察捉住。新闻很多次报道说,他们"随时"都可能被逮捕。已经过了一年多,但却根本没有发现任何关于他们可能的藏匿之处的线索。

伊格纳西娅太太(埃尔多萨因居住公寓的女房东)依然是个可怜的老妇人,她一边监视着灶上的浅口锅,一边拿围裙的一角擦拭顺着鼻子留下来的炙热的泪水。

作者的话

《七个疯子》的故事在《喷火器》中结束。

我很高兴自己即便在相当糟糕的情况下也能够继续工作，完成这部需要孤独和专注的作品。由于日报的专栏所迫，我几乎总是在嘈杂喧闹的编辑部写作。

我之所以提到这一点，是为了鼓励写作的新手，他们总是对小说家的写作方法感兴趣。当一名小说家想要表达的时候，他会在任何地方写作，无论是在一轴卷纸上还是在某个龌龊的房间里。上帝或魔鬼会站在他的身边，向他口授妙不可言的文字。

我可以非常骄傲地说，写作对我而言，是一种奢侈。

我不像其他作家那样拥有收入、时间或是稳定的公务员职位。靠写作为生是一件非常艰难且令人痛心的事。尤其是在写作的同时想到世界上还有那么一些人，寻找消遣的焦虑会让他们"劳累过度"。

再说到另一件事：人们说我写得很糟。这是有可能的。不管怎样，要列举大量写得好并且他们的作品只被其有文化的家庭成员阅读的人并不困难。

想要塑造文风，需要舒适的环境、稳定的收入以及富裕的生活。然而，享受这些福利的人通常都会尽量避免文学的纷扰，或是把文学当作在社交沙龙里显得自己与众不同的绝佳武器。

我强烈地被美吸引着。我多少次期望过自己能够写一部像福楼拜的作品那样，由全景画布组成的小说！然而今天，在一栋必然会坍塌的社会高楼的噪音下，是无法制作刺绣品的。文风需要时间来培养，假如我听从同仁们的建议，就会做出跟他们同样的事——每十年完成一部作品，这样我就可以在花了十年的时间写出一百页合乎情理且谨慎机智的内容后去好好度一个假。

不同的是，另一些人则因为我对两性关系中某些完全自然的情形的赤裸裸描写而大惊小怪。然后，同样一批社会专栏作家在跟我谈起詹姆斯·乔伊斯时会露出无限崇拜的眼神，那来自于《尤利西斯》中某个人物所带来的精神上的快感，一位吃着香喷可口的早餐的先生，用鼻子吸入马桶里一分钟前刚排出的粪便的臭味。

但詹姆斯·乔伊斯是英国人。詹姆斯·乔伊斯未曾被翻译成西班牙语，满口不离他的名字能显示出自身的好品位。待到每个人都能读到詹姆斯·乔伊斯时，社会专栏作家们又会发明一个全新的、只有半打新人会阅读的偶像。

事实上，一个人不知道应该如何看待他人。是把他们看作正儿八经的傻瓜呢，还是把他们从早到晚每一刻都在演绎的粗糙戏剧当回事。

无论如何，我的首要原则是不把我的作品发给任何报刊的文学评论版。为什么要那样做？难道是为了让一位喜欢用强调语势的先生在两通电话的烦扰之间为了满足高尚的人们而写道："罗伯特·阿尔特先生依旧紧紧抓住低俗不雅的现实主义不放。"云云？

不，不，不。

那个时期已经过去。未来是我们的，这得益于坚持工作的意志力。我们会创造出我们的文学，并非通过永不停歇地谈论文学，而是在骄傲的孤独中写作，将打在上颌那一拳的暴力包含在作品中。是的，一本又一本的书，"让太监们吹胡子瞪眼"。

胜利的未来将是我们的。是我们用墨水的辛劳和咬牙的坚持赢来的。面对"地下丛林"，我们用疲惫的双手敲打，一个钟头又一个钟头，一个钟头又一个钟头。有时候，人的脑袋会因疲乏而倒下，但是……在我写下这些话的同时，我在思考着下一部小说。它将叫作《魔幻之爱》，会在 1932 年 8 月问世。

那么，就让未来说话吧。

罗伯特·阿尔特

图书在版编目（CIP）数据

喷火器/（阿根廷）罗伯特·阿尔特著；欧阳石晓译.
—成都：四川文艺出版社，2021.1
ISBN 978-7-5411-5818-6

Ⅰ．①喷… Ⅱ．①罗… ②欧… Ⅲ．①长篇小说—阿根廷—现代 Ⅳ．①I783.45

中国版本图书馆 CIP 数据核字（2020）第 193649 号

PENHUOQI
喷火器

（阿根廷）罗伯特·阿尔特 著　欧阳石晓 译

出 品 人	张庆宁
策　　划	周 轶
责任编辑	苟婉莹
封面设计	尚燕平
内文设计	史小燕
责任校对	段 敏
责任印制	崔 娜

出版发行	四川文艺出版社（成都市槐树街2号）
网　　址	www.scwys.com
电　　话	028-86259287（发行部）　028-86259303（编辑部）
传　　真	028-86259306
邮购地址	成都市槐树街2号四川文艺出版社邮购部　610031
排　　版	四川胜翔数码印务设计有限公司
印　　刷	成都东江印务有限公司
成品尺寸	143 mm×210 mm　开　本　32 开
印　　张	10.5　字　数　220 千
版　　次	2021年1月第一版　印　次　2021年1月第一次印刷
书　　号	ISBN 978-7-5411-5818-6
定　　价	69.80元

版权所有·侵权必究。如有质量问题，请与出版社联系更换。028-86259301